Contes de la Bécasse
Guy de Maupassant

멧도요새 이야기

초판 1쇄 발행 | 2018년 11월 23일

지은이 기 드 모파상
옮긴이 백선희
발행인 이대식

편집 김화영 나은심 손성원 김자윤
마케팅 배성진 박상준 **관리** 홍필례
디자인 모리스

주소 서울시 종로구 평창길 329(우편번호 03003)
문의전화 02-394-1037(편집) 02-394-1047(마케팅)
팩스 02-394-1029
홈페이지 www.saeumbook.co.kr
전자우편 saeum98@hanmail.net
블로그 blog.naver.com/saeumpub
페이스북 facebook.com/saeumbooks
인스타그램 instagram.com/saeumbooks

발행처 (주)새움출판사
출판등록 1998년 8월 28일(제10-1633호)

ⓒ 백선희, 2018
ISBN 979-11-89271-30-5 04800
ISBN 979-11-89271-33-6 (세트)

새움
세계
문학 002

Contes de la Bécasse
Guy de Maupassant

멧도요새 이야기

기 드 모파상 단편집

백선희 옮김

새움

차례

일러두기

1. 이 책은 기 드 모파상의 첫 단편 「비곗덩어리Boule de Suif」(1880)와 세 번째 단편집 『멧도요새 이야기Contes de la Bécasse』(1883)에 실린 단편 17편을 우리말로 옮긴 것이다.
2. 『멧도요새 이야기』의 각 단편은 1883년 판본에 실린 순서 그대로이다.
3. 본문 하단의 설명은 역자의 주이다.

멧도요새

늙은 라보 남작은 고향에서 40년 동안이나 사냥꾼들의 왕이었다. 그러나 5, 6년 전부터 다리에 마비가 와서 의자에 묶인 신세가 되었고, 이제는 거실 창문이나 층계참에서 겨우 비둘기나 쏠 수 있었다.

나머지 시간에 그는 책을 읽었다.

그는 사교성 있는 상냥한 사람이어서 지난 세기의 많은 교양인들이 그의 집에 묵었다. 그는 이야기를, 외설적인 이야기들을 좋아했고, 주변 사람들에게 일어난 실화도 좋아했다. 친구가 그의 집에 들어서기만 하면 그는 물었다.

"그래, 무슨 새로운 일 없나?"

게다가 그는 예심판사처럼 심문할 줄 알았다.

그리고 햇볕 좋은 날이면 침대나 마찬가지인 그의 널찍한 의자를 문 앞까지 밀고 가게 했다. 그러고 나면 등 뒤에서 하인이 총을 들고 있다가 장전해서 주인에게 건넸다. 다른 하인은 덤불에 숨어 있다가 간간이 남작이 경계를 늦추지 않도록 예측 못하게 불규칙한 간격으로 비둘기를 풀어놓았다.

그러면 아침부터 저녁까지 남작은 빠른 새들에게 총을 쏘았고, 깜짝 놀라 놓쳤을 때는 안타까워했으며, 짐승이 수직으로 떨어지거나 뜻밖으로 우습게 곤두박질칠 때는 눈물까지 흘리며 웃었다. 그럴 땐 무기를 장전하는 종복을 돌아보고 숨막힐 듯 즐거워하며 물었다.

"조셉! 이놈 맞았어! 어떻게 떨어지는지 봤나?"

그러면 조셉은 변함없이 이렇게 대답했다.

"오! 남작 나리께서는 놓치는 법이 없으시잖아요."

가을 사냥철이 되면 그는 예전처럼 친구들을 초대했고, 멀리서 울리는 총소리를 듣는 걸 좋아했다. 그는 총소리를 헤아렸고, 소리가 빨라지면 즐거워했다. 그리고 저녁엔 한 사람 한 사람에게 그날 있었던 일을 이야기해 달라고 청했다.

그렇게 사냥 얘기를 하며 세 시간이나 식탁에 머물렀다.

이야기는 사냥꾼들의 허풍 심한 기질에 들어맞는 믿기 힘든 괴이한 모험담들이었다. 몇몇 얘기는 획기적인 사건이 되어 매번 어김없이 등장했다. 부릴 자작이 현관에서 놓친 토끼 이야기는 매년 똑같은 방식으로 사람들이 배꼽을 쥐고 웃게 만들었다. 5분 간격으로 새로운 연사가 이야기를 했다.

"푸르르! 푸르르! 소리가 들리더니 어마어마한 무리가 열 발짝 떨어진 곳에서 날아오르는 겁니다. 조준을 하고 빵! 빵! 쏘았죠. 비 오듯이 떨어지더군요. 정말 비 내리는 것 같았다니까요. 무려 일곱 마리나 떨어졌죠!"

그러면 모두가 어리숙하고 놀란 표정으로 경탄했다.

그런데 이 집에는 '멧도요새 이야기'라고 이름 붙은 오래된 관습이 있었다.

사냥감 중의 여왕인 이 새가 저녁식사에 나올 때마다 똑같은 의식이 거행되었다.

비할 데 없는 이 새를 남작이 좋아했기에 매일 저녁 한 사람당 한 마리씩 먹었다. 그런데 도요새 머리는 주의해서 모두 한 접시에 모았다.

그러면 남작은 주교처럼 제식을 집행하며 접시에 기름을 조금 담아오게 했고, 부리로 쓰이는 가늘고 뾰족한 침을 붙잡고 그 귀한 새머리를 하나씩 들고 정성껏 기름을 발랐다. 불 켜진 양초 하나가 그의 곁에 준비되어 있었고, 모두가 입을 다물고 불안하게 기다렸다.

곧 그는 그렇게 준비한 머리 하나를 들고 핀을 찌른 다음, 코르크 마개에 그 핀을 꽂았고, 작은 막대기들을 평형봉처럼 엇갈리게 가로질러 그 모든 것의 균형을 잡았으며, 그걸 병 주둥이 위에 회전고리처럼 조심스레 설치했다.

식탁에 자리한 모두가 힘찬 목소리로 함께 셌다.

"하나, 둘, 셋."

그러면 남작은 손가락으로 쳐서 그 장난감을 세차게 돌렸다.

뾰족하고 긴 부리가 멈춰 서면서 가리키는 사람이 그 모든 머리의 주인이 되고, 다른 사람들은 그 진귀한 음식을 선망의 눈초리로 바라보게 될 것이다.

그렇게 뽑힌 사람은 머리를 하나씩 들고 촛불에 구웠다. 기름이 튀고 껍질이 노랗게 구워지면서 연기가 났다. 그러면 운이 좋아 뽑힌 사람은 새의 코를 잡고 기름 먹인 뇌를 와작와작 씹으며 기쁨의 탄성을 내질렀다.

그럴 때마다 손님들은 잔을 들고 그의 건강을 빌며 건배했다.

잠시 후 마지막 머리까지 끝낸 그는 남작의 명령에 따라 그 즐거움을 누리지 못한 이들에게 보상 삼아 이야기 한 편을 들려주어야 했다.

그 이야기들 중 몇 편이 여기 있다.

저 돼지 같은 모랭

우디노 씨에게

1

"이봐, 친구, 자네가 방금 또 그 네 마디를 말했어. '저 돼지 같은 모랭.' 말이야. 어째서 '돼지' 취급을 않고는 모랭에 대해 말하는 걸 들어볼 수가 없는 거지?"

내가 라바르브에게 말했다.

지금은 국회의원이 된 라바르브는 야행성 맹금류 같은 눈으로 나를 쳐다보았다. "뭐야, 모랭 이야기를 모른단 말이야? 자네, 라로셸 출신 맞아?"

나는 모랭 이야기를 알지 못한다고 털어놓았다. 그러자 라바르브는 두 손바닥을 문지르며 이야기를 시작했다.

"자네, 모랭은 알았지? 라로셸 강변길에 있던 큰 잡화점 생

13
저 돼지 같은 모랭

각나나?"

"그럼, 생각나고말고."

"1862년인지 1863년에 모랭이 보름 동안 파리에 가서 지낸 걸 알아야 해. 즐거움을 좇아, 아니 향락을 좇아서 간 거였지만 물품 구입을 핑계로 댔지. 지방의 상인에게 파리에서 보내는 보름이 어떤 건지는 잘 알잖나. 피가 달아오르지. 매일 저녁 공연을 보고, 여자들을 만나느라 정신은 항상 들떠 있고. 미치는 거지. 속옷 차림의 무용수들, 가슴을 드러낸 여배우들, 포동포동한 다리, 토실토실한 어깨만 온통 눈에 들어오니까. 이 모든 게 거의 손닿을 곳에 있지만 감히 만질 수는 없지. 겨우 한두 번 싸구려 음식을 맛볼 뿐이지. 그래서 입맞춤을 하고픈 욕구로 입술은 근질거리고, 영혼은 달뜨고, 마음은 온통 뒤숭숭한 상태로 떠나오지."

밤 8시 40분 라로셸행 특급열차표를 끊었을 때 모랭은 바로 그런 상태였다. 그는 오를레앙 철도 대합실을 아쉽고 달뜬 마음으로 어슬렁거리다가 웬 노부인을 끌어안고 있는 젊은 여자 앞에 우뚝 멈춰 섰다. 여자가 베일을 들어 올리자 모랭은 홀린 얼굴로 중얼거렸다. "우와, 아름다운 여자야!"

여자가 노부인에게 작별인사를 하고 대기실로 들어갈 때 모랭은 뒤쫓아 갔다. 얼마 후 여자는 빈 열차 칸에 올랐고, 모랭은 여전히 따라갔다.

특급열차에는 여행객이 그리 많지 않았다. 열차가 기적 소리를 울리더니 출발했다. 열차 칸에는 두 사람뿐이었다.

모랭은 탐욕스레 여자를 바라보았다. 여자는 나이가 열아홉이나 스물쯤 되는 것 같았다. 금발에 키가 컸고, 대담해 보였다. 여자는 다리에 여행용 담요를 두르더니 자려고 긴 의자에 누웠다.

모랭은 생각했다. '어떤 여자일까?' 오만 가지 추정과 오만 가지 계략이 그의 뇌리를 스쳤다. 그는 생각했다. '기차여행에서 일어나는 숱한 연애 얘기들을 하잖아. 어쩌면 그런 일 중 하나가 지금 나한테 닥친 것 아닐까. 혹시 알아? 행운이 이렇게 빨리 찾아온 건지. 그저 대담해지기만 하면 될지 몰라. 이런 말을 한 게 당통 아니었나? "대담하게, 더 대담하게, 항상 대담하게." 당통이 아니면 미라보일 거야. 누구였건 뭐가 중요해. 그래, 그런데 난 대담성이 부족해. 그게 문제야. 오! 알 수만 있다면, 속마음을 읽을 수만 있다면 좋으련만! 장담컨대 우리는 매일 짐작도 못한 채 멋진 기회들을 스쳐 지나고 있을 거야. 그녀가 나 정도면 괜찮다고 알려주는 몸짓만 슬쩍 해주면 좋을 텐데······.'

그는 승리로 이끌어 줄 술책들을 상상했다. 자신이 기사처

저 돼지 같은 모랭

럼 나서서 관계를 트는 걸 상상했다. 여자에게 자잘한 도움을 준 다음, 정중하고 활기 넘치는 대화를 주고받다가 고백을 하고는 결국⋯ 그가 생각하는⋯ 결과를 얻는 것이다.

그러는 사이 밤은 흘러갔는데 아름다운 여자는 여전히 자고 있었고, 모랭은 자신의 실패를 고심했다. 날이 밝았고, 곧 태양이 첫 햇살로, 지평선에서 올라오는 환한 햇살로 잠자는 여자의 부드러운 얼굴을 비추었다.

여자는 잠에서 깨어나 앉았고, 들판을 바라보다가 모랭을 쳐다보고 미소 지었다. 유쾌하고 매혹적인 표정으로 행복한 여자의 미소를 지었다. 의심의 여지가 없었다. 그 미소는 그를 위한 것이었다. 그가 기다리던 꿈의 신호, 은밀한 초대가 분명했다. 그 미소는 이렇게 말하는 듯했다. "당신은 바보인가요? 어제 저녁부터 그렇게 말뚝처럼 자리에만 박혀 앉아 있다니, 미련한 거예요, 순진한 거예요? 날 좀 보세요. 내가 매력적이지 않나요? 그런데 당신은 밤새도록 예쁜 여자와 단둘이서 그러고 있다니 정말 멍청이군요."

그녀는 그를 바라보면서 여전히 미소를 짓고 있었다. 심지어 웃기까지 했다. 그는 당황해서 상황에 맞는 말을, 찬사를, 뭐든 할 말을 찾았다. 그러나 아무것도 찾아내지 못했다. 아무것도. 그러자 소심한 사람이 별안간 대담해져 이렇게 생각했다. '할 수 없어. 모든 위험을 감수해야겠어.' 그러곤 불쑥 예고도 없이 두 팔과 탐욕스러운 입술을 내밀고 다가가 그녀를 와락 껴안고 입을 맞추었다.

여자는 펄쩍 일어서며 기겁해서 소리 쳤다. "살려주세요!" 그러곤 열차 문을 열었다. 그녀는 극도로 겁에 질려 팔을 바깥으로 내밀고 흔들며 뛰어내리려 했다. 한편 분별을 잃은 모랭은 여자가 철로에 뛰어내리려 한다고 믿고서 그녀의 치마를 붙들고 더듬거리며 말했다. "부인… 오!… 부인."

기차가 속도를 늦추더니 멈춰 섰다. 젊은 여자의 필사적인 손짓을 보고 역무원 두 사람이 달려왔고, 여자는 그들의 품에 쓰러지면서 떠듬떠듬 말했다. "이 남자가… 이 남자가 나를… 나를……." 그러곤 기절했다.

그곳은 모제역이었다. 입회한 경찰은 모랭을 체포했다.

그가 저지른 폭력행위의 희생자는 정신을 차린 뒤 진술했다. 경찰은 조서를 작성했다. 가련한 잡화상은 공공장소에서 풍기문란 행위를 한 죄목으로 기소당해 저녁에야 집으로 돌아갈 수 있었다.

저 돼지 같은 모랭

II

당시 나는 《파날 데 샤랑트》*의 편집장이었는데, 매일 저녁 코메르스 카페에서 모랭을 보곤 했다.

그런 모험을 겪고 난 다음 날, 그는 어찌할 바를 몰라 나를 찾아왔다. 나는 내 의견을 감추지 않았다. "자넨 그냥 돼지야. 그렇게 행동하는 인간이 어디 있어."

그는 울었다. 아내에게 얻어맞았다고 했다. 이제 그의 장사는 망한 것 같았고, 그의 이름은 진창에 빠져 더럽혀졌으며, 친구들도 화가 나서 이제 그에게 인사조차 건네지 않았다. 결국 나는 그가 가련해 보여서 나의 동업자 리베를 불렀다. 빈정거리긴 해도 조언을 잘 해주는 그 키 작은 친구의 의견을 들어 보기 위해서였다.

리베는 내 친구이기도 한 최고검사를 만나 보라고 조언했다. 나는 모랭을 그의 집으로 돌려보내고 그 검사 집으로 갔다.

나는 능욕당한 여자가 마드무아젤 앙리에트 보넬이라는

---

* 모파상 단편집을 편집하고 해설한 루이 포레스티에의 말에 따르면 지어낸 제목이다. 더 뒤에 가서 모파상은 1875년 선거도 지어냈다. 실제로 선거는 1876년 초에 행해졌다.

멧도요새 이야기

사실을 알게 되었다. 그녀는 교사자격증을 찾으러 파리에 들렀고, 아버지도 어머니도 없어서 모제의 선량한 소시민인 삼촌과 숙모 집에서 휴가를 보내고 있었다.

모랭의 상황이 심각해진 건 그 삼촌이 고소를 했기 때문이었다. 검찰은 고소만 취하되면 이 사건을 접기로 동의했다. 바로 이 결과를 얻어내야 했다.

나는 모랭 집으로 다시 갔다. 그는 격정과 비애에 젖어 침대에 누워 있었다. 남자처럼 키 크고 뼈가 불거지고 수염이 거뭇하며 건장한 그의 아내는 쉴 새 없이 그를 구박했다. 그녀가 나를 방으로 들여보내면서 얼굴에 대고 외쳤다. "저 돼지 같은 모랭을 보러 오셨수? 자, 그 돼지는 저기 있소!"

그러더니 그녀는 허리춤에 두 주먹을 얹고 침대 앞에 버티고 섰다. 나는 상황을 설명했다. 그는 내게 희생자 가족을 만나 달라고 애원했다. 까다로운 임무였다. 그렇지만 나는 받아들였다. 그 가련한 인간은 쉬지 않고 거듭 말했다. "맹세코 입맞춤은 하지도 못했네. 그렇다니까. 맹세해!"

나는 대답했다. "그래도 마찬가지야. 자넨 돼지일 뿐이야." 나는 필요하다고 판단되는 곳에 쓰라며 그가 건네는 천 프랑을 받았다.

하지만 희생자 친척의 집을 혼자서 찾아가고 싶지 않아서 리베에게 같이 가자고 부탁했다. 그는 금방 떠나온다는 조건으로 동의했다. 이튿날 오후 라로셸에서 급한 볼일이 있었기 때문이었다.

두 시간 후, 우리는 예쁜 시골집 문 앞에서 벨을 울렸다. 젊고 아름다운 여자가 문을 열어 주었다. 그 여자가 분명했다. 나는 리베에게 나지막이 말했다. "제기랄, 모랭을 이해할 것 같아."

삼촌 토늘레 씨는 마침 《파날》의 구독자여서 정치 성향이 같은 열성 팬으로 우리를 두 팔 벌려 맞아 주며 찬사와 축하의 말을 건네고 악수를 청했다. 자신이 좋아하는 신문의 편집자를 두 명이나 자기 집에 맞이하게 되어 잔뜩 들떠 있었다. 리베가 내 귀에 대고 속삭였다. "그 돼지 같은 모랭 사건을 우리가 잘 해결할 수 있을 것 같은데."

조카가 자리를 비웠기에 나는 미묘한 얘기를 꺼냈다. 추문의 공포를 앞세워 겁을 줬다. 그런 사건의 소문이 돌면 젊은 여자가 겪게 될 피할 길 없는 가치 하락을 강조했다. "사람들은 결코 단순한 입맞춤만 했을 거라고 믿지 않을 테니까요."

그 선량한 사람은 마음을 정하지 못하는 것 같았다. 게다가 그는 저녁 늦게야 돌아올 자기 아내 없이는 아무것도 결정할 수 없었다. 별안간 그가 승리의 외침을 내질렀다. "자, 기막힌 생각이 떠올랐어요. 제가 두 분을 붙잡아 두면 되겠네요. 두 분 모두 여기서 저녁도 드시고 주무세요. 제 아내가 돌아오면 합의를 할 수 있을 겁니다."

리베는 반대했다. 하지만 그 돼지 모랭을 이 사건에서 구해 내려는 마음으로 결국 결심했다. 우리는 초대를 받아들였다.

삼촌은 흡족한 얼굴로 조카를 불렀고, 우리에게 자기 영지나 거닐자고 제안했다. "심각한 일은 이따 저녁에 해결합시다."

리베와 그는 정치 얘기를 시작했다. 나는 곧 몇 걸음 뒤처져서 여자 곁에서 걸었다. 그녀는 정말 예뻤다! 정말로!

나는 무한히 조심하며 그녀를 한편으로 만들기 위해 그 사건에 대한 얘기를 꺼냈다.

그런데 그녀는 조금도 당황하지 않는 것 같았다. 오히려 아주 재미있어하는 사람의 표정으로 내 말을 들었다.

나는 말했다. "마드무아젤, 앞으로 겪게 되실 온갖 난처한 일들을 생각해 보세요. 법정에 출두하셔서 짓궂은 눈길들을 대면해야 하고, 수많은 사람들 앞에서 말해야 하고, 열차에서 있었던 그 유감스러운 장면을 공개적으로 얘기해야 할 겁니다. 우리끼리 얘기지만, 아무 말 않고 역무원들도 부르지 않고 그 부랑자를 제자리로 돌아가게 하는 편이 낫지 않았을까요?"

그녀가 웃음을 터뜨렸다. "당신 말이 맞아요! 하지만 어쩌겠어요. 저는 겁이 났어요. 겁이 날 때는 이성적으로 생각하지 못하지요. 상황을 파악한 뒤에는 비명을 지른 걸 후회했어요. 하지만 너무 늦어 버렸죠. 그 멍청한 작자가 말 한 마디 없이 미치광이 같은 얼굴로 화난 듯이 제게 덤벼든 걸 생각해 보세요. 저는 그 사람이 뭘 원하는지조차 알지 못했어요."

그녀는 당황하지도 주눅 들지도 않고 나를 똑바로 쳐다보았다. 나는 생각했다. '이 여자는 호탕한 여자야. 그 돼지 모랭이 오해한 걸 이해하겠어.'

나는 농담하듯 말을 이었다. "보세요, 마드무아젤. 당신처럼 아름다운 분 앞에서는 입맞춤을 하고 싶은 욕구를 느끼는 게 전적으로 정당하니 그자도 용서받을 만하다고 인정하시지요."

그녀는 치아를 있는 대로 드러내고 더욱 크게 웃었다. "욕구와 행동 사이에는 존중을 위한 자리가 있지요."

그리 명료하지는 않지만 재미난 문장이었다. 나는 불쑥 물었다. "그렇다면 제가 당신에게 입맞춤을 하면 어떻게 하시렵니까?"

그녀는 걸음을 멈추고 나를 아래위로 훑어보았다. 그러곤 조용히 말했다. "오, 당신이라면 같을 수가 없지요."

물론, 같을 수 없다는 건 나도 잘 알았다. 이 지역 사람들 모두가 나를 '잘생긴 라바르브'라고 불렀으니까. 당시 나는 서른 살이었다. 그렇지만 나는 물었다. "왜죠?"

그녀는 어깨를 으쓱하더니 대답했다. "아! 당신은 그 사람처럼 바보 같지 않기 때문이지요." 그러더니 음험한 눈길로 나를 바라보며 덧붙였다. "게다가 그 사람만큼 못생기지도 않으시고요."

그녀가 나를 피할 동작을 할 겨를도 주지 않고 나는 그녀의 뺨에 입맞춤을 꽂았다. 그녀는 옆으로 펄쩍 뛰었지만 이미 늦은 뒤였다. 그녀가 말했다. "이런! 당신도 거리낌이 없군요. 그렇지만 이런 장난일랑 다시는 하지 마세요."

나는 공손한 표정을 짓고 목소리를 낮춰 말했다. "오! 마드무아젤, 저로 말할 것 같으면, 제 마음에 욕망이 하나 있다면 그건 모랭과 같은 이유로 법정에 서는 겁니다."

그녀가 물었다. "왜죠?" 나는 진지하게 그녀의 눈을 바라보며 말했다. "당신이 더없이 아름다운 분이기 때문입니다. 당신을 능욕하려 한다면 그건 제게 일종의 증서가, 직위가, 영광이 될 것입니다. 당신을 보고 나면 모두들 이렇게 말할 테니까요. '저런, 라바르브가 도적질을 한 게 아니잖아. 딱한 일이지. 하여간 그는 운도 좋아.'"

그녀는 진심으로 웃었다.

"재미난 분이시군요?" 그녀가 말을 채 끝내기도 전에 나는 그녀를 와락 끌어안고 자리가 보이는 곳마다 탐욕스러운 입맞춤을 던졌다. 머리카락에, 이마에, 눈 위에, 몇 번이고 입에, 뺨에, 온 얼굴에. 그녀는 본의 아니게 또 다른 입맞춤을 위한 자리를 내주었다.

결국 그녀는 불쾌해하며 새빨개진 얼굴로 몸을 빼냈다. "무례한 분이시군요. 당신 말에 귀 기울인 걸 후회하게 되네요."

나는 조금 당황해서 그녀의 손을 잡고 더듬거리며 말했다. "미안합니다. 미안합니다. 마드무아젤. 제가 마음 상하게 해드렸군요. 제가 거칠었습니다! 저를 원망하지 말아 주십시오. 당신이 그걸 아신다면……" 나는 공연히 변명거리를 찾았다.

잠시 후 그녀가 말했다. "제가 알아야 할 건 아무것도 없습니다."

하지만 나는 변명을 찾아내곤 외쳤다. "마드무아젤, 저는 일 년 전부터 당신을 사랑하고 있습니다!"

그녀가 정말 깜짝 놀라며 눈을 들었다. 나는 말을 이었다. "그렇습니다. 마드무아젤, 제 말을 들어 보세요. 저는 모랭을 알지도 못하고, 그 사람이 어찌 되건 개의치 않습니다. 그가 감방에 가든 법정에 서든 상관없습니다. 저는 일 년 전에 여기서 당신을 보았습니다. 당신은 저기 철문 앞에 서 계셨어요. 당신을 보고 저는 충격을 받았고, 그 후 당신의 모습이 제 머릿속에서 떠나지 않았습니다. 당신이 제 말을 믿건 안 믿건 중요하지 않습니다. 저는 당신이 사랑스럽게만 여겨졌어요. 당신에 대한 기억이 저를 사로잡았습니다. 당신을 다시 보고 싶었어요. 그래서 저 바보 같은 모렝을 핑계로 삼았지요. 그래서 이렇게 찾아온 겁니다. 이런 상황 때문에 그만 제가 도를 넘고 말았어요. 저를 용서해 주세요. 용서해 주시길 애원합니다."

그녀는 다시 미소를 머금고 내 눈길에서 진정성을 살폈다. 그러더니 중얼거렸다. "허풍쟁이시군요."

나는 한 손을 들고 진지한 말투로(심지어 실제로 진지했던 것 같다) 말했다. "맹세컨대 저는 거짓말을 하지 않습니다."

그녀는 그저 이렇게 말했다. "갑시다."

우리는 둘뿐이었다. 리베와 삼촌은 이미 모퉁이 길로 사라지고 없었다. 그래서 나는 진짜 고백을 했다. 그녀를 끌어안고 그녀 손가락에 입 맞추며 길고 달콤한 고백을 했다. 그녀는 내 말을 믿어야 할지 알지 못한 채 기분 좋고 참신한 얘기처럼 귀 기울여 들었다.

내가 한 말을 생각하면서 나도 마음이 설렜다. 얼굴이 하애지고 가슴이 답답해지더니 몸이 떨렸다. 나는 부드럽게 그녀의 허리를 감싸 안았다.

그리고 그녀의 귀를 덮은 곱슬머리에 대고 나지막이 속삭였다. 그녀는 죽은 사람 같았다. 그만큼 몽롱한 상태였다.

잠시 후 그녀의 손이 내 손을 찾아 움켜쥐었다. 나는 전율하며 점점 더 거센 포옹으로 그녀의 허리를 서서히 압박했다. 그녀는 더 이상 움직이지 않았다. 내 입술이 그녀의 뺨에 스쳤다. 갑자기 내 입술이, 애써 찾지 않았건만, 그녀의 입술에 닿았다. 길고 긴 입맞춤이 이어졌다. 몇 걸음 뒤쪽에서 "흠, 흠" 소리를 듣지 못했다면 아마 입맞춤은 더 길어졌을 것이다.

그녀는 덤불 속으로 달아났다. 뒤를 돌아보니 리베가 다가오고 있었다.

그는 길 한가운데 버티고 서서 웃음기 없이 말했다. "저런! 이런 식으로 돼지 모랭의 일을 해결하는 건가?"

나는 우쭐거리며 대답했다. "할 수 있는 일을 하는 거지, 친구. 그런데 삼촌은? 자넨 뭘 얻어냈어? 나는 조카의 부름에 응한 거야."

리베가 말했다. "삼촌과 함께한 난 덜 행복했네."

나는 그의 팔을 붙잡고 집으로 들어갔다.

III

저녁식사는 내 혼을 쏙 빼놓았다. 그녀 옆자리에 앉았는데, 내 손은 식탁보 아래로 끊임없이 그녀의 손과 만났다. 내 발은 그녀의 발을 살포시 눌렀고, 우리의 눈길은 마주치고 뒤섞였다.

그 후 모두 함께 달빛 아래 거닐었는데, 나는 마음에서 올라오는 온갖 달콤한 말을 그녀의 영혼에 속삭였다. 그리고 그녀를 끌어안고 끊임없이 입 맞추어 내 입술로 그녀의 입술을 적셨다. 우리 앞에서 삼촌과 리베가 의논을 하고 있었다. 두 사람의 그림자가 모랫길 위로 진지하게 그들을 따랐다.

우리는 집으로 돌아갔다. 곧 전보 배달원이 숙모가 보낸 전보를 가져왔다. 내일 아침 첫차를 타고 7시나 되어야 온다는 내용이었다.

삼촌이 말했다. "앙리에트, 이 신사분들에게 방을 보여 드리렴." 우리는 남자와 악수를 하고 방으로 올라갔다. 여자가 우리를 먼저 리베의 방으로 안내하자 리베가 내 귀에 대고 속삭였다. "여자가 자네 방을 먼저 안내했더라면 위험할 일이 없을 텐데." 이어서 그녀는 나를 내 침대로 안내했다. 그녀와 단

둘이 있게 되자마자 나는 다시 그녀를 품에 안고 그녀의 이성을 흔들어 저항을 무너뜨리려고 시도했다. 하지만 거의 실신할 지경이 되었을 찰나에 그녀는 달아났다.

나는 잔뜩 흥분한 채 몹시 난감하고 당혹한 심정으로 잠자리에 들었고, 내가 무슨 서툰 행동을 저질렀을까 고심하느라 이 밤은 잠들지 못하리라는 걸 알았다. 그때 살그머니 문 두드리는 소리가 났다.

내가 물었다. "누구요?"

가벼운 목소리가 대답했다. "저예요."

나는 서둘러 옷을 입고 문을 열었다. 그녀가 들어왔다. "아침에 무얼 드실지 묻는다는 걸 잊었어요. 코코아나 차, 아니면 커피?"

나는 그녀를 거칠게 끌어안았다. 집어삼킬 듯 애무를 쏟아부으며 더듬더듬 말했다. "내가 먹고 싶은 건……." 그러나 그녀는 내 품에서 미끄러지듯 빠져나가 불을 끄고 사라졌다.

나는 화가 난 채 어둠 속에 홀로 남아 성냥을 찾았지만 찾지 못했다. 마침내 성냥을 찾아서 손에 촛대를 들고 반쯤 정신이 나간 상태로 복도로 나갔다.

어떻게 해야 하지? 더 이상 아무 생각을 할 수가 없었다. 나는 그녀를 찾고 싶었다. 그녀를 갈망했다. 아무 생각 없이 몇 걸음을 걸었다. 그러다 문득 이런 생각이 들었다. '혹시 삼촌 방에 들어가게 되면 어쩌지?' '그러면 뭐라고 하지?' 머릿속이 텅 비고 심장이 쿵쾅거려 옴짝달싹할 수가 없었다. 몇 초 뒤에 해답이 떠올랐다. '그래! 급히 할 말이 있어서 리베의 방을 찾고 있었다고 말해야겠어.'

나는 그녀의 방문을 찾으려고 문들을 살피기 시작했다. 그런데 나를 인도해 줄 지표가 아무것도 없었다. 손에 닿는 대로 열쇠 하나를 쥐고 돌렸다. 그리고 문을 열고 들어섰다. 앙리에트가 침대에 앉은 채 질겁해서 나를 쳐다보았다.

나는 빗장을 살며시 잠갔다. 그리고 발끝으로 살금살금 다가가 말했다. "마드무아젤, 읽을거리를 좀 달라고 한다는 걸 잊었어요." 그녀는 발버둥을 쳤다. 그러나 나는 찾고 있던 책을 서둘러 펼쳤다. 그 책의 제목은 말하지 않겠다. 그 책은 정말이지 가장 경이로운 소설이요, 가장 신성한 시였다.

일단 그 책의 첫 페이지를 넘기고 나면 마음대로 뒤적일 수 있게 된다. 나는 양초들이 다 타도록 책의 모든 장章들을 훑었다.

얼마 후 나는 그녀에게 고맙다고 말하고, 늑대 걸음으로 내 방으로 돌아왔다. 그때 웬 억센 손 하나가 나를 멈춰 세웠고, 웬 목소리가 내 코에 대고 속삭였다. 리베의 목소리였다. "그

저 돼지 같은 모랭

러니까 그 돼지 같은 모랭 일을 아직 해결하지 못한 건가?"

아침 7시에 그녀가 직접 코코아 한 잔을 내게 가져왔다. 그렇게 맛난 코코아는 마셔 본 적이 없었다. 죽고 싶을 정도로 부드럽고 감미롭고 향기로우며 취기마저 도는 음료였다. 나는 코코아 잔의 달콤한 가장자리에서 입술을 뗄 수가 없었다.

그녀가 나가기 무섭게 리베가 들어왔다. 그는 잠을 거의 자지 못한 사람처럼 살짝 신경이 곤두서고 짜증이 나 있는 것 같았다. 그가 퉁명한 말투로 말했다. "계속 그러다간 그 돼지 모랭의 일을 망치고 말 거야."

8시에 숙모가 왔다. 논의는 짧게 끝났다. 그 선량한 사람들은 고소를 취하했고, 나는 그 가난한 시골 사람들에게 5백 프랑을 남겼다.

그러자 그들은 더 있다 가라며 우리를 붙잡았다. 심지어 폐허 지역을 돌아보는 소풍까지 준비하려 들었다. 앙리에트가 삼촌과 숙모의 등 뒤에서 내게 고갯짓을 했다. "네, 더 계세요." 나는 받아들였지만, 리베가 가야 한다고 고집했다.

나는 그를 따로 불러서 부탁하고 간청했다. 이렇게 말했다. "친구, 나를 위해 좀 있어줘." 그러나 그는 성난 얼굴을 내 얼굴 가까이 대고 거듭 말했다. "그 돼지 같은 모랭 얘기라면 이제 지긋지긋해. 알겠나?"

결국 나도 떠날 수밖에 없었다. 이때가 내 삶에서 가장 힘들었던 순간 중 하나였다. 마음 같아선 평생 동안 이 사건의 해결을 맡고 싶었다.

나는 말없이 격정적인 작별의 악수를 주고받은 뒤 열차에 올라탔고 리베에게 말했다. "자넨 몹쓸 친구야." 그가 대답했다. "이 친구야, 자네 때문에 난 정말이지 짜증이 나기 시작했다고."

《파날》편집실에 도착하자 무리 지어 우리를 기다리고 있는 사람들이 보였다. 우리를 보자 사람들이 외쳤다. "그래, 그 돼지 같은 모랭 일은 해결했나?"

라로셸 주민 모두가 그 문제에 신경 쓰고 있었다. 리베는 돌아오는 동안 화가 풀렸는지 이렇게 말하며 웃음을 참지 못했다. "네, 해결됐어요. 라바르브 덕에."

그리고 우리는 모랭네로 갔다.

그는 다리에는 찜질연고를 바르고, 머리에는 차가운 물수건을 얹고, 안락의자에 누운 채 불안해서 거의 탈진한 모습이었다. 그렇게 다 죽어 가는 사람 꼴로 끊임없이 밭은기침을 내뱉었다. 그 감기가 대체 어디에서 온 건지는 누구도 알지 못했다. 그의 아내는 금세라도 그를 잡아먹을 암호랑이 같은 기세로 그를 바라보고 있었다.

모랭은 우리를 보자마자 몸을 떨어 손목과 무릎까지 후들거렸다. 내가 말했다. "개자식, 해결됐어. 그렇지만 두 번 다시 그러지 마."

그는 숨 막히는 사람처럼 벌떡 일어서더니 내 손을 잡고 왕의 손에 하듯이 입을 맞추었고, 우느라 거의 정신을 잃을 뻔했고, 리베를 끌어안더니 심지어 모랭 부인까지 끌어안았다. 부인은 그를 의자 쪽으로 밀쳤다.

그런데 그는 그 후로 다시 기력을 차리지 못했다. 충격이 너무 컸던 것이다.

이 고장 사람들은 이후 그를 "저 돼지 같은 모랭"이라고 불렀는데, 이 수식어를 들을 때마다 그는 칼날이 자기 몸을 관통하는 느낌을 받았다.

길거리에서 웬 부랑배가 "저 돼지"라고 외치면 그는 본능적으로 고개를 돌렸다. 그의 친구들은 끔찍한 농담들을 마구 내뱉었고, 그가 햄을 먹을 때마다 물었다. "네 살덩이야?"

그는 2년 뒤에 죽었다.

나는 1875년에 국회의원 선거에 나서면서 투세르의 새 공증인인 벨롱클 부인을 찾아갔다. 키 크고 풍만한 아름다운 여자가 나를 맞아 주었다.

"저를 못 알아보시겠어요?"

여자가 물었다.

나는 더듬거리며 말했다.

"저… 아뇨… 부인."

"앙리에트 보넬이에요."

"아!"

나는 얼굴이 새하얘지는 느낌이었다.

그녀는 더없이 편안한 얼굴로 나를 보며 미소 지었다.

그녀가 남편과 나만 남겨 놓고 자리를 비우자 그녀의 남편이 내 손을 잡고 으스러뜨릴 듯이 힘을 주며 말했다. "오래전부터 당신을 만나 보고 싶었소. 아내한테 당신에 대한 말을 많이 들었습니다. 압니다… 네, 당신이 어떤 곤혹스러운 상황에서 제 아내를 알게 되었는지 압니다. 또한 당신이 얼마나 완벽했고, 재치 넘치고 섬세했으며, 헌신적이었는지도 압니다… 그…….." 그는 머뭇거리다가 마치 천박한 말이라도 내뱉듯이 목소리를 낮추어 말했다. "…그 돼지 같은 모랭 사건에서 말입니다."

미친 여자

로베르 드 보니에르에게

마티외 당돌랭 씨가 말했다. 있잖습니까, 나는 멧도요새만 보면 아주 음산한 전쟁 일화가 떠오릅니다.

코르메유 근교에 있는 내 영지를 아시지요. 프로이센 군대가 왔을 때 나는 그곳에 살고 있었습니다.

그 시절 이웃엔 정신 나간 여자가 살았습니다. 여러 차례 불행의 공격을 받고 정신이 길을 잃어버린 여자였지요. 그녀는 오래전, 스물다섯 살에 한 달 사이에 아버지와 남편, 갓 태어난 아이까지 잃었어요.

죽음은 어느 집에 한번 발을 들여놓으면 마치 출입문을 안다는 듯이 거의 언제나 즉각 다시 찾아오지요.

가련한 젊은 여자는 슬픔에 충격받고 몸져누워 6주 동안이

나 정신착란에 빠졌습니다. 격렬한 발작이 지나자 평온한 무기력증이 뒤를 이어 그녀는 거의 먹지도 않고 눈만 끔벅이며 옴짝달싹하지 않았지요. 사람들이 일으키려고 하면 여자는 마치 누가 죽이기라도 하는 듯이 비명을 질러 댔어요. 그래서 사람들은 그녀가 누워 지내도록 내버려 두었지요. 몸을 닦이거나 매트를 뒤집을 때만 침대에서 끌어내릴 뿐이었어요.

늙은 하녀 한 명이 그녀 곁에 머무르면서 이따금 물을 마시게 하거나 식은 고기를 씹게 했습니다. 그 절망한 영혼에 무슨 일이 일어났을까요? 사람들은 결코 그걸 알지 못했습니다. 그녀가 말을 하지 않았기 때문이지요. 그녀는 죽은 이들을 생각했을까요? 구체적인 기억 없이 그저 슬픈 몽상에 잠겼을까요? 아니면 그녀의 상심한 생각이 고인 물처럼 꼼짝 않았던 걸까요?

그녀는 15년 동안 그렇게 문을 닫아걸고 움직이지 않았습니다.

전쟁이 발발했고, 12월 초에 프로이센 군대가 코르메유로 침투했습니다.

나는 그 일이 어제 일처럼 떠오릅니다. 돌이 얼어서 깨질 정도로 추운 날이었지요. 나는 통풍 때문에 꼼짝 못하고 안락의자에 기대 누워 있었습니다. 그때 군인들의 박자 맞춘 묵직한 발소리가 들렸습니다. 창문으로 군인들이 지나가는 게 보였어요.

모두 똑같은 군인들이 특유의 꼭두각시 같은 동작으로 끝 없이 열을 지어 행진했지요. 곧이어 지휘관들이 부하들을 주 민들에게 배정했습니다. 나는 열일곱 명을 받았지요. 이웃집 의 미친 여자에게는 열둘이 할당되었는데, 그중 한 소령은 진 짜 군인처럼 거칠고 무뚝뚝한 사내였습니다.

처음 며칠 동안은 모든 것이 순조롭게 흘러갔습니다. 사람 들이 이웃집 장교에게 여자가 아프다고 말해 두었지요. 장교 는 그다지 괘념치 않았습니다. 하지만 곧 한 번도 눈에 보이 지 않는 그 여자가 그의 신경에 거슬렸던 모양이었습니다. 그 는 무슨 병인지 물었습니다. 사람들은 그 집주인 여자가 극심 한 슬픔을 겪은 뒤로 15년째 누워 지낸다고 대답했지요. 장교 는 아마도 그 말을 믿지 않고서 가련한 미친 여자가 자존심 때문에, 프로이센 군인들을 보기 싫어서 침대에서 나오지 않 고 그들과 말도 섞지 않고 접촉하지 않는다고 상상한 모양이 었어요.

그는 여자에게 그를 접견하라고 요구했습니다. 사람들이 그를 여자의 방에 들여보냈지요. 그가 거친 말투로 물었습니 다.

"부인. 우뤼가 볼 수 이또록 이뤄나서 내려오기 바랍니다."

여자는 멍한 눈길을, 공허한 눈길을 그를 향해 돌릴 뿐 대답하지 않았습니다.

그가 다시 말했지요.

"이뤈 무례는 용인할 수 없습니다. 자발적으로 이뤄나지 않으면 당신이 혼자서 거뤄다니게 할 방법을 우뤼가 분명히 차즐 거요."

그녀는 마치 그를 보지 못한 것처럼 여전히 꼼짝 않았고, 아무 행동도 하지 않았습니다.

그는 그 평온한 침묵을 극단적인 멸시의 표시로 여기고 격분해서 이렇게 덧붙였습니다.

"마냑 내일도 내려오지 않으면……."

그러곤 방을 나갔습니다.

이튿날, 늙은 하녀가 혼이 나간 얼굴로 여자에게 옷을 입히려 했습니다. 그러나 미친 여자는 발버둥을 치고 고함을 질렀지요. 장교가 바로 올라왔습니다. 하녀가 무릎을 꿇고 외쳤지요.

"장교님. 여주인께서 옷을 입으려 들지 않아요. 원치 않네요. 용서해 주세요. 참으로 가련한 분입니다."

군인은 화가 났지만 차마 부하들을 시켜 그녀를 침대에서 끌어내지 못하고 난감해했습니다. 갑자기 그가 웃음을 터뜨리더니 독일어로 명령을 내렸습니다.

곧 한 분대가 부상자를 들 듯이 매트리스를 들고 밖으로 나오는 게 보였습니다. 조금도 손대지 않은 그 침대에서 미친 여자는 자신을 누워 있도록 내버려 두는 한 주변에서 벌어지는 일에 무심한 채 여전히 말없이 평온했습니다. 뒤에서 한 남자가 여자 옷 꾸러미를 들고 있었지요.

장교가 두 손을 문지르며 말했습니다.

"당신이 혼자서 옷도 몬 닙꼬 산책도 모타겠다면 우뤼가 하게 해주지."

그 행렬은 이모빌 숲 방향으로 멀어져 갔습니다.

두 시간 뒤에 군인들만 돌아왔지요.

그 후 미친 여자는 다시 보이지 않았습니다. 그들이 여자를 어떻게 했을까요? 어디로 데려갔을까요? 끝내 알 수 없었습니다.

눈이 밤낮으로 내려 들판과 숲을 얼어붙은 이끼 수의로 뒤덮었습니다. 늑대들이 우리 문 앞까지 와서 울부짖었지요.

사라진 그 여자에 대한 생각이 나를 떠나지 않았습니다. 나는 정보를 얻으려고 프로이센 권력층을 여러 차례 접촉해

보았습니다. 그러다 하마터면 총살당할 뻔했지요.

봄이 왔고, 점령군이 떠났습니다. 이웃 여자의 집은 닫혀 있었습니다. 산책로에는 풀이 무성하게 자랐고요.

늙은 하녀는 겨울에 죽었습니다. 그 일에 마음을 쓰는 사람은 이제 아무도 없었습니다. 나 혼자만 끊임없이 그 생각을 했지요.

군인들이 그 여자를 어떻게 했을까? 여자는 숲속으로 달아났을까? 누군가 어딘가에서 그녀를 거뒀으나 그녀에 대해 아무것도 알지 못해 병원에 붙들어 둔 건 아닐까? 그 무엇도 나의 의혹을 풀어 주지는 못했습니다. 그러나 차츰 시간이 흐르면서 내 마음의 근심도 가라앉았습니다.

그런데 이듬해 가을, 멧도요새가 떼를 지어 왔습니다. 통풍이 조금 나은 듯해서 나는 숲까지 어슬렁거리며 걸어갔습니다. 부리 긴 새 네다섯 마리를 벌써 잡았는데, 한 마리가 가지 무성한 덤불 속으로 떨어졌어요. 새를 주우려니 덤불 속으로 내려가지 않을 수 없었지요. 새는 웬 죽은 머리 옆에 떨어져 있었습니다. 불현듯 미친 여자에 대한 기억이 주먹질처럼 내 가슴을 후려쳤습니다. 아마 그 음산한 해엔 많은 사람들이 숲속에서 숨을 거두었을 겁니다. 하지만 왠지 모르지만 내가 만난 게 그 가련한 광녀의 머리라는 확신이 들었습니다.

그리고 문득 이해했습니다. 모든 걸 간파했지요. 그들이 춥고 황량한 그 숲속에 매트리스째로 그녀를 버렸다는 것을. 그리고 그녀는 한결같은 생각에 골똘한 채 두텁고 가벼운 눈이불을 덮고 팔다리도 꼼짝 않고 가만히 죽어 갔으리라는 것을 말입니다.

얼마 후 늑대들이 그녀를 물어뜯었을 겁니다.

그리고 새들은 찢긴 침대의 양모로 둥지를 만들었을 테지요.

나는 그 슬픈 유골을 보존했습니다. 우리의 자손들은 더 이상 전쟁을 보지 않게 되길 빌 뿐입니다.

피에로

앙리 루종에게

르페브르 부인은 시골 아낙에 과부였으며, 주름 잡힌 모자를 쓰고 리본을 단 어정쩡한 시골뜨기였다. 발음을 틀려 가며 말하고, 사람들 앞에서는 태도가 거창해지는 그런 사람이었다. 베이지색 실크 장갑 아래 두툼하고 시뻘건 손을 감추듯이 우스꽝스럽고 요란한 겉모습 아래 거들먹거리는 상스러운 영혼을 감추고 있는 그런 사람들 중 한 명이었다.

그녀는 로즈라는 아주 순박하고 착한 시골 여자를 하녀로 두고 있었다.

두 여자는 노르망디 지방, 코Caux 지역 중심부의 어느 길가에 자리한, 초록색 덧창이 달린 작은 집에 살고 있었다.

집 앞에는 좁다란 정원이 있어 여자들은 거기다 몇 가지

채소를 재배했다.

그런데 어느 날 밤, 누군가 양파 열두 뿌리를 훔쳐 갔다.

로즈는 절도를 확인하자마자 부인에게 알리러 달려갔고, 부인은 실내용 니트 치마 차림으로 내려왔다. 개탄스럽고 무서운 일이었다. 르페브르 부인의 물건을 훔쳐 가다니! 이 마을에서 절도가 일어났으니 다시 일어날 수 있단 얘기였다.

질겁한 두 여자는 발자국을 유심히 살폈고, 수다를 떨며 이런저런 추측을 했다. "이것 봐, 도둑들이 저리로 왔어. 담벼락에도 발자국이 남았네. 화단으로 뛰어내렸어."

두 여자는 앞날을 걱정했다. 이제 어떻게 발 뻗고 자나!

절도 소문이 퍼졌다. 이웃들이 찾아와 확인하고 의견을 주고받았다. 두 여자는 누가 새로 올 때마다 자신들의 관측과 생각을 말했다.

이웃집 농부 한 사람이 그들에게 이런 조언을 해주었다.

"개를 한 마리 키우시지요."

일리 있는 얘기였다. 그저 경계심을 일깨울 생각이라면 개를 한 마리 키우면 될 일이었다. 큰 개 말고! 두 여자가 큰 개를 어찌 키우겠는가! 개를 먹이느라 파산할지도 모른다. 작은 강아지(노르망디에서는 '캥'이라고 부르는) 한 마리, 짖을 줄 아는 강아지 한 마리면 된다.

멧도요새 이야기

모두가 떠나자 르페브르 부인은 개를 키울 생각을 오래도록 숙고했다. 고심 끝에 그녀는 사료가 가득 담긴 밥그릇을 떠올리고는 기겁하고 천 가지 반론을 내놓았다. 그녀는 주머니에 항상 잔돈을 넣고 다니다가 길에서 만나는 가난한 이들에게 보란 듯이 적선을 하거나 일요일에 헌금으로 내는 인색한 부류의 시골 아낙이었던 것이다.

동물을 좋아하는 로즈는 제 나름대로 이런저런 이유를 내놓으며 재치 있게 동물을 옹호했다. 따라서 그들은 개를, 아주 작은 강아지 한 마리를 갖기로 결정했다.

그래서 개를 찾기 시작했는데, 오싹할 정도로 수프를 먹어치우는 큰 개들만 보였다. 롤빌의 식료품 가게 주인에게 아주 작은 개가 한 마리 있었다. 그런데 그는 사육비를 충당하기 위해 2프랑을 요구했다. 르페브르 부인은 '캥'을 한 마리 기르고 싶긴 했지만, 돈을 주고 살 생각은 없었다.

그러던 어느 날 아침, 상황을 잘 아는 빵집 주인이 거의 발도 없고 악어 같은 몸에 여우 같은 머리, 몸통만큼이나 긴 트럼펫 모양의 깃털 장식 같은 꼬리를 단, 괴이하게 샛노란 동물 하나를 자동차에 실어 왔다. 어떤 손님이 그걸 처분하고 싶어 한다는 것이다. 르페브르 부인에겐 그 추한 발바리가 아주 예뻐 보이는 데다 값도 거저였다. 로즈가 강아지를 안고 이름이

43

무엇인지 물었다. 빵집 주인은 '피에로'라고 대답했다.

두 여자는 낡은 비누상자로 개집을 만들어 주고 우선 마실 물을 가져다주었다. 녀석은 마셨다. 그런 다음 빵 한 조각을 내밀었다. 녀석은 먹었다. 걱정스러운 얼굴로 르페브르 부인이 한 가지 의견을 내놓았다. "개가 집에 익숙해지고 나면 자유롭게 내버려 두자고. 동네를 돌아다니면서 먹을 것을 찾겠지."

실제로 그들은 개를 풀어놓았는데, 그래도 개는 굶주리기만 했다. 게다가 녀석은 끼니를 요구할 때만 짖었다. 그럴 땐 악착스레 짖었다.

정원에는 아무나 들어올 수 있었다. 피에로는 새로운 사람이 올 때마다 반기러 나갔고, 절대로 짖지 않았다.

하지만 르페브르 부인은 이 짐승에 길이 들었다. 심지어 좋아하기까지 해서, 이따금은 직접 손으로 빵 조각을 스튜 국물에 찍어서 주기도 했다.

그러나 세금은 한 번도 생각해 본 적이 없었는데, 전혀 짖지도 않는 그 강아지에 대해 세금 8프랑이 나왔다―8프랑입니다, 부인!― 그녀는 충격받고 기절할 뻔했다.

피에로를 없애기로 즉각 결정이 내려졌다. 누구도 녀석을 원치 않았다. 반경 10리 외에 사는 주민들은 모두가 거부했다.

그래서 달리 방법이 없어 '흙을 주기로' 결정했다.

'흙을 준다'는 건 '이회토를 먹인다'는 뜻이다. 그 마을 사람들은 없애고 싶은 모든 개들에게 '흙을 준다'.

넓은 들판 한가운데 오두막집이 하나 보였다. 아니 차라리 아주 작은 초가집 지붕 하나가 땅 위에 놓여 있는 것 같았다. 이회토 채굴장 입구였다. 긴 갱도들과 이어지는 크고 반듯한 우물 하나가 땅속 20미터까지 패어 있었다.

사람들은 일 년에 한 번, 땅에 이회토 비료를 주는 시기에 그 갱도로 내려간다. 나머지 시간 동안에 그 갱도는 죽음을 선고받은 개들의 묘지로 쓰인다. 종종 입구 근처를 지날 때면 구슬픈 울음소리, 성났거나 절망한 개가 짖는 소리, 애통한 부름이 들린다.

사냥개나 양치기개들은 신음소리가 들려오는 그 구멍 근처를 지나면 질겁해서 도망친다. 그 위로 몸을 숙여 보면 지독한 악취가 올라온다.

그 어둠 속에서 흉측한 비극들이 벌어진다.

짐승이 우물 바닥에서 열흘에서 열이틀 동안 먼저 떨어진 짐승들의 끔찍한 유해를 먹으며 서서히 죽어 갈 때 몸집도 더 크고 당연히 기운도 더 왕성한 새로운 동물이 갑자기 떨어진다. 그곳엔 굶주린 녀석들만 눈을 번득이고 있다. 그들은 서로

를 노리고 뒤쫓고, 불안해하며 머뭇거린다. 그러나 허기가 그
들을 재촉한다. 그래서 서로 공격하고 오랫동안 악착스레 싸
운다. 가장 힘센 놈이 가장 약한 놈을 잡아먹는다. 산 채로 뜯
어먹는다.

피에로에게 '흙을 주기로' 결정하고, 두 여자는 실행할 사
람을 물색했다. 길을 닦는 도로 보수 인부는 그 일을 하는 데
10수*를 요구했다. 르페브르 부인에게는 그것이 지나치게 부
풀린 액수로 보였다. 이웃집 하인은 5수면 된다고 했다. 그것
도 비쌌다. 그러자 로즈는 두 여자가 직접 개를 데려가는 편
이 낫겠다고 말했다. 그러면 가는 길에 개를 함부로 다루지도
않고, 제 운명에 대해 알려줄 수도 있을 터였기 때문이다. 해
가 지면 두 여자가 함께 가기로 결정했다.

그날 저녁, 개에게는 손가락만큼 버터를 넣은 수프가 주어
졌다. 녀석은 마지막 한 방울까지 먹어치웠다. 녀석이 기분 좋
아서 꼬리를 흔들 때 로즈가 녀석을 앞치마에 품었다.

두 여자는 서리꾼처럼 들판을 가로질러 성큼성큼 나아갔
다. 곧 이회토 채굴장이 보였고, 목적지에 도달했다. 르페브르
부인은 우물 안으로 몸을 숙여 신음소리를 내는 동물이 없는

* 1960년 이전의 화폐단위로 1수가 5상팀에 해당하므로 10수는 50상팀, 즉 1프랑의 반절
을 뜻한다.

지 귀를 기울였다. 없었다. 피에로는 혼자 있게 될 것이다. 그러자 울고 있던 로즈가 녀석을 꼭 끌어안더니 구멍 속으로 던졌다. 그리고 두 여자 모두 우물 위로 몸을 숙이고 귀를 쫑긋 세웠다.

먼저 묵직한 소리가 들리더니 다친 짐승이 내는 찢어지는 듯 날카로운 울음소리가 들렸고, 뒤이어 고통의 비명소리가 잔잔히 이어지더니 절망의 부르짖음이, 입구를 향해 고개를 들고 애원하는 개의 한탄소리가 들렸다.

녀석이 짖었다. 오, 짖고 있었다!

두 여자는 후회와 두려움, 뭐라 형언할 수 없는 광적인 공포에 사로잡혔다. 달려서 도망쳤다. 로즈가 더 빨리 달려가자 르페브르 부인이 외쳤다. "기다려줘, 로즈, 기다려줘!"

두 여자는 밤새 무시무시한 악몽에 시달렸다.

르페브르 부인은 꿈속에서 수프를 먹기 위해 식탁에 앉아 수프 그릇을 열었는데, 피에로가 그릇 속에 있었다. 녀석이 달려들이 그녀의 코를 물었다.

그녀는 잠에서 깼고, 개 짖는 소리가 여전히 들리는 것 같았다. 귀를 기울였다. 착각이었다.

다시 잠이 든 그녀는 대로 위에 서 있었고, 끝없이 이어지는 대로를 따라갔다. 갑자기 길 한가운데 바구니가 하나 보였

47
피에로

다. 농가의 큰 바구니가 버려져 있었다. 그녀는 그 바구니가 무서웠다.

그렇지만 결국 바구니를 열었는데, 피에로가 바구니 속에 웅크리고 있다가 그녀의 손을 물고는 놓지 않았다. 그녀는 입을 악다문 개를 팔 끝에 매단 채 미친 듯이 달렸다.

새벽에 그녀는 벌떡 일어나서 거의 미친 여자처럼 이회토 채굴장으로 달려갔다.

개는 짖고 있었다. 밤새도록 짖고도 여전히 짖고 있었다. 그녀는 울먹이며 온갖 다정한 이름으로 개를 불렀다. 개는 개 목소리가 낼 수 있는 온갖 다정한 억양으로 대답했다.

그러자 그녀는 개가 죽을 때까지 행복하게 만들어 주겠다고 다짐하며 개를 다시 봐야겠다고 마음먹었다.

그래서 이회토 채굴을 맡은 우물 파는 인부에게 달려가 자기 처지를 이야기했다. 남자는 아무 말 없이 들었다. 그녀가 말을 끝내자 그가 말했다. "당신 개를 원하는 거요? 4프랑 내야 합니다."

그녀는 펄쩍 뛰었다. 모든 고통이 일거에 날아갔다.

"4프랑이라고요! 그 개를 죽이길 바라는 거요? 4프랑이라니!"

그는 대답했다. "그럼 내가 그저 당신에게 개를 돌려줄 즐거움을 위해 밧줄과 크랭크를 가져와서 그 모든 걸 조립한 뒤 우리 아이랑 같이 저 아래로 내려가서 당신의 저주받은 개에게 물리길 바라는 거요? 던지지를 말았어야죠."

그녀는 화가 나서 돌아섰다. 4프랑이라니!

돌아오자마자 그녀는 로즈를 불러서 우물 파는 인부의 요구를 말했다. 로즈는 체념한 얼굴로 반복했다. "4프랑이라니! 돈이 문제군요, 부인."

그러더니 덧붙였다. "그 가련한 개가 저렇게 죽지 않도록 먹을 것을 던져 주는 건 어떨까요?"

르페브르 부인이 기쁜 얼굴로 동의했다. 그래서 두 사람은 버터 바른 큰 빵 덩어리를 들고 다시 떠났다.

두 여자는 빵을 한 입씩 잘라 던지며 피에로에게 말했다. 빵 조각을 먹고 나면 개는 짖어서 다음 조각을 요구했다.

두 여자는 저녁에도 다시 돌아왔고, 이튿날도 왔고, 매일 그렇게 찾아왔다. 이제 두 여자는 이 이동밖에 하지 않았다.

그러던 어느 날 아침, 첫 번째 조각을 던졌을 때 갑자기 우물 속에서 우렁차게 짖는 소리가 들렸다. 개가 두 마리였다! 누군가 다른 개 한 마리를, 큰 개를 던진 것이다!

로즈가 외쳤다. "피에로!" 그러자 피에로가 짖었다. 그러면

49
피에로

먹을 것을 던졌다. 하지만 매번 두 여자는 무시무시한 소란을 분명히 들었고, 동료에게 물린 피에로가 낑낑거리는 비명소리를 들었다. 더 강자인 다른 개가 먹이를 모조리 먹어치웠다.

두 여자가 명시해서 말해 봤자 소용없었다. "피에로, 이건 네 거야!" 분명히 피에로는 아무것도 먹지 못하고 있었다.

망연자실한 두 여자는 서로를 바라보았다. 르페브르 부인이 날카로운 어조로 말했다. "아무리 그래도 사람들이 저 안에 던질 모든 개를 먹일 수는 없어. 포기해야겠어."

온 동네 개가 그녀의 돈으로 살아갈 생각을 하고 아연실색한 그녀는 남아 있던 빵마저 들고 돌아오는 길에 걸으며 먹었다.

로즈는 파란 앞치마 귀퉁이로 눈가를 닦으며 그녀를 따랐다.

미뉴에트

폴 부르제에게

회의주의자로 통하는 노총각 장 브리델이 말했다.

나는 큰 불행이 닥쳐도 그리 슬퍼하지 않습니다. 아주 가까이에서 전쟁을 보았고, 시체들을 뛰어넘으면서도 연민을 품지 않았습니다. 자연이나 인간의 거친 폭력성은 우리에게 공포나 분노의 외침을 내지르게 할 수는 있어도, 사소하지만 비통한 광경을 볼 때 등줄기를 타고 흐르는 오싹한 전율을, 가슴에 고통을 느끼게 하지는 못합니다.

인간이 느낄 수 있는 가장 격렬한 고통은 어머니가 자식을 잃는 것이고, 자식이 어머니를 잃는 것입니다. 그 고통은 지독하고 끔찍해서 사람의 마음을 뒤흔들고 찢어 놓습니다. 하지만 피 흘리는 큰 상처가 그렇듯이 그런 불행도 치유됩니다. 그런데 어떤 만남, 힐끗 보고 짐작한 어떤 일, 어떤 비밀스러운 슬픔, 운명의 어떤 배신은 우리 안에 고통스러운 생각의 세계를 휘저어 놓고, 우리 앞에 정신적 고통의 불가사의한 문을 불쑥 열어 보이는데, 복잡하고 치유 불가능하며 대수롭잖아 보여도 훨씬 깊으며, 거의 포착할 수 없어 보여도 훨씬 쓰라리며, 꾀병처럼 보여도 보기보다 훨씬 끈질긴 이 고통은 우리의 영혼에 슬픔의 긴 흔적처럼 씁쓸한 뒷맛을, 환멸의 느낌을 남겨서 그걸 지우려면 오랜 시간이 걸립니다.

제겐 눈앞에서 보듯 여전히 생생한 두세 가지 기억이 있습니다. 물론 다른 이들은 결코 알아차리지 못했을 테지만, 가녀리지만 길며 치유 불가능한 아픔처럼 내 안에 들어온 것들입니다.

어쩌면 여러분은 그 생생한 인상들이 내게 남긴 감동을 이해하지 못할지도 모릅니다. 그중 한 가지만 얘기해 드리지요. 오래된 인상이지만 어제 일처럼 생생합니다. 그저 내 상상력이 감동을 낳은 것인지도 모르겠습니다.

지금 내 나이는 오십입니다. 그 시절에 나는 젊었고, 법학을 공부하고 있었습니다. 조금 침울하고, 조금 몽상적이며, 우울한 철학에 젖어 있었던 나는 시끄러운 카페도, 떠들어 대는 친구들도, 멍청한 여자애들도 전혀 좋아하지 않았습니다.

나는 아침 일찍 일어났습니다. 내가 가장 좋아하던 즐거움 중 하나는 아침 8시 즈음에 홀로 뤽상부르공원의 묘목원을 거니는 것이었습니다.

여러분은 그 묘목원을 알지 못하셨죠? 그곳은 다른 세기의 잊힌 정원 같은 곳인데, 할머니의 다정한 미소처럼 예쁜 정원이었습니다. 촘촘한 생울타리가 좁고 반듯한 산책로를 경계 짓고 있었지요. 가지런하게 가지치기가 된 두 줄 나무 담장 사이에 조용한 산책로가 자리하고 있었어요. 정원사의 커다란 가위가 쉬지 않고 그 나뭇가지 장벽을 가지런히 다듬었지요. 그리고 여기저기서 꽃밭을, 소풍 나온 어린 학생들처럼 줄지어 선 작은 나무 화단을, 무리 지은 멋진 장미나무며 과실나무 부대를 만날 수 있었습니다.

이 매혹적인 작은 숲의 한 귀퉁이엔 꿀벌들이 살고 있었습니다. 짚으로 된 벌들의 집은 나무판자 위에 교묘하게 공간을 배분해 지어져 있었고, 골무 입구 같은 문이 양지 바른 쪽으로 활짝 열려 있었어요. 길을 걷는 내내 붕붕거리는 황금빛 파리들을 만날 수 있는데, 파리들이야말로 그 평화로운 곳의 진짜 주인, 그 평온한 산책로의 진정한 산책자들이었지요.

나는 거의 매일 아침 그곳을 찾았습니다. 벤치에 앉아서 책을 읽었지요. 이따금 책을 무릎 위에 내려놓고 몽상에 잠기

거나 내 주위에서 도시 파리Paris가 살아 움직이는 소리를 듣고, 옛날풍의 그 소사나무 산책로가 안겨주는 무한한 평온을 만끽하곤 했습니다.

그런데 문이 열리자마자 그곳을 찾는 이가 나만이 아니라는 사실을 금세 깨달았고, 때때로 숲 모퉁이에서 키 작은 묘한 노인과 맞닥뜨리곤 했습니다.

노인은 은 버클이 달린 구두를 신었고, 구식 반바지*에 연갈색 프록코트를 걸치고, 레이스를 넥타이처럼 메고, 털이 북실북실하고 챙 넓은 기괴한 회색 모자를 쓰고 있어 노아의 방주 시대를 떠올리게 할 정도였습니다.

그는 마르다 못해 아주 깡말랐고, 각진 얼굴이었으며, 찌푸린 듯 웃는 인상이었습니다. 날카로운 눈은 연신 껌뻑이는 눈썹 아래에서 꿈틀거리며 분주히 움직였지요. 손에는 황금 손잡이가 달린 멋진 지팡이가 언제나 들려 있었는데, 그에게는 멋진 추억의 물건인 듯했습니다.

처음에는 이 노인을 보고 놀랐지만 이내 아주 흥미가 동했습니다. 그래서 나는 나무 울타리 너머로 그를 살폈고, 들키지 않으려고 작은 풀숲 모퉁이에 멈춰 서며 멀찌감치 그를 따라갔습니다.

* 앞쪽의 여밈 부분을 내리고 올릴 수 있게 만든 반바지.

그러던 어느 날 아침, 노인은 혼자뿐이라고 생각했는지 이상한 동작을 하기 시작했습니다. 먼저 몇 번 살짝 뛰더니 절을 했지요. 그러곤 가녀린 다리로 여전히 민첩하게 앙트르샤 발레 동작을 했고, 우아하게 돌며 도약하고 교묘하게 몸을 비틀었으며, 마치 관객 앞인 양 미소 짓고 교태를 부리며 두 팔을 동그랗게 모으고 꼭두각시처럼 안쓰러운 몸을 꼬아 허공에 대고 애처로우면서 우스꽝스러운 인사를 하더군요. 그는 춤을 추고 있었습니다!

나는 놀라서 마비된 채 생각했지요. 저 사람과 나, 둘 중에 누가 미친 걸까.

그런데 그가 갑자기 멈추더니 무대 위의 배우들처럼 앞으로 나아갔고, 우아한 미소를 머금은 채 뒤로 물러서면서 고개 숙여 인사를 했고, 떨리는 손으로 여배우처럼 입맞춤을 두 줄로 늘어선 가지런한 나무들에게 날렸습니다.

그러곤 진지하게 다시 산책을 계속하더군요.

이날부터 나는 시야에서 그를 놓치지 않았습니다. 그는 매일 아침 그 이상야릇한 운동을 다시 시작하더군요.

그에게 말을 걸고 싶은 강렬한 욕구가 나를 사로잡았습니다. 그래서 나는 용기 내어 그에게 인사를 한 뒤 말했지요.

"어르신, 오늘 날씨 참 좋지요."

그가 인사를 받으며 말했습니다.

"그렇습니다. 꼭 옛날 같은 날씨예요."

일주일 뒤, 우리는 친구가 되었고 나는 그의 이야기를 알게 되었습니다. 그는 루이 15세 시절에 오페라극장의 무용 선생이었습니다. 그의 멋진 지팡이는 클레몽 백작에게 받은 선물이라더군요. 그는 춤에 대해 얘기하기 시작하면 말을 멈추지 못했습니다.

그러던 어느 날 그가 내게 털어놓았습니다.

"나는 그 유명한 카스트리스*와 결혼했답니다. 원하신다면 소개해 드리겠지만 아내는 좀 있어야 올 겁니다. 보시다시피 이 정원은 우리의 즐거움이요, 우리의 삶입니다. 옛날로부터 우리에게 남은 건 이게 전부입니다. 이것마저 없으면 우리는 더는 살아가지 못할 겁니다. 이곳은 낡고 기품 있지 않습니까? 이곳에 오면 내가 젊었던 시절 이후로 조금도 변하지 않은 공기를 마시는 것 같아요. 내 아내와 나는 매일 오후를 이곳에서 보냅니다. 하지만 나는 아침부터 이곳에 오지요. 잠을 일찍 깨거든요."

---

* '춤의 신'이라는 별명을 가진 무용수 베스트리스(1760-1842)의 이름을 본떠서 지어낸 이름.

나는 점심식사를 끝내자마자 뤽상부르공원으로 돌아갔고, 곧 내 친구를 보았습니다. 그는 검게 차려입은 키 작은 노부인에게 한쪽 팔을 내주고 있었고, 나를 노부인에게 소개했습니다. 그녀가 바로 그 카스트리스였습니다. 대공들이 사랑했고, 왕이 사랑한 무용수, 세상에 사랑의 향기를 남긴 것처럼 보이는 그 예의 바른 세기 전체가 사랑한 위대한 무용수 말입니다.

우리는 돌벤치에 앉았습니다. 그때는 5월이었지요. 정갈한 산책로엔 꽃향기가 감돌고 있었습니다. 화창한 햇살이 나뭇잎 사이로 미끄러져 들어와 우리 위로 빛 방울을 흩뿌리고 있었지요. 카스트리스의 검은 드레스는 온통 빛에 젖은 것처럼 보였습니다.

정원은 비어 있었습니다. 마차 구르는 소리가 멀리서 들렸지요.

"죄송합니다만, 미뉴에트가 어떤 춤이지요?"

내가 늙은 무용수에게 물었습니다.

그는 화들짝 놀라며 말했습니다.

"미뉴에트는 춤의 여왕이고, 여왕들의 춤입니다. 이해하시겠습니까? 왕이 사라진 뒤로 미뉴에트도 사라졌지요."

그러더니 그는 과장된 몸짓을 섞어 가며 열광적인 찬사를 길게 늘어놓았는데, 나는 도무지 알아듣지 못했습니다. 그래서 스텝이며 동작과 몸짓을 묘사해 달라 부탁했지요. 그는 안절부절 미안해하고 자신의 무능에 화를 내며 웅얼거렸습니다.

그러다 갑자기 여전히 근엄하게 침묵을 지키고 있는 자신의 오랜 동반자를 향해 돌아보며 말했지요.

"엘리즈, 우리가 이분에게 미뉴에트가 무엇인지 보여 주는 게 어떻겠소, 당신 괜찮겠어요?"

그녀는 불안한 눈길로 사방을 둘러보더니 아무 말 없이 일어나 그의 맞은편으로 가서 자리를 잡았습니다.

그렇게 해서 나는 잊을 수 없는 광경을 보았습니다.

두 사람은 천진하게 교태를 부리며 왔다 갔다 움직였고, 서로에게 미소를 짓고 균형 맞게 몸을 흔들었으며, 마주 보고 인사를 했고, 옛날에 대단히 솜씨 좋은 장인이 그 시절의 방식대로 만들었지만 지금은 살짝 망가진 오래된 기계장치의 작동에 따라 춤추는 늙은 인형처럼 폴짝폴짝 뛰었습니다.

나는 뭐라 형용할 수 없는 우수에 젖고 감동해 들뜬 마음으로 두 사람을 바라보았습니다. 마치 애처로우면서 우스운 광경을, 한 세기의 케케묵은 그림자를 보는 것 같았지요. 나는 웃고도 싶고 울고도 싶었습니다.

갑자기 두 사람이 멈춰 섰습니다. 춤 시연이 끝난 겁니다. 몇 초 동안 두 사람은 서로를 마주 보고 뜻밖에도 인상을 찌푸린 채 서 있었습니다. 그러더니 서로를 끌어안고 울먹였습니다.

3일 후, 나는 시골로 떠났습니다. 그들을 다시는 보지 못했어요. 2년 뒤에 파리로 돌아왔더니 묘목원은 파괴되고 없었습니다. 미로 같은 길들, 과거의 향기, 꼬불꼬불 우아한 소사나무 산책로를 갖춘 그 소중한 옛날 정원을 잃은 그들은 어떻게 되었을까요?

그들은 죽었을까요? 희망 잃은 망명자들처럼 요즘의 거리를 떠돌고 있을까요? 생기 없는 유령이 되어 달빛 아래 어느 묘지의 삼나무들 틈에서 무덤들이 늘어선 오솔길을 따라 환상적인 미뉴에트를 추고 있을까요?

그들에 대한 기억은 나를 떠나지 않고 강박적으로 사로잡고 고문하며 상처처럼 내 안에 남아 있습니다. 왜일까요? 나로선 도무지 알 수가 없습니다.

여러분은 이걸 우습다고 생각하시겠지요. 아마도?

두려움

J. K. 위스망스에게

저녁식사 후에 우리는 다시 갑판에 올랐다. 우리 앞에 펼쳐진 지중해엔 한 점 일렁임도 없었다. 크고 고요한 달이 수면에 물결무늬를 그리고 있었다. 커다란 배는 미끄러지듯 나아가면서 별들을 뿌려 놓은 것 같은 하늘에 검은 연기로 굵직한 뱀 모양을 그렸다. 우리 뒤로는 묵직한 선박이 빠르게 지나면서 스크루가 일으킨 새하얀 물이 거품을 물고 몸을 배배꼬았고, 밝은 빛을 휘저어 마치 달빛이 부글부글 끓어오르는 듯했다.

여섯에서 여덟 명쯤 되는 우리는 목적지인 먼 아프리카 쪽으로 눈을 돌린 채 말없이 서 있었다. 우리 가운데에서 시가를 피우던 선장이 불쑥 저녁식사 때 하던 대화를 다시 꺼냈다.

"맞아요. 그날 나는 겁이 났습니다. 내 배가 바다의 공격을 받고 그 암초를 뱃속에 품은 채 여섯 시간이나 버텼으니까요. 저녁 무렵 영국 석탄 운반선이 우리를 발견해서 거두어 주었으니 운이 좋았던 거지요."

그러자 그을린 얼굴에 근엄해 보이는 키 큰 사내, 끊임없는 위험을 무릅쓰고 낯선 나라들을 횡단해 보았으리라고 느껴지는 사내들 중 한 사람일 것 같고, 침착한 눈 깊은 곳에 어딘지 그가 본 이국 풍경을 간직하고 있을 것 같아 보이는 그런 사내, 강인한 용기로 단련되어 있으리라 짐작되는 그런 사내가 처음 말을 꺼냈다.

"선장님, 겁이 났다고 하셨는데 저는 믿지 못하겠습니다. 선장님이 느끼신 감정도 그렇고, 단어도 잘못 말씀하신 겁니다. 호방한 사람은 임박한 위험 앞에서 결코 겁내지 않는 법입니다. 흥분하고 들뜨고 불안할 뿐이지요. 두려움은 다른 겁니다."

선장이 웃으며 다시 말했다.

"제기랄! 분명히 말하지만 난 겁이 났소."

그러자 구릿빛 얼굴의 남자가 느린 목소리로 말했다.

"제 설명을 좀 들어 보시지요! 두려움(아주 대담한 사람들도 두려워할 수는 있습니다만)이란 무시무시한 어떤 것, 영혼이 붕

괴되는 것 같고, 생각과 마음이 흉측하게 경련을 일으키는 것 같은 끔찍한 감정입니다. 그에 대한 기억만 떠올려도 불안해서 몸이 떨려 오지요. 그런데 용감한 사람이라면 어떤 공격 앞에서도, 피할 길 없는 죽음 앞에서도, 우리가 알고 있는 온갖 형태의 위험 앞에서도 그런 감정은 일어나지 않습니다. 막연한 위험을 마주하고 어떤 불가사의한 영향력 아래 놓인 비정상적인 상황에 처할 때 그런 감정이 일지요. 진짜 두려움이란 오래된 초자연적인 공포에 대한 무의지적 기억 같은 것입니다. 유령을 믿는 사람은 어둠 속에서 귀신을 보았다고 상상하고서 극한의 두려움을 느끼지요.

저는 10여 년 전에 대낮에 두려움을 직감한 적이 있습니다. 그리고 지난겨울 12월의 어느 밤에 다시 그걸 느꼈지요.

제가 그동안 온갖 위험과 숱한 죽음의 모험을 겪어 봤는데도 말입니다. 저는 자주 얻어맞았습니다. 강도들이 내가 죽은 줄 알고 버린 적도 있었지요. 아메리카에서는 폭도로 교수형을 언도받았고, 중국 해안에서는 선박 갑판에서 바다로 내던져졌지요. 이제 끝이구나 생각될 때마다 나는 연민도 후회도 품지 않고 즉각 각오했습니다.

그런데 두려움이란 그런 게 아닙니다.

나는 두려움을 아프리카에서 예감했습니다. 두려움이 북

녘의 딸인데도 말입니다. 태양은 안개를 흩뜨리듯이 두려움을 흩뜨리지요. 신사 여러분, 이 사실에 주목하십시오. 동양인들은 목숨을 그리 대수롭지 않게 여깁니다. 그들은 즉각 체념하지요. 그들의 밤은 환하고 전설들로 채워져 있지 않으며, 추운 나라들에 사는 사람들의 뇌를 채우는 어두운 불안이 그들의 영혼을 채우고 있지도 않습니다. 동양 사람들은 불안은 알아도 두려움은 알지 못합니다.

그런데 말입니다! 그런 아프리카 땅에서 제게 일어난 일을 들어 보시지요.

저는 우아르글라 남쪽의 큰 모래언덕을 가로지르고 있었습니다. 그곳은 세상에서 가장 기이한 나라 중 하나입니다. 여러분은 끝없이 펼쳐지는 해변의 곧은 모래, 단색의 모래밭을 잘 아시지요. 그렇다면 폭풍 한가운데 모래가 되어 버린 대양을 상상해 보십시오. 황사가 되어 꼼짝 않는 파도의 고요한 폭풍을 상상해 보십시오. 파도들은 산처럼 높고, 균일하지 않고 다르며, 고삐 풀린 물결처럼 잔뜩 성났고, 물결무늬를 그렸고, 거대합니다. 그 말 없고 움직임 없는 성난 바다 위에서 남쪽의 타는 듯한 태양이 가차 없이 내리꽂히는 불길을 쏟아붓지요. 그 황금빛 재의 언덕들을 기어올랐다가 다시 내려오고 다시 오르고 끊임없이 쉬지 않고 올라야 합니다. 말들은 숨을

헐떡이고 무릎까지 푹푹 빠져 가며 오르고, 경이로운 언덕의
반대편 경사면을 내려올 땐 미끄러집니다.

나는 친구와 함께였고, 우리 뒤를 원주민 기병 여덟 명과
낙타몰이꾼을 태운 낙타 네 마리가 따르고 있었습니다. 우리
는 더위와 피로에 기진맥진했고, 타는 듯한 사막과 갈증에 메
말라서 더는 말을 하지 않았지요. 갑자기 우리 일꾼들 중 한
명이 비명 같은 소리를 질렀습니다. 모두가 멈춰 섰지요. 우리
는 이런 오지를 여행하는 이들은 잘 아는 설명 불가능한 현
상에 놀라 옴짝달싹하지 못했습니다.

방향은 알 수 없지만 가까운 어딘가에서 북소리가, 모래언
덕의 신비스러운 북소리가 울렸습니다. 북소리는 때로는 더
크게 들리기도 하고, 때론 잦아들어 멈추는 듯하다가 다시
불가사의한 울림을 이어 가며 또렷하게 들렸지요.

아랍인들은 겁에 질려 서로를 바라보았습니다. 한 사람이
그들의 언어로 말하더군요. "죽음이 우리 위에 와 있어." 그때
갑자기 내 친구, 거의 형제나 다름없는 친구가 일사병으로 말
에서 떨어지며 머리를 땅에 박았습니다.

그리고 두 시간 동안, 내가 친구를 구하려고 헛되이 애쓰는
동안 신출귀몰하는 그 북은 불가사의하고 끊길 듯 이어지는
단조로운 소리로 내 귀를 채웠습니다. 그리고 나는 네 개의

모래산 사이에서 태양이 이글이글 내리쬐는 그 구덩이 속에서 사랑하는 시신을 마주하고 뼛속 깊이 두려움이, 진짜 두려움이, 음험한 두려움이 엄습해 오는 걸 느꼈습니다. 그러는 동안 모든 프랑스 마을에서 2백 리외* 떨어진 그곳에서 낯선 메아리가 빠른 북소리를 우리에게 던졌지요.

그날 나는 비로소 두렵다는 것이 무엇인지 알았습니다. 그리고 얼마 후엔 두려움을 더 잘 알게 되었고요…….

선장이 이야기꾼의 말을 잘랐다.

"미안하지만, 그 북 말입니다. 그게 뭐였소?"

여행객이 대답했다.

"전혀 모르겠어요. 누구도 알지 못합니다. 그 기이한 소리에 종종 놀란 장교들은 대개 그걸 모래알이 바람에 실려와 우박처럼 마른 덤불을 때려서 나는 소리가 모래언덕의 기복을 만나 극도로 부풀려지고 증폭되는 메아리 현상 때문이라고 여기죠. 왜냐하면 그 현상이 주로 햇볕에 타서 양피지처럼 딱딱하게 변해 버린 식물들 근처에서 발생한다는 게 눈에 띄었기 때문입니다.

그러니까 그 북소리는 말하자면 소리의 신기루인 셈입니

* 리외는 약 4킬로미터에 해당하는 옛 거리 단위.

다. 그뿐입니다. 하지만 이것도 나중에야 알게 된 사실이지요. 이제 저의 두 번째 경험에 대해 얘기해 볼까 합니다.

지난겨울, 프랑스 북동부의 어느 숲에서 일어난 일이었습니다. 밤이 두 시간 정도 일찍 내릴 정도로 하늘이 어두컴컴했어요. 나는 내 옆에서 걷고 있는 농부를 안내인 삼아 전나무가 궁륭처럼 하늘을 뒤덮은 아주 작은 오솔길을 따라가고 있었지요. 고삐 풀린 바람에 흔들리는 나무들이 울음을 토해내고 있었습니다. 나무 꼭대기 틈새로 구름이 달아나는 게 보였어요. 꼭 무시무시한 공포를 피해 도망치는 것 같았어요. 간간이 거대한 돌풍 아래 온 숲이 고통의 신음을 내뱉으며 한 방향으로 쓰러졌지요. 두툼한 옷을 입고 빠르게 걷고 있는데도 한기가 엄습해 왔어요.

우리는 숲 관리인의 집으로 가서 저녁을 먹고 잠을 자기로 되어 있었는데, 그 집은 이제 얼마 멀지 않았습니다. 나는 사냥을 하려고 그곳으로 가는 참이었어요.

안내인은 이따금 눈을 들고 중얼거렸어요. "음산한 날씨네요!" 그러더니 우리가 도착할 사람들의 집에 대해 말했어요. 그 집 아버지가 2년 전에 밀렵꾼 한 명을 죽였는데, 그 이후론 어떤 기억에 사로잡힌 듯이 침울해 보였답니다. 결혼한 두 아들이 그와 함께 살고 있었고요.

어둠은 깊었습니다. 앞도 주변도 도무지 보이지 않았고, 나뭇가지들이 부딪치며 내는 소리가 줄곧 어둠을 채우고 있었지요. 마침내 불빛 하나가 보였고, 곧 안내인이 문을 두드렸습니다. 여자들의 날카로운 비명소리가 대답했어요. 곧 웬 남자가 목멘 소리로 묻더군요. "거기 누구요?" 안내인이 이름을 댔지요. 우리는 안으로 들어갔습니다. 잊지 못할 광경이 펼쳐졌어요.

백발의 노인이 넋 나간 눈빛으로 장전한 총을 손에 든 채 부엌 한가운데 서서 우리를 기다리고 있었고, 키 크고 건장한 사내 둘이 도끼를 들고 문을 지키고 있었어요. 어두운 구석에서 두 여자가 벽에 대고 얼굴을 가린 채 무릎 꿇고 앉아 있는 것도 보였지요.

우리는 상황을 설명했습니다. 노인은 무기를 벽에 기대 내려놓고 내 방을 준비하라고 명령했는데, 두 여자가 꿈쩍도 하지 않자 불쑥 내게 말하더군요.

"이보시오. 내가 2년 전 오늘밤에 사람을 한 명 죽였소. 작년에도 그 사람이 돌아와서 나를 불렀다오. 오늘 저녁도 그자를 기다리고 있소."

그러더니 이런 말을 덧붙여 날 미소 짓게 했지요.

"그래서 우리가 침착하지 못한 거요."

나는 마침 그날 밤에 그곳에 와서 그 미신적인 공포의 광경을 목도하게 된 데 기뻐하며 할 수 있는 한 노인을 안심시켰습니다. 이런저런 이야기들을 들려주어 모두를 조금은 진정시킬 수 있었습니다.

난로 옆에는 눈이 거의 멀고 수염이 덥수룩한 늙은 개 한 마리가, 우리가 잘 아는 사람들을 닮은 것 같은 개가 다리 사이에 코를 묻고 자고 있었습니다.

바깥에서는 맹렬한 폭풍우가 작은 집을 때렸고, 문 근처에 뚫린 구멍처럼 작은 창문 너머로 별안간 바람에 흔들려 헝클어진 나무가 밝은 빛에 비쳐 보였습니다.

내가 아무리 애써도 깊은 공포가 그 사람들을 사로잡고 있는 게 분명히 느껴졌고, 내가 말을 멈출 때마다 모두가 멀리서 들려오는 소리에 귀를 기울이더군요. 그 어리석은 두려움을 지켜보고 있자니 피곤해서 나는 자러 가도 되겠느냐고 물을 참이었습니다. 그때 노인이 갑자기 의자에서 벌떡 일어서더니 총을 다시 쥐고 넋 나간 듯한 목소리로 더듬거리며 말했지요. "저기 왔어! 그자가 왔어! 소리가 들려!" 두 여자는 다시 구석에서 얼굴을 가리고 무릎을 꿇더군요. 아들들도 도끼를 다시 집어 들었습니다. 내가 다시 그들을 진정시키려 하는데 잠들어 있던 개가 갑자기 깨어나서 고개를 들고 목을 빼더니 거의 꺼진 눈으로 불 쪽을 바라보며 밤에 시골을 떠도는 방랑객들을 소스라치게 놀라게 하는 음산한 울음을 뱉어 냈습니다. 모두의 눈이 개 쪽으로 쏠렸는데, 개는 환영이라도 보는지 벌떡 선 채 꼼짝하지 않았고, 보이지 않는 무언가를 향해 다시 짖기 시작했지요. 낯설고 아마도 무시무시한 무언가를 보는 모양이었습니다. 털이 온통 곤두 서 있었어요. 하얗게 질린 숲 관리인이 외쳤습니다. "개는 그자를 느끼는 거요! 개는 느끼는 겁니다! 내가 그자를 죽였을 때 개도 그 자리에 있었소." 그러자 넋 나간 두 여자가 개와 함께 울부짖기 시작했습니다.

나도 모르게 어깨 사이에서 한기가 오싹하게 느껴지더군요. 그 장소에서 그 시간에 넋 나간 사람들 한가운데서 짐승이 보여 준 광경은 무시무시했습니다.

그렇게 한 시간 동안 개는 꼼짝 않고 울부짖었습니다. 마치 꿈속에서 불안에 시달리듯이 울부짖었지요. 그러자 두려움이, 끔찍한 두려움이 내 안에 엄습했습니다. 무엇에 대한 두려움이었냐고요? 제가 어찌 알까요? 그것은 그저 두려움이었습니다. 그뿐입니다.

우리는 끔찍한 사건을 기다리며 귀를 쫑긋 세운 채 조그만 소리에도 화들짝 놀라 가슴 콩닥거리며 새하얗게 질린 얼굴로 꼼짝하지 않았습니다. 얼마 후 개가 방 주변을 돌기 시작했고, 벽으로 가서 냄새를 맡으며 여전히 끙끙거리더군요. 그 짐승 때문에 우리는 미치기 직전이었습니다! 그러자 나를 데리고 온 농부가 겁에 질려 발작하듯 개에게 달려들더니 작은 정원으로 난 문을 열고 그 짐승을 밖으로 내던져 버렸습니다.

개는 즉각 조용해졌지만 우리는 더 무시무시한 침묵에 빠졌지요. 갑자기 모두가 소스라치듯이 놀랐습니다. 어떤 존재가 숲 쪽 바깥담에 기대고 미끄러지듯이 움직였던 섭니다. 그 존재는 문 쪽으로 와서 마치 머뭇거리는 손으로 문을 더듬는 것 같았습니다. 그러곤 2분가량 아무 소리도 들리지 않았는데, 그 시간이 우리를 미치게 만들었지요. 잠시 후 그 존재가 다시 돌아와 여전히 담벼락을 스치며 지났습니다. 그러곤 어린아이가 손톱으로 문을 긁듯이 살짝 긁었지요. 곧 머리 하나가 불쑥 창문에 나타났습니다. 눈이 맹수의 눈처럼 번득이는 새하얀 머리였습니다. 그 입에서 소리가 나왔어요. 알아들을 수 없는 소리, 탄식하는 듯한 중얼거림이었습니다.

그때 부엌에서 굉음이 터져 나왔습니다. 노인이 총을 쏜 것이지요. 그리고 이내 아들들이 달려와 큰 식탁을 세워 창문을 막았고, 식탁이 꼼짝 않도록 찬장으로 고정했습니다.

단언컨대 나는 전혀 예기치 못한 총소리에 마음과 몸과 영혼이 너무도 불안해서 쓰러질 것만 같았고, 죽도록 두려웠습니다.

우리는 그렇게 새벽까지 옴짝달싹 못하고 말 한 마디 못한 채 뭐라 형용할 수 없는 불안감에 마비된 채 남아 있었지요.

차양 틈새로 가늘게 새어 들어오는 빛줄기를 보고서야 우리는 막아 둔 출입구를 열 용기를 냈습니다.

담장 아래에는 늙은 개가 총에 맞아 주둥이가 깨진 채 문에 기대어 쓰러져 있었습니다.

개는 울타리 아래로 구멍을 파서 정원에서 빠져나갔던 것이지요."

검게 그을린 얼굴의 남자가 입을 다물었다. 얼마 후 그가 덧붙여 말했다.

"그날 밤 나는 아무런 위험도 무릅쓰지 않았습니다. 그런데도 창문 구멍에 나타난 허연 얼굴에 총이 발사되던 그 1분을 다시 겪느니 차라리 내가 가장 무시무시한 위험과 맞닥뜨렸던 그 모든 시간을 다시 겪는 편을 택할 겁니다."

두려움

노르망디식 장난

A. 드 주앵빌에게

농가들의 비탈에 자란 큰 나무들이 그늘을 드리운 한산한 길에 행렬이 이어졌다. 먼저 신혼부부가 왔고, 부모들이, 그리고 손님들이 왔고, 이어서 이 마을의 가난한 이들이 왔으며, 파리처럼 행렬 주위를 맴도는 아이들이 대열 사이를 지나 더 잘 보려고 나무 위로 기어올랐다.

신랑은 이 마을에서 가장 부유한 농부인 장 파튀라는 잘생긴 사내였다. 무엇보다 사냥의 열정을 채우는 데는 사리분별을 잃을 정도여서 개, 관리인, 사냥용 족제비, 그리고 총을 위해서라면 돈을 자기 체격만큼이나 크게 쓰는 광적인 사냥꾼이었다.

신부인 로잘리 루셀은 주변 일대의 모든 혼처에서 아주 탐

냈던 아가씨였다. 싹싹한 데다 지참금까지 많다는 걸 모두가 알았기 때문이다. 그런데 그녀는 파튀를 선택했는데, 그건 아마도 다른 남자들보다 그가 마음에 들었기 때문일 것이다. 아니 어쩌면, 그녀가 사려 깊은 노르망디 여자인 만큼 그가 돈이 더 많았기 때문일 것이다.

그들이 남편 농가의 큰 울타리를 돌아갈 때 40발의 총성이 울렸는데, 도랑에 숨은 사격수들은 보이지 않았다. 예복을 차려입고 육중하게 몸을 움직이던 사람들이 그 소리에 쾌활해졌다. 파튀는 아내 곁을 떠나 나무 뒤에 숨은 하인을 덮치더니 그의 무기를 빼앗아 망아지처럼 깡충깡충 뛰며 직접 한 발 쏘았다.

곧 행렬은 다시 출발해 벌써 과실이 묵직하게 달린 사과나무들 아래로 무성하게 자란 풀을 가로지르고 큰 눈망울로 바라보며 천천히 일어나서 혼례 행렬을 향해 낯을 내미는 송아지들 사이를 지났다.

식사시간이 가까워지자 사람들이 다시 진중해졌다. 부자들은 높은 비단 모자를 쓰고 있었는데, 그 장소에는 생뚱맞아 보였다. 다른 사람들은 아마도 두더지 가죽처럼 보이는 긴 털이 달린 옛날식 모자를 쓰고 있었다. 가장 가난한 사람들은 챙모자를 쓰고 있었다.

여자들은 모두 등에 숄을 걸치고 있었고, 격식에 맞게 숄 끄트머리를 팔에 끼고 있었다. 숄은 알록달록했고 불타는 듯 붉었다. 그 빛깔에 퇴비 위의 검은 닭들, 연못가의 오리들, 초가지붕 위의 비둘기들마저 놀라는 것 같았다.

들판의 초록, 풀과 나무의 초록은 불꽃 같은 자줏빛을 만나 화가 난 듯 보였고, 그렇게 나란히 이웃한 두 색채는 정오의 불같은 태양 아래 눈부시게 빛났다.

저 아래 사과나무들이 만든 궁륭 끝에 큰 농가가 기다리고 있는 것처럼 보였다. 열린 창문과 문에서 연기가 새어 나왔고, 드넓은 건물의 모든 출입구는 물론이고 심지어 벽에서도 진한 여물 냄새가 뿜어져 나왔다.

손님 행렬은 정원을 가로질러 뱀처럼 길게 이어졌다. 제일 먼저 도착한 손님들은 대열을 깨고 흩어졌고, 아래쪽의 열린 울타리로 손님들이 계속 들어왔다. 도랑에는 이제 아이들과 호기심 많은 가난뱅이들이 그득했다. 총소리가 끊이지 않고 사방에서 동시에 터져 나와 대기에 화약 연기와 압생트 술처럼 취기 도는 냄새를 뒤섞었다.

여자들은 문 앞에서 치마를 툭툭 쳐서 먼지를 떨었고, 모자의 리본처럼 쓰이는 깃발을 풀었고, 숄을 내려 팔에 걸치고는 집 안으로 들어온 뒤에야 그 장신구들을 완전히 벗었다.

멧도요새 이야기

식탁은 백 명은 거뜬히 수용할 수 있는 큰 부엌에 차려져 있었다.

2시에 모두가 자리에 앉았다. 8시가 되어도 사람들은 여전히 먹었다. 셔츠 차림으로 단추를 끄른 남자들은 불콰해진 얼굴로 밑 빠진 독처럼 집어삼키고 있었다. 큰 유리잔에 담긴 노란 능금주가 진한 핏빛의 적포도주 옆에서 밝고 경쾌한 황금빛으로 빛났다.

매번 다음 요리가 나오기 전에 사람들은 몸에는 불을, 머리에는 광기를 안기는 화주火酒 한 잔을 마셔 구멍을, 노르망디식 구멍을 뚫어 다시 먹을 자리를 만들었다.

이따금 큰 술통처럼 배가 불룩한 회식자가 밖으로 나가 근처 나무에다 속을 비우고는 다시 이빨에 새로운 허기를 장착하고 돌아오곤 했다.

아낙들은 코르셋 때문에 몸이 둘로 잘려 상체와 하체가 부풀대로 부풀고 블라우스는 공처럼 팽팽해져서 숨이 막혀 얼굴이 진홍빛이 되어도 정숙을 지키며 식탁에 남아 있었다. 그런데 그들 중에서 누구보다 거북해하던 한 여자가 밖으로 나갔고, 이윽고 모두가 줄 지어 일어섰다. 여자들은 한결 경쾌해져서 웃을 태세를 하고 돌아왔다. 그리고 묵직한 농담이 시작되었다.

식탁 너머로 음담패설이 일제히 쏟아졌는데, 모두 첫날밤에 관한 것들이었다. 농부들의 머릿속 무기고가 몽땅 비워졌다. 100년 전부터 똑같은 음담패설들이 똑같은 기회에 나왔고, 모두가 아는 그 농담들은 식탁 양편의 회식자들을 여전히 호탕하게 웃게 했다.

머리가 희끗한 한 노인이 청했다. "자동차 타고 메지동으로 떠난 여행객들 얘기 좀 해봐." 그러자 유쾌한 아우성들이 쏟아져 나왔다.

식탁 끄트머리에 나란히 앉은 네 남자가 신랑 신부에게 장난을 준비하고 있었는데, 아주 재미난 장난인지 뭐라 속삭이며 발을 마구 굴렀다.

그들 중 한 사람이 갑자기 조용해진 순간을 틈타 외쳤다.

"오늘밤 저 달을 보니 밀렵꾼들이 좋아하겠어!… 이봐, 장, 저런 달이 뜰 때 자네가 망을 서는 것 아닌가?"

신랑이 갑자기 돌아보며 말했다.

"밀렵꾼들? 올 테면 와보라지!"

그러자 상대가 웃음을 터뜨렸다.

"아! 올 수도 있지. 그렇다고 그것 때문에 자네 할 일을 소홀히 하진 말게!"

식탁에 앉은 사람 모두가 몸을 들썩이며 웃었다. 바닥이 울렸고, 유리잔들이 진동했다.

그러나 신랑은 자기 결혼식을 틈타 그의 영지에서 밀렵이 저질러질지 모른다는 생각에 격분했다.

"분명히 말하지만 어디 한번 와보라지!"

그러자 이중의 의미를 담은 농담들이 비 오듯 쏟아져 기다리며 떨고 있던 신부의 얼굴을 살짝 붉어지게 만들었다.

얼마 후, 사람들은 화주를 몇 통이나 비운 뒤 잠자리에 들었다. 신혼부부도 농가의 모든 방과 마찬가지로 1층에 마련된 신혼방으로 들어갔다. 약간 더웠기에 부부는 창문은 열고 덧창을 닫았다. 신부의 아버지가 선물한 조악한 작은 등잔 하나가 서랍장 위에 켜져 있었다. 침대는 신혼부부를 맞이할 준비가 되어 있었다. 그들은 도시 부르주아들처럼 첫 잠자리에 온갖 의식을 차리지 않았다.

신부는 이미 머리장식과 예복을 벗고 속치마 차림으로 신발 끈을 풀고 있었고, 그러는 동안 장은 곁눈질로 아내를 바라보며 시가를 한 대 피웠다.

그는 다정하다기보다는 육감적으로 번득이는 눈길로 신부를 살폈다. 그녀를 사랑하기보다 욕망했기 때문이다. 그가 별안간 작업에 착수하려는 사람처럼 갑작스레 옷을 벗었다.

신발은 이미 벗었고 양말을 벗고 있던 신부가 어린 시절부터 써온 반말로 신랑에게 말했다. "저기 커튼 뒤로 가서 숨어 있어. 내가 침대에 들어갈 때까지."

그는 거부하는 척하더니 음험한 표정으로 커튼 뒤로 갔고, 몸은 숨기고 머리만 내놓았다. 그녀가 웃으며 그의 눈을 가리려 했다. 그렇게 두 사람은 유쾌하고 사랑스럽게, 거리낌도 수줍음도 없이 장난쳤다.

결국 그가 양보했다. 그녀는 순식간에 마지막 남은 속치마 끈을 풀었고, 속치마는 그녀의 다리를 따라 미끄러지며 발밑으로 떨어져 바닥에 동그랗게 깔렸다. 그녀는 속치마를 뛰어넘고 펄럭이는 속내의 아래 아무것도 입지 않은 채 침대 속으로 미끄러져 들었고, 그녀의 무게에 눌린 용수철이 삐걱거리며 노래했다.

곧 신랑도 신발을 벗고 바지 차림으로 다가왔고, 아내 쪽으로 몸을 숙여 베개 속에 감춘 신부의 입술을 찾았다. 그때 멀리서 총소리가 울렸다. 라페 숲 쪽인 듯했다.

그는 경직된 마음으로 불안하게 몸을 일으켰고, 창문으로 달려가 덧창을 열었다.

보름달이 노란 불빛으로 정원을 비추고 있었다. 사과나무 그림자가 나무 아래에 검은 얼룩을 드리우고 있었다. 저 멀리, 여문 수확물로 뒤덮인 들판이 반짝이고 있었다.

장이 바깥으로 몸을 내밀고 밤의 온갖 소리를 탐색할 때 두 맨팔이 그의 목을 휘감았고, 그의 아내가 그를 뒤로 잡아 끌며 속삭였다. "내버려 둬. 어쩌겠어. 이리 와."

그는 몸을 돌려 그녀를 얼싸안고 얇은 천 아래로 그녀의 몸을 더듬었다. 튼튼한 두 팔로 그녀를 안아들고 침대로 향해 갔다.

그가 그녀를 침대에 내리고 그 무게에 침대가 출렁이던 순간, 새로운 총소리가 조금 더 가까이에서 울렸다.

그러자 장은 격렬한 분노에 사로잡혔다. "빌어먹을! 저놈들은 내가 당신 때문에 못 나올 거라고 생각하는 모양이지?… 기다려, 기다려!" 그는 신발을 신고 언제나 손 닿는 곳에 걸어두는 총을 들었고, 아내가 그의 무릎을 붙들고 필사적으로 애원하는데도 재빨리 몸을 빼내어 창문으로 달려가더니 정원으로 뛰어내렸다.

그녀는 한 시간, 두 시간, 날이 밝을 때까지 기다렸다. 남편은 돌아오지 않았다. 그러자 그녀는 당황해서 사람들을 불러 장이 격분해서 밀렵꾼을 뒤쫓았다고 얘기했다.

곧 하인들, 마차꾼들, 사내들이 주인을 찾아 나섰다.

신랑은 발끝부터 머리끝까지 묶이고, 총은 휘어지고, 팬티를 뒤집어 입은 채 죽도록 화가 난 상태로 농가에서 2리외 떨어진 곳에서 발견되었다. 목에는 죽은 산토끼 세 마리가 묶여 있었고, 가슴에는 이런 팻말이 걸려 있었다.

"사냥을 떠나는 사람은 제자리를 잃는 법."

나중에 이 첫날밤 이야기를 할 때마다 그는 이렇게 덧붙였다. "오! 장난 치고는 아주 고약한 장난이었지. 그 못된 자식들이 토끼 잡듯이 나를 올가미로 잡았고, 내 머리에 자루를 씌웠어. 언젠가 내 그 자식들을 더듬어서 찾고 말 테니, 조심해야 할 거야!"

노르망디에서는 결혼식 날 이런 장난을 하고 논다.

나막신

레옹 퐁텐에게

늙은 신부는 시골 아낙들의 흰 모자와 농부들의 포마드 바른 뻣뻣한 머리카락 위로 설교의 마지막 말을 웅얼거렸다. 미사를 보러 멀리서 온 농가 아낙들 곁에는 큰 바구니가 바닥에 놓여 있었다. 7월의 무거운 열기가 모든 사람에게서 짐승의 냄새, 가축 떼의 체취를 뽑아냈다. 활짝 열린 문으로 수탉들의 목소리가 들어왔고, 근처 밭에 엎드린 소들의 울음소리도 들어왔다. 이따금 밭의 향내들을 품은 공기가 문 밑으로 훅 밀려들어와 머리쓰개의 긴 리본이 휘날렸고, 제단 위에 놓인 양초 끄트머리의 노란 불꽃이 일렁였다… "하느님의 뜻대로 이루어질지어다. 아멘!" 사제가 말했다. 그러곤 입을 다물고 책을 한 권 펼치더니 매주 그러듯이 신자들에게 마을의 세

세하고 내밀한 일들을 얘기하며 기도를 권고하기 시작했다. 거의 40년째 본당을 맡아 온 백발의 노인인 그에게 일요일의 설교는 자신의 온 세계와 친근하게 소통하는 길이었다.

그가 말을 이었다. "병든 신도 데지레 발랭을 위해 기도해 주시고, 출산 후 얼른 몸을 회복하지 못하고 있는 포멜을 위해서도 기도합시다."

그는 그 이상 생각이 나지 않아 성무일과서 속에 끼워 둔 쪽지들을 찾았다. 마침내 쪽지 두 개를 찾아서 말을 이었다. "저녁에 남녀 청춘들이 그렇게 묘지에 오면 안 됩니다. 계속 그런다면 묘지관리인에게 알리겠어요. 세제르 오몽 씨가 성실한 아가씨를 하녀로 구하고 있습니다." 그는 몇 초 더 생각하더니 덧붙였다. "형제님들, 이걸로 마칩니다. 성부와 성자와 성령의 이름으로 은총을 빕니다."

그는 미사를 마치기 위해 연단에서 내려왔다.

말랑댕 가족이 푸르빌 길에 있는 사블리에르 마을의 마지막 초가집인 그들 집으로 돌아왔을 때 가장인 깡마르고 주름 많고 키 작은 늙은 농부는 식탁 앞에 앉았고, 그사이 그의 아내는 냄비를 꺼냈으며, 딸 아델라이드는 찬장에서 유리잔과 접시 들을 꺼냈다. 가장이 말했다. "아마 괜찮을 거여, 오몽 나리 집의 그 하녀 자리 말여. 홀애비인데 며느리가 그 나리를 좋아하지 않고. 혼자이지 가진 재산도 있지. 아델라이드를 그 집에 보내는 게 좋겠네."

아내가 식탁 위에 시커먼 냄비를 내려놓고 뚜껑을 열었다. 양배추 냄새가 물씬 풍기는 수프에서 김이 천장으로 올라가는 동안 그녀는 곰곰이 생각했다.

남자가 다시 말했다. "그 양반은 가진 재산이 확실해. 그렇지만 약삭빠르게 굴어야 혀. 아델라이드는 눈꼽만치도 그렇지 못하잖여."

그러자 여자가 말했다. "그래도 내가 봐야겠어유." 그러더니 사과 껍질처럼 뺨이 빨갛고 통통하며 머리카락이 노랗고 우직해 보이는 건장한 체격의 딸을 향해 돌아서며 그녀가 외쳤다. "알아들었어? 이 멍충아. 널 오몽 나리 집 하녀로 보낼 테니 뭐든지 그 나리가 시키는 대로 혀."

딸은 대답 않고 바보처럼 웃기 시작했다. 그러곤 세 사람 모두 먹기 시작했다.

10분쯤 흐른 뒤 아버지가 말했다. "잘 들어. 내가 이제 말해주는 걸 명심하고 실수하지 않도록 조심혀……."

그러곤 그는 느릿느릿 세심하게 사소한 세부사실까지 예상해 가며 행동지침을 낱낱이 알려주면서 자기 가족과 사이가 좋지 않은 홀아비 노인의 마음을 사도록 준비시켰다.

어머니는 귀를 기울이면서도 먹는 걸 멈추지 않았고, 손에 포크를 든 채 말없이 집중해서 남편과 딸을 번갈아 바라보았다.

아델라이드는 흐릿하고 초점 없고, 고분고분하고 멍청한 눈길로 가만히 앉아 있었다.

식사가 끝나자마자 어머니는 그녀에게 모자를 쓰게 하고 둘이서 세제르 오몽 씨를 만나러 갔다. 그는 그의 소작인들이 살고 있는 작업장 건물들에 기대 세워진 아담한 벽돌집에 살고 있었다. 이미 농사에서 손을 떼고 금리를 받아 생활하고 있었기 때문이다.

그는 나이가 55세 정도였는데, 부유한 사람답게 뚱뚱하고 유쾌했으며 무뚝뚝했다. 벽이 무너질 정도로 크게 웃고 고래고래 소리를 질렀으며, 능금주와 화주를 잔에 가득 채워 마셨고, 그 나이에도 여전히 혈기 왕성한 사람으로 통했다.

그는 등짐을 지고 기름진 흙을 나막신으로 푹푹 밟으며 들판을 거니는 걸 좋아했고, 땅을 좋아할 뿐 이제 땅을 갈지는 않는 애호가의 눈으로 유채밭이나 밀밭의 출렁임을 편안하게 바라보는 걸 즐겼다.

사람들은 그에 대해 이렇게 말했다. "팔자 좋은 영감이지.

매일 일찍 일어나지 않아도 되니."

그는 탁자에 배를 댄 채 커피를 마시며 두 여자를 맞이했다. 그가 뒤로 몸을 젖히며 물었다.

"무슨 일이오?"

어머니가 말문을 열었다.

"오늘 아침에 신부님이 하신 말씀을 듣고 우리 딸 아델라이드를 나리의 하녀로 써보시라고 왔어유."

오몽 나리는 딸을 물끄러미 바라보더니 불쑥 말했다. "이 염소 같은 애는 몇 살인가?"

"생미셸 축일에 스물한 살이 되지요. 오몽 나리."

"좋아. 한 달에 15프랑 주고 밥 먹여 주지. 기다리고 있을 테니 내일 아침에 와서 아침을 차리도록 해."

그러곤 두 여자를 돌려보냈다.

아델라이드는 이튿날 당장 직무를 시작해 부모 집에서 일할 때처럼 말 한 마디 없이 고되게 일했다.

9시쯤, 그녀가 부엌 바닥을 닦고 있을 때 오몽 씨가 그녀를 불렀다.

"아델라이드!"

그녀가 달려왔다. "네, 나리."

그녀가 단정치 못한 시뻘건 손에 불안한 눈길로 앞에 서자 그가 단언했다.

"내 말 잘 들어. 우리 사이에는 실수가 없어야 한다. 너는 그저 내 하녀일 뿐이야. 알아들었겠지. 우리 나막신이 섞이는 일은 없도록 해."

"네, 나리."

"각자 제자리를 지키는 거야. 너는 부엌, 나는 거실. 그것 말고는 너도 나처럼 뭐든지 써도 돼. 알았느냐?"

"네, 나리."

"좋아. 됐어. 가서 일해."

그녀는 하던 일을 하러 갔다.

점심 때 그녀는 벽지 바른 작은 거실로 주인의 식사를 가져갔고, 식사가 식탁에 차려지자 오몽 씨에게 알리러 갔다.

"식사가 준비되었어요, 나리."

그는 들어와 앉았고, 주변을 둘러보며 냅킨을 펼쳤고, 잠시 머뭇거리더니 천둥 같은 소리로 외쳤다.

"아델라이드!"

그녀가 질겁해서 달려왔다. 그는 그녀를 때려 죽일 듯이 고함쳤다. "빌어먹을, 네 자리는 어디냐?"

"그게… 나리……"

그가 고래고래 소리쳤다. "제기랄, 난 혼자 먹는 걸 좋아하

86

맷도요새 이야기

지 않아. 저기 앉아. 안 그럴 거면 썩 꺼지고. 가서 네 접시와
잔을 가져와."

그녀가 겁에 질린 채 식기를 가져와서 더듬거리며 말했다.
"여기 왔습니다. 나리."

그러곤 그 앞에 앉았다.

그러자 그는 쾌활해졌다. 그는 건배를 하고 탁자를 쳐가며
얘기했고, 그녀는 눈을 내리깐 채 감히 한 마디도 못하고 얘
기를 들었다.

이따금 그녀는 일어나서 빵과 능금주, 접시 들을 가져왔다.

커피를 가져온 그녀는 그의 앞에 한 잔만 내려놓았다. 그러
자 그가 다시 버럭 화를 내며 투덜거렸다.

"네 건?"

"저는 커피를 마시지 않습니다. 나리."

"왜 안 마시나?"

"좋아하지 않아서요."

그러자 그가 다시 폭발했다. "제기랄. 난 혼자서 커피 마시
는 걸 좋아하지 않아… 너도 커피를 마시지 않으려면 썩 꺼
지거라. 냉큼 가서 한 잔 더 가져와."

그녀는 커피를 한 잔 가져와서 다시 앉았고, 시커먼 액체를
맛보자 인상이 찌푸려졌지만 주인의 성난 눈길을 보고 끝까

지 삼켰다. 그런 다음엔 커피 잔을 헹군다는 구실로 화주를 한 잔 마셔야 했고, 한 번 더 헹구기 위해 두 번째 잔을, 그리고 진짜 마지막으로 세 번째 잔까지 비워야 했다.

그러고 나자 오몽 씨는 그녀를 놓아주었다. "이제 가서 설거지를 해. 넌 착한 아이구나."

저녁식사 때도 마찬가지였다. 식사 후에는 도미노 게임을 해야만 했다. 그러고 나서야 그는 그녀가 잠자리에 들도록 보내 주었다.

"가서 자거라. 나는 조금 있다 올라갈 테니."

그녀는 자기 방으로 왔다. 다락방이었다. 그녀는 기도를 하고 옷을 벗고 이불 속으로 미끄러져 들어갔다.

갑자기 그녀가 놀라서 벌떡 일어났다. 성난 고함소리에 집이 쩌렁쩌렁 울렸다.

"아델라이드?"

그녀가 문을 열고 다락에서 대답했다.

"네, 나리."

"어디 있나?"

"제 침대 속에 있는데요, 나리."

그가 버럭 화를 냈다. "제기랄, 얼른 내려오지 못해… 난 혼자 자는 걸 좋아하지 않아. 빌어먹을… 그러지 않을 거면 당장 꺼지고······."

그러자 그녀가 위에서 허둥지둥 촛불을 찾으며 대답했다.

"가요, 나리!"

그는 그녀의 작은 나막신이 계단의 전나무에 부딪쳐 내는 소리를 들었다. 그녀가 마지막 계단에 이르자 그가 그녀의 팔을 붙들었고, 그녀가 문 앞에서 주인의 투박한 나막신 옆에 작은 나막신을 벗기 무섭게 그녀를 자기 방으로 밀어 넣으며 투덜거렸다.

"제기랄, 얼른······!"

그녀는 무슨 말을 하는지 모른 채 끊임없이 똑같은 말만 반복했다.

"가요, 가요, 나리."

6개월 후, 어느 일요일에 그녀가 부모를 만나러 갔을 때 아버지가 묘한 눈길로 그녀를 살피더니 물었다.

"너 임신 안 했냐?"

그녀가 어안이 벙벙해서 자기 배를 내려다보며 거듭 말했다. "아뇨, 아닌데요."

그러자 그가 모든 걸 알아내려고 캐물었다.

"말해 봐, 밤에 주인 나리랑 나막신을 섞은 적 없냐?"

"네, 섞었어요. 첫날 저녁과 다른 날 저녁에도요."

"그럼 넌 애를 뱄을 거야, 이 나무토막 같은 자식아."

그녀가 울먹이기 시작하더니 더듬거리며 말했다.

"저는 몰랐어요. 몰랐어요."

아버지 말랑댕이 눈을 크게 뜨고 흡족한 얼굴로 딸을 살피며 물었다.

"뭘 몰랐다는 거냐?"

그녀가 훌쩍이며 말했다.

"애가 그렇게 생기는 줄 몰랐어요!"

어머니가 들어왔다. 아버지는 화내지 않고 말했다.

"이 아이가 지금 임신했어."

그런데 어머니는 본능적으로 부인하며 화를 냈고, 울고 있는 딸을 '촌뜨기'에 '덜떨어진 애'로 취급하며 욕설을 퍼부었다.

그러자 남자가 여자를 입 다물게 했다. 그는 세제르 오몽 나리와 앞날에 대해 얘기하러 가려고 모자를 쓰며 말했다.

"그런데 얘는 내가 생각한 것보다 더 바보야. 이 머저리는 애가 어떻게 만들어지는지도 몰랐다네."

다음 일요일 설교 시간에 늙은 사제는 오뉘프르-세제르 오몽 씨와 셀레스트-아델라이드 말랑댕의 혼례성사를 공표했다.

의자 고치는 여자

레옹 에니크에게

베르트랑 후작의 집에서 열린 사냥 개시 만찬이 끝나 갈 무렵이었다. 열한 명의 사냥꾼, 여덟 명의 젊은 여자, 그리고 마을 의사가 불 밝혀지고 과일과 꽃이 차려진 커다란 식탁을 둘러싸고 앉아 있었다.

사랑 이야기가 나왔고, 열띤 논쟁이 벌어졌다. 일생에 사랑을 단 한 번만 할 수 있는지 아니면 여러 번 할 수 있는지에 대한 영원한 논쟁이었다. 오직 한 번 진지한 사랑을 한 사람들을 예로 드는가 하면, 여러 번 격렬하게 사랑한 다른 예들도 나왔다. 대개 남자들은 열정이란 질병과 마찬가지로 동일한 존재를 여러 번 덮칠 수 있으며, 어떤 장애물이 앞에 나타나면 그 존재를 죽일 정도로 타격을 가할 수 있다고 주장했다. 이런 관점이 반박의 여지가 없을지라도 관찰보다는 시詩에 더 기대는 여자들은 사랑은, 진정한 사랑은, 위대한 사랑은 인간에게 오직 한 번만 닥칠 수 있으며, 그 사랑은 벼락을 닮아서 그것에 맞은 심장은 텅 비고 피폐해지고 불타 버려 어떤 다른 강력한 감정도, 심지어 어떤 꿈조차 다시 싹을 틔울 수 없다고 주장했다.

사랑을 많이 해본 후작은 그 믿음을 맹렬히 반박했다.

"나는 우리가 온 힘과 영혼을 바쳐 여러 번 사랑할 수 있다고 봅니다. 여러분은 사랑 때문에 자살한 사람들을 두 번째 열정이 불가능하다는 증거로 들었습니다. 나는 그 사람들이 자살하는 어리석은 짓을 저질러 다시 사랑에 빠질 모든 기회를 박탈하지만 않았더라면 치유되었을 거라고 대답하겠습니다. 그랬더라면 자연사할 때까지 다시 시작할 수 있었을 겁니다. 사랑하는 사람도 술꾼과 마찬가지입니다. 마셔 본 사람이 마시듯이 사랑해 본 사람이 사랑합니다. 이건 기질의 문제이지요."

사람들은 의사를 심판으로 삼았다. 파리 출신으로 시골로 내려와 사는 나이 든 의사에게 의견을 달라고 청했다.

그는 딱히 자기 의견이 없었다

"후작께서 말씀하신 대로 이건 기질의 문제입니다. 저는 하루도 쉬지 않고 55년 동안 지속되다가 죽음으로써 끝이 난 열정을 알고 있습니다."

후작 부인이 손뼉을 쳤다.

"그거 멋지군요! 그렇게 사랑받는 건 얼마나 꿈 같은 일일까요! 그런 필사적이고 감동적인 애정에 묻혀 55년을 사는 건 얼마나 큰 행복일까요! 그런 식으로 사랑받은 분은 얼마나 행복했을 것이며 얼마나 삶을 찬미할까요!"

의사가 미소 지었다.

"네, 부인, 사랑받은 사람이 남자였다는 점만큼은 틀리지 않았습니다. 여러분도 잘 아시는 마을의 약사 슈케 씨입니다. 여자도 여러분이 알았던 사람입니다. 매년 성으로 찾아와서 의자를 고치는 노파입니다. 잘 이해하시도록 자세히 말씀 드리지요."

여자들의 열광이 시들해졌다. 불쾌감에 사로잡힌 그들의 얼굴은 이렇게 말하는 듯했다. "쳇!" 마치 사랑이 섬세하고 고상한 사람들에게만 닥칠 수 있고, 품위 있는 사람들만의 관심사여야 한다는 듯이.

의사가 말을 이었다.

"저는 석 달 전에 이 노파의 임종 침상에 불려 갔습니다. 노파는 여러분이 아마 보았을 늙은 말이 끄는 마차를 타고 커다란 검은 개 두 마리와 친구들과 관리인들을 데리고 전날에 도착해 있었어요. 신부님도 벌써 와 있었지요. 여자는 우리를 자신의 유언집행인으로 삼았고, 자신의 마지막 의지의 의미를 밝히기 위해 살아온 온 생애를 우리에게 이야기했어요. 나는 그 삶보다 특별하고 비통한 삶을 알지 못합니다.

그녀의 아버지는 의자 수선공이었고, 어머니도 마찬가지였어요. 그녀는 한 번도 땅에 뿌리를 내린 집을 가져 보지 못했어요.

아주 어려서부터 그녀는 누더기를 걸치고 벌레처럼 더러운 꼴로 떠돌이 생활을 했습니다. 마을 어귀, 도랑 부근에 머물렀죠. 그들은 그곳에다 말을 풀어 풀을 뜯게 했지요. 개는 다리 사이에 주둥이를 묻고 잠을 잤고, 어린 딸아이는 아버지와 어머니가 길가의 느릅나무 그늘 밑에서 마을의 모든 낡은 의자들을 고치는 동안 풀밭에서 뒹굴며 놀았어요. 그 떠돌이 거처에서는 거의 말이 없었습니다. '의자 고쳐요!' 익히 알려진 이 소리를 외치면서 집집마다 도는 걸 누가 할지 결정하기 위해 필요한 몇 마디만 하고, 그들은 마주 앉거나 옆에 앉아 짚을 꼬았지요. 아이가 너무 멀리 가거나 마을의 남자 애들과 접촉하려고 하면 아버지의 성난 목소리가 딸애를 불렀습니다. '못된 계집애, 얼른 돌아오지 못해!' 그것이 그녀가 들었던 유일하게 다정한 말이었지요.

딸애가 더 자라자 부모는 딸을 보내 파손된 의자들을 모아 오게 했습니다. 그래서 그녀는 이 광장 저 광장을 다니다가 몇몇 남자애들을 알게 되었지요. 하지만 그럴 때면 새 남자친구들의 부모들이 아이들에게 매몰차게 말하곤 했습니다. '이놈아, 이리 오지 못해! 가난뱅이들과 얘기하는 게 내 눈에 띄기만 해봐……!'

대개 남자아이들은 그녀에게 돌멩이를 던졌습니다.

부인들이 그녀에게 동전 몇 푼을 주면 그녀는 소중하게 간직했습니다.

어느 날―그녀가 열한 살 때였습니다― 그녀는 그 마을을 지나다가 묘지 뒤에서 어린 슈케가 울고 있는 걸 보았습니다. 친구가 2리아르를 훔쳐 가서 울고 있었던 겁니다. 그녀는 그 불우하고 여린 머리로 항상 즐겁고 기쁘기만 할 거라고 상상했던 어린 부르주아가 흘리는 눈물에 마음이 흔들렸습니다. 그녀는 다가갔고, 그 슬픔의 이유를 알고는 아이의 손바닥에 자신이 가진 돈을 모두 내놓았지요. 7수였습니다. 남자아이는 눈물을 훔치며 당연하다는 듯이 그 돈을 받았습니다. 그러자 그녀는 미칠 듯이 기뻐서 대담하게도 남자애를 와락 끌어안왔지요. 남자아이는 동전을 유심히 살피느라 가만히 있었습니다. 그녀는 자신을 밀치지도 때리지도 않는 걸 보고서 다시 시도했습니다. 두 팔로 꼭 끌어안고 뽀뽀를 했지요. 그러곤 달아났습니다.

그 가련한 머릿속에서 무슨 일이 일어났을까요? 그녀가 그 어린애한테 애착을 품은 건 걸인으로 가진 재산을 그에게 몽땅 바쳤기 때문이었을까요? 아니면 달콤한 첫 입맞춤을 그에게 주었기 때문이었을까요? 이런 불가사의는 아이건 어른이건 마찬가지입니다.

몇 달 동안 그녀는 그 묘지 구석과 그 아이를 꿈꿨습니다. 그를 다시 보고 싶어 그녀는 의자 수선비를 받거나 식료품을 사러 가서 부모의 돈을 한 푼씩 슬쩍 빼서 훔쳤습니다.

그녀는 다시 그 마을로 돌아왔고, 주머니 속에 2프랑이 들어 있었지만, 아주 깨끗한 약국집 아이를 그의 아버지 가게의 유리창 너머, 빨간 유리병과 촌충 사이로 볼 수 있었을 뿐이었지요.

그녀는 그 색깔 있는 물의 후광 덕에, 반짝이는 유리의 광채 덕에 한층 더 매혹되고 들뜨고 흥분해서 그를 더더욱 사랑하게 되었습니다.

그녀는 그 잊을 수 없는 기억을 마음에만 품었고, 이듬해

학교 뒤에서 친구들과 구슬치기를 하고 있는 그 애를 만났을 때 덤벼들어 끌어안고 격렬하게 뽀뽀를 했는데, 아이는 겁에 질려 울음을 터뜨렸습니다. 그러자 그녀는 그 아이를 달래려고 가진 돈을 주었습니다. 3프랑 20상팀, 아이는 두 눈을 크게 뜨고 그 보물을 바라보았지요.

아이는 돈을 받고 그녀가 마음껏 어루만지게 가만히 있었습니다.

그 후 4년 동안 그녀는 모은 돈을 남자아이의 손에 몽땅쥐어 주었고, 아이는 승낙한 뽀뽀를 대가로 거리낌 없이 돈을 호주머니에 집어넣었지요. 어떤 때는 30수였고, 어떤 때는 2프랑, 어떤 때는 12수였으며(돈이 적어서 그녀는 마음이 아프고 부끄러워 울고 싶었지만 그해는 벌이가 시원찮은 해였지요), 마지막엔 5프랑짜리 커다란 동전 하나여서 아이는 흡족한 웃음을 웃었습니다.

이제 그녀는 그 아이 생각만 했습니다. 그리고 그 아이도 초소하게 그녀가 돌아오기를 기다렸고, 그녀가 보이면 그녀를 맞이하러 달려갔지요. 그럴 때면 여자아이의 심장은 두근거렸습니다.

그러다 남자아이가 사라졌습니다. 중학교에 들어간 겁니다. 그녀는 사람들의 눈에 안 띄게 물어봐서 그 사실을 알게 되었지요. 그러자 그녀는 무한한 외교술을 발휘해 자기 부모의 여정을 바꿔서 방학 때 그곳을 지나가게 만들었습니다. 결국 1년이나 공을 들이고 나서야 성공했지요. 따라서 그녀는 2년이나 그 아이를 보지 못했습니다. 그녀는 그 아이를 겨우 알아보았지요. 그만큼 그 애는 많이 변했고, 키가 컸으며, 금장 단추가 달린 제복 입은 모습이 위풍당당하고 멋졌습니다. 그는 그녀를 보지 못한 척하며 그녀 곁을 거만하게 지나갔지요.

그녀는 이틀 동안이나 울었습니다. 그때부터 끝없이 괴로워했지요.

매년 그녀는 그 마을로 돌아왔지만 그의 앞을 지나면서 감히 인사조차 건네지 못했고, 그는 그녀 쪽으로 눈길조차 주지 않았습니다. 그녀는 그를 미칠 듯이 사랑했습니다. 그녀가 내게 말했지요. '의사 선생님, 그이는 내가 이 땅에서 본 유일한 남자예요. 저는 다른 남자들이 존재하는지조차 알지 못합니다.'

그녀의 부모가 세상을 떠났습니다. 그녀는 부모의 일을 계속하면서 개를 한 마리 대신 두 마리를, 사람들이 감히 대들지 못할 무시무시한 개 두 마리를 두었지요.

어느 날, 그녀는 마음을 두고 떠난 그 마을로 들어서다가

멧도요새 이야기

슈케 가게에서 웬 젊은 여자가 그녀가 사랑하는 남자의 팔짱을 끼고 나오는 걸 보았습니다. 그의 아내였지요. 그가 결혼한 것입니다.

그날 저녁, 그녀는 시청 광장에 있는 연못에 몸을 던졌습니다. 늦은 시간까지 남아 있던 주정뱅이가 그녀를 건져서 약국으로 데려갔습니다. 아들 슈케가 실내복 차림으로 내려와 그녀를 간호했는데, 그녀를 알아본 그는 내색은 하지 않고 그녀의 옷을 벗기고 몸을 문지르더니 냉혹한 목소리로 말했습니다. '미쳤군요! 이렇게 바보처럼 굴면 안 되죠!'

이 말로 그녀는 치유되었습니다. 그가 그녀에게 말을 했으니까요! 그녀는 오랫동안 행복했습니다.

그녀가 치료비를 지불하겠다고 고집했지만, 그는 치료의 대가로 아무것도 받으려 하지 않았습니다.

그녀의 한평생이 그렇게 흘러갔습니다. 그녀는 슈케를 생각하며 의자를 수선했지요. 매년, 창문 너머로 그를 바라보았고요. 그녀는 그의 가게에서 비상약품을 사는 습관을 들였습니다. 그런 식으로 가까이서 그를 보았고, 그에게 말을 걸었으며, 여전히 돈을 주었지요.

이야기를 시작할 때 여러분에게 말씀 드린 대로 그녀는 올봄에 세상을 떠났습니다. 이 슬픈 이야기를 내게 모두 들려준 뒤 그녀는 자신이 그토록 변함없이 사랑해 온 사람에게 일평생 모아 온 돈을 전해 달라고 부탁했습니다. 그녀가 일한 건 오직 그를 위해서였고, 돈을 모으기 위해 심지어 끼니까지 걸렀으며, 자신이 죽고 나면 적어도 한 번은 분명히 그가 그녀를 생각하지 않겠느냐고 말하더군요.

그러니까 그녀는 내게 2천3백27프랑을 내놓았어요. 나는 장례비용으로 신부님께 27프랑을 드렸고, 그녀가 마지막 숨을 거둔 뒤 나머지 돈을 가져왔습니다.

이튿날 저는 슈케의 집으로 갔습니다. 살찌고 시뻘건 두 사람은 막 점심식사를 마치고 약품 냄새를 풍기며 거만하고 흡족한 얼굴로 마주 앉아 있었지요.

그들은 내게 앉으라고 권했고, 버찌주를 한 잔 주기에 받았습니다. 그리고 나는 그들이 울 거라고 확신하고 감동한 목소리로 할 말을 시작했습니다.

슈케는 그 떠돌이 여자, 의자 고치는 여자, 그 품팔이꾼이 그를 사랑했다는 사실을 알게 되자 펄쩍 뛰며 화를 냈습니다. 마치 그녀가 그의 명성을, 신사의 평판을, 그의 내밀한 명예를, 생명보다 더 귀한 섬세한 무엇을 훔치기라도 한 것처럼 말이지요.

그의 아내도 그만큼이나 격분해서 거듭 말했습니다.

'그 거지 여자가! 그 거지 여자가……!' 달리 할 말을 찾지 못하더군요.

그가 벌떡 일어섰어요. 한쪽 귀 뒤로 그리스 모자를 젖혀 쓴 채 식탁 뒤로 성큼성큼 걷더군요. 그러더니 더듬거리며 말했어요. '의사 선생님, 이걸 이해하시겠어요? 남자에게는 참으로 끔찍한 일입니다! 어찌 해야 할까요? 오! 그 여자가 살았을 때 알았더라면 경찰서에 신고해 그 여자를 체포하게 해서 감방에 집어넣었을 텐데 말이죠. 그랬으면 다시는 거기서 나오지 못했을 겁니다!'

나는 내 경건한 발걸음의 결과에 어안이 벙벙했습니다. 무슨 말을 하고 무슨 행동을 해야 할지 모르겠더군요. 그렇지만 내 임무는 끝내야만 했습니다. 그래서 다시 말했지요. '그분이 자신이 모은 돈을 당신에게 전해 달라고 내게 맡겼어요. 2천 3백 프랑 정도 됩니다. 내가 당신에게 막 알려준 사실이 대단히 불쾌하신 모양이니 그 돈은 가난한 사람들에게 나눠 주는 편이 낫겠군요.'

남자와 여자, 두 사람 모두 충격받고 마비된 듯 나를 바라보더군요.

나는 호주머니에서 돈을, 온갖 지역과 온갖 모양의 돈, 금화와 동전이 뒤섞인 가련한 돈을 꺼냈습니다. 그리고 물었습

니다. '어떻게 하시겠습니까?'

슈케 부인이 먼저 말하더군요. '그렇지만 그것이 그 여자의 마지막 의지였다면… 거절하기가 어려울 것 같습니다.'

남편이 황망하게 말을 이었지요. '그 돈으로 우리 아이들을 위해 무언가를 살 수 있을 것 같군요.'

나는 무뚝뚝한 표정으로 말했습니다. '원하시는 대로 하시지요.'

그가 다시 말하더군요. '그럼 주세요. 그 여자가 당신에게 그런 일을 맡겼으니. 우리는 좋은 일에 그 돈을 쓸 방법을 찾겠습니다.'

나는 돈을 내려놓고 인사하고 나왔습니다.

이튿날 슈케가 나를 찾아와서 불쑥 말하더군요. '그건 그렇고 그 여자가 여기 마차를 남겼지요. 그 마차는 어떻게 하실 생각입니까?'

'아무 생각도 없습니다. 원하시면 가져가세요.'

'잘됐군요. 좋습니다. 그걸로 내 채소밭에 오두막이나 만들어야겠어요.'

그는 떠나려 했지요. 내가 그를 다시 불렀습니다. '늙은 말과 개 두 마리도 남겼어요. 그것도 가지시렵니까?' 그가 흠칫 멈춰 서더니 말했습니다. '아! 아닙니다. 그걸로 내가 대체 뭘 할 수 있겠어요? 원하시는 대로 처분하세요.' 그러면서 그는 웃었습니다. 그리고 내게 손을 내밀었고, 나는 그의 손을 맞잡았습니다. 어쩌겠습니까? 한 동네에서 의사와 약사가 적이 되어서야 되겠어요?

개 두 마리는 제가 맡았습니다. 말은 큰 뜰을 가진 신부님이 가지셨습니다. 마차는 슈케의 오두막으로 쓰였고, 그는 그녀에게 받은 돈으로 철도채권 5장을 구매했지요. 바로 이것이 제가 살면서 만난 유일한 깊은 사랑입니다."

의사는 입을 다물었다.

그러자 눈물이 글썽해진 후작 부인이 한숨 쉬며 말했다. "결국, 사랑할 줄 아는 건 여자뿐이군요!"

바다에서

앙리 세아르에게

최근 신문에 이런 기사가 실렸다.

1월 22일, 불로뉴쉬르메르— 누군가 신문사로 보내온 기고문이었다.

벌써 2년째 호된 시련을 겪고 있는 우리 해안 지역 사람들에게 또 한 번 끔찍한 불행이 닥쳐 모두 망연자실했다. 자벨 선장이 모는 어선 한 척이 항구로 들어오다가 서쪽으로 튕겨나가 선창가 방파제 바위에 부딪쳐 산산조각 난 것이다.

구조선이 구명 밧줄을 발사하는 장치를 이용해 밧줄을 던져 구하려고 애를 썼으나 선원 네 명과 어린 견습선원 한 명이 목숨을 잃었다.

악천후는 계속되고 있다. 또 다른 재난이 염려된다.

자벨 선장이 누구일까? 그 팔 불구자의 형일까?

혹시 파도에 휩쓸려 산산조각 난 자기 배 밑에 깔려 어쩌면 죽었을지도 모르는 그 가련한 남자가 내가 생각하는 사람이라면 그는 18년 전에 다른 비극을, 바다에서 일어나는 무시무시한 비극들이 언제나 그렇듯이 끔찍하면서 단순한 비극을 지켜본 사람이다.

형 자벨은 당시 트롤선의 선장이었다.

트롤선은 전형적인 어선이다. 이 배는 선체가 볼록해서 어떤 날씨도 겁낼 일 없을 만큼 견고하고, 병마개처럼 끊임없이 물결에 흔들리고 영불해협의 혹독한 바닷바람이 후려쳐도 돛을 잔뜩 부풀린 채 바다 밑바닥을 훑는 큰 어망을 옆구리에 끌고 다니며 지칠 줄 모르고 바다에서 작업해 바위 틈새에서 잠든 온갖 생물들, 모래밭에 붙어 있는 납작한 물고기들, 갈고리 모양의 발을 단 묵직한 게들, 뾰족한 수염을 단 바닷가재들을 떼어 내고 채취한다.

미풍이 선선하게 불고 파도가 높지 않을 때 배는 조업을 시작한다. 어망은 쇳덩이가 달린 큰 나무기둥에 고정되어 있는

데, 배의 양쪽 끝에 있는 두 개의 굴림대 위로 미끄러지는 밧줄 두 개를 이용해 어망을 내린다. 그러면 배는 바람과 물결에 따라 나아가면서 그 어망을 끌고 다니며 바다의 바닥을 훑어서 싹쓸이한다.

자벨은 동생과 선원 네 명, 견습선원 한 명을 배에 태웠다. 그리고 트롤망을 던지기 좋은 화창하고 맑은 날에 불로뉴를 떠났다.

그런데 곧 바람이 일었고, 뜻밖의 돌풍이 불어 트롤선은 피신할 수밖에 없었다. 배는 영국 해안에 이르렀다. 그러나 거센 풍랑이 절벽을 때리고 육지를 향해 달려들어 항구 진입이 불가능했다. 작은 배는 다시 먼 바다로 나가 프랑스 해안으로 돌아왔다. 폭풍우가 물거품과 소음과 위험으로 대피소 주변을 에워싸 여전히 부두에 접안할 수가 없었다.

트롤선은 다시 떠났다. 물폭탄에 얻어맞고 요동치며 흔들리고 흥건히 젖은 채, 그렇지만 두 이웃 나라 사이에서 어느 쪽에도 접안하지 못한 채 때로는 대엿새 동안이나 떠돌게 만드는 그 악천후에 길이 들어 있었기에 씩씩하게 파도를 올라타고 나아갔다.

그러다 배가 바다 한가운데 있을 때 마침내 폭풍이 가라앉았다. 아직 파도는 거칠었지만 선장은 트롤망을 던지라고 명령했다.

따라서 큰 조업장비가 뱃전 너머로 내려졌고, 두 선원은 앞쪽에, 두 선원은 뒤쪽에 서서 굴림대 위로 밧줄을 풀기 시작했다. 갑자기 어망이 바닥에 닿았다. 그런데 높은 파도에 배가 기우뚱거리자 앞쪽에서 어망 내리는 걸 지휘하던 동생 자벨이 비틀거렸고, 배의 흔들림으로 일순간 느슨해진 밧줄과 나무굴림대 사이에 그의 팔 하나가 끼었다. 그가 다른 손으로 밧줄을 들어 올리려고 절망적으로 애썼지만 이미 트롤망이 끌리고 있어서 팽팽해진 밧줄은 옴짝달싹하지 않았다.

그는 고통에 몸을 비틀며 도움을 청했다. 모두가 달려왔다. 그의 형도 키를 놓고 달려왔다. 모두가 밧줄에 달려들어 밧줄이 으깨고 있는 팔을 빼내려고 애썼다. 소용없었다. "잘라야 돼요." 한 선원이 말했다. 그러곤 주머니에서 커다란 칼을 꺼냈고, 그걸로 두 번만 내려치면 동생 자벨의 팔을 구할 수 있을 터였다.

그런데 밧줄을 자른다는 건 트롤망을 포기하는 것이고, 트롤망은 돈을, 1500프랑이라는 막대한 돈을 의미했다. 게다가 그건 형 자벨의 소유였고, 그는 자기 재산에 대한 집착이 강했다.

형이 괴로운 마음에 외쳤다. "안 돼, 자르지 마. 기다려. 내가 바람 부는 쪽으로 뱃머리를 돌려볼 테니." 그러곤 그는 키를 잡으러 달려갔고, 키를 바람 부는 방향으로 끝까지 돌렸다.

배는 어망 때문에 추진력이 먹히지 않아 말을 듣지 않았고, 바람과 편류의 힘에 떼밀렸다.

동생 자벨은 이빨을 악문 채 초점 잃은 눈으로 무릎을 꿇고 쓰러졌다. 그는 아무 말도 하지 않았다. 선원이 칼로 밧줄을 자를까 봐 여전히 겁이 난 형이 돌아왔다. "기다려, 기다려, 자르지 마. 닻을 내려야 해."

사슬이 모두 풀리고 닻이 내려졌고, 트롤망의 밧줄을 느슨하게 풀기 위해 권양기가 돌아가기 시작했다. 마침내 밧줄이 느슨해져서 선원들은 피투성이 소매 아래 축 늘어진 팔을 빼낼 수 있었다.

동생 자벨은 바보가 된 것 같았다. 그의 상의를 벗기자 참혹한 모습이 드러났다. 짓이겨진 살덩이에서 피가 콸콸 쏟아졌다. 마치 펌프로 뿜어내는 것 같았다. 그러자 자기 팔을 쳐다보던 사내가 중얼거렸다. "글렀어."

출혈로 갑판 위에 피 웅덩이가 생기자 한 선원이 외쳤다. "저러다 피를 다 비우고 말겠어. 혈관을 묶어야 해."

선원들은 끈을, 타르가 칠해진 굵은 갈색 끈을 가져와 상처

부위 위쪽을 묶었고, 있는 힘껏 조였다. 솟구치던 피가 차츰 잦아들더니 마침내 완전히 멎었다.

동생 자벨이 일어서자 팔이 축 늘어졌다. 그는 다른 쪽 팔로 그 팔을 붙들고 들어 올리더니 돌리고 흔들어 보았다. 모든 게 끊어지고 뼈도 부러졌다. 근육만이 그 신체 일부를 지탱하고 있었다. 그는 침울한 눈으로 그걸 바라보며 생각에 잠겼다. 잠시 후 그는 접힌 돛 위에 앉았고, 동료들은 썩는 걸 막기 위해 상처를 적시라고 그에게 조언했다.

그의 곁에 양동이 하나가 놓였고, 그는 쉬지 않고 잔으로 깨끗한 물을 떠서 끔찍한 상처에 조금씩 부어 적셨다.

"밑에 내려가 있는 게 나을 거야." 형이 말했다. 그는 내려갔다. 그러나 혼자 있는 게 기분이 좋지 않아서 한 시간 만에 다시 갑판으로 올라왔다. 게다가 바깥 공기가 더 좋았다. 그는 다시 돛 위에 앉아서 자기 팔을 물로 축였다.

조업은 좋았다. 배가 허연 큰 물고기들이 죽음의 경련에 몸을 비틀며 그의 곁에서 뒹굴었다. 그는 쉬지 않고 뭉개진 살덩이에 물을 끼얹으며 물고기들을 바라보았다.

불로뉴로 돌아갈 때 또 거센 바람이 불어닥쳤다. 작은 배는 다시 미친 경주를 시작했고, 튀어 올랐다가 곤두박질치며 침울한 부상자를 뒤흔들었다.

밤이 찾아왔다. 새벽까지 날씨는 험악했다. 해가 뜰 무렵 다시 영국이 보였지만 차라리 바다 쪽이 덜 험악해서 배는 지그재그로 항해하며 다시 프랑스를 향해 떠났다.

저녁 무렵, 동생 자벨이 동료들을 불러 시커먼 반점들을 보여 주었다. 이젠 그의 것이 아닌 신체 부위에는 흉측한 부패의 흔적이 역력했다.

선원들이 쳐다보고 의견들을 내놓았다.

"괴사하고 있나 봐." 한 명이 생각했다.

"그 위에 짠물을 부어야 할 거야." 다른 선원이 말했다.

따라서 그들은 짠물을 가져와 상처에 부었다. 부상자는 얼굴이 납빛이 되었고, 이빨을 갈며 몸을 비틀었다. 그러나 비명은 지르지 않았다.

잠시 후 타는 듯한 통증이 가라앉자 그가 형에게 말했다. "형, 칼 좀 줘봐." 형이 칼을 내밀었다.

"내 팔을 좀 들어 봐. 똑바로 들고 당겨."

선원들은 그가 시키는 대로 했다.

그러자 그가 직접 자기 팔을 자르기 시작했다. 그는 숙고해 가며 천천히 잘랐다. 면도날처럼 예리한 칼날로 마지막 남은 힘줄을 잘랐다. 이내 팔이 잘려 나가고 끝동아리만 남았다. 그는 깊은 한숨을 내쉬며 말했다. "이럴 수밖에 없었어. 이미 틀려먹었어."

그는 한결 마음이 가벼워진 듯 힘차게 숨을 쉬었다. 그리고 남은 팔 토막에 다시 물을 끼얹기 시작했다.

밤에도 악천후는 여전해서 육지에 접안할 수가 없었다.

날이 밝자 동생 자벨이 잘려 나간 팔을 들고 오랫동안 살폈다. 부패가 역력했다. 동료들이 다시 와서 살폈고, 팔을 이리저리 건네며 만져 보고 돌려 보고 냄새까지 맡아 보았다.

그의 형이 말했다. "이제 그만 바다에 던져버려."

그러자 동생 자벨이 버럭 화를 냈다. "아! 안 돼! 안 된다고. 난 싫어. 이건 내 거야. 내 팔이라고."

그는 그걸 다시 집어 들어 다리 사이에 끼웠다.

"그런다고 안 썩는 게 아니야." 형이 말했다. 그러자 다친 동생에게 한 가지 생각이 떠올랐다. "바다에 오래 머물 때 신선도를 유지하기 위해 생선을 소금통에 차곡차곡 담아 두잖아."

그가 요구했다. "이걸 소금통에 넣어 두면 될 거야." "맞아." 다른 선원들이 말했다.

그들은 지난 며칠 동안 잡은 물고기로 가득 찬 소금통 하나를 비웠다. 맨 밑바닥에 팔을 놓았다. 그리고 그 위에 소금을 붓고 다시 물고기들을 차곡차곡 채웠다.

선원 중 하나가 이런 농담을 했다. "저걸 경매장에 팔지 않아야 할 텐데."

그러자 모두가 웃었다. 두 자벨 형제만 빼고.

바람은 여전했다. 그들은 다시 불로뉴를 향해 지그재그로 이튿날 아침 10시까지 항해했다. 부상자는 쉬지 않고 상처에 물을 끼얹었다.

그는 이따금 일어나서 배 이쪽 끝에서 저쪽 끝으로 걸었다. 키를 잡고 있던 형이 고개를 저으며 눈으로 그를 좇았다.

그들은 마침내 항구에 들어갈 수 있었다.

의사는 상처를 진찰하더니 상처가 호전되고 있다고 말했다. 그는 붕대를 감아 주고 휴식하라고 처방했다. 그러나 자벨은 자기 팔을 되찾기 전까지는 누워 있고 싶지 않아서 십자가 표시를 해둔 통을 찾으려고 서둘러 항구로 돌아갔다.

선원들은 그가 보는 앞에서 통을 비웠고, 그는 자기 팔을 되찾았다. 팔은 소금통에 담겨 생생하고 쪼글쪼글해진 채 잘 보존되어 있었다. 그는 가져온 수건으로 그걸 감싸서 집으로 돌아왔다.

그의 아내와 아이들은 아버지의 신체 잔해를 오래도록 살폈고, 손가락을 만지고 손톱 밑에 남아 있는 소금을 털어내기도 했다. 잠시 후 그들은 목수를 불러 작은 관을 맞췄다.

이튿날, 트롤선 선원 전부가 잘린 팔의 장례식에 참석했다. 나란히 선 두 형제가 장례 행렬의 선두에 섰다. 교구의 성당 관리인은 시신을 겨드랑이 아래 끼고 있었다.

동생 자벨은 항해를 그만두었다. 그는 항구에서 작은 일자리를 구했다. 나중에 이 사고에 대해 얘기할 때 그는 듣는 사람에게 나지막이 속마음을 털어놓곤 했다. "형이 트롤망을 자르려고만 했다면 분명히 내겐 팔이 아직 남아 있었을 거야. 그렇지만 형은 자기 재산을 무척이나 아꼈지."

노르망디 사람

폴 알렉시스에게

우리는 막 루앙을 떠나 빠른 걸음으로 쥐미에주 길을 따라 갔다. 날렵한 마차는 초원을 가로질러 달렸다. 얼마 후 말은 걸음을 늦추고 캉틀뢰 언덕에 올랐다.

그곳은 지평선이 세상에서 가장 멋진 곳 중 하나다. 우리 뒤로는 상아 장식품처럼 만들어진 고딕 종탑을 갖춘 성당들의 도시 루앙이 있다. 맞은편엔 공장도시 생스베르가 오래된 도시의 수많은 성스러운 종탑들을 마주하고 거대한 하늘로 연기를 뿜어 내는 수많은 굴뚝들을 우뚝 세우고 있다.

이쪽엔 대성당의 뾰족한 첨탑이, 인간이 세운 기념물들의 가장 높은 꼭대기가 보이고, 저 아래쪽에 그만큼이나 기상천외한 경쟁물이, 이집트의 가장 큰 피라미드를 1미터나 훌쩍

넘기는 '라 푸드르'* 공장의 '불펌프'**가 보인다.

우리 앞에는 센강이 구불구불 펼쳐졌다. 강에는 드문드문 섬들이 떠 있었고, 오른쪽엔 숲을 왕관처럼 두른 하얀 절벽이 우뚝 서 있었으며, 왼쪽엔 거대한 초원이 펼쳐졌고, 초원 저 멀리, 아주 멀리에서 또 하나의 숲이 이어지고 있었다.

여기저기, 큰 배들이 강둑을 따라 정박해 있었다. 큰 증기선 세 척이 꼬리를 물고 르아브르를 향해 가고 있었다. 스쿠너선 두 대와 브리크 범선 한 대가 돛대 세 개짜리 한 대의 범선처럼 줄지어 시커먼 연기구름을 토해 내는 작은 예인선에 이끌려 루앙을 향해 강을 거슬러 오르고 있었다.

이 고장에서 태어난 내 친구는 그 놀라운 풍경에 눈길조차 주지 않았다. 그러나 줄곧 미소 짓고 있었다. 그는 속으로 웃고 있는 것 같았다. 불쑥 그가 말했다. "아! 곧 웃긴 걸 보게 될 거네. 마티외 영감의 예배당 말인데, 아주 재미난 곳이야."

나는 놀란 눈으로 그를 바라보았다. 그가 말을 이었다.

"내가 노르망디의 향기를 제대로 느끼게 해주지. 자네 콧속에 오래도록 남게 될 거야. 마티외 영감은 이 고장에서 가장 멋진 노르망디 사람이고, 그의 예배당은 더도 덜도 말고 세상

* 방직공장의 이름으로 '벼락'을 의미한다.
** 증기를 이용해 물을 길어 올리는 펌프.

에서 가장 경이로운 곳이네. 하지만 먼저 내가 설명을 몇 마디만 하지.

마티외 영감을 사람들은 '음주' 영감이라고도 부르는데, 그는 예전에 특무상사로 복무했다가 고향으로 돌아왔지. 노르망디 특유의 음흉한 장난기에 늙은 군인의 허풍이 기막힌 비율로 섞여 완벽하게 조화를 이룬 인물이네. 고향에 돌아온 그는 여러 가호와 믿기 힘든 능수능란함 덕에 기적의 예배당, 성모의 보호를 받고 주로 임신한 여자들이 즐겨 찾는 예배당의 관리인이 되었지. 그는 그곳의 경이로운 성모상에 '부른 배의 성모'라는 이름을 붙였고, 조롱기 섞인 친근한 태도를 보였지만 결코 존경심을 빼놓지는 않았네. 그리고 '자애로운 성모님'을 위한 특별 기도문을 직접 쓰고 인쇄했지. 그 기도문은 노르망디 특유의 재치가 만들어 낸, 의도적이지 않은 빈정거림의 걸작이라네. 농담과 성스러움에 대한 두려움이, 무언가 비밀스러운 영향력에 대한 미신적인 두려움이 한데 섞여 있지. 그는 성모를 그다지 믿지 않았네. 그러면서도 조심하느라 조금은 믿었고, 예의 때문에 성모를 배려했지.

그 놀라운 기도문은 이렇게 시작되네.

'우리의 자애로운 성모 마리아님, 이 고장과 온 지구의 어머니가 될 여자들의 마땅한 여주인이시여, 망각의 순간에 유혹

에 넘어간 당신의 여시종을 보호하소서.'

이 청원은 이렇게 끝나지.

'무엇보다 당신의 성스러운 남편 곁에서 저를 잊지 마시고 하느님 아버지께 말씀 드리어 당신의 남편을 닮은 좋은 남편을 제게 허락해 주시옵소서.'

그 고장의 성직자가 금지한 이 기도문은 마티외 영감의 외투 아래 숨겨져 팔려 나갔고, 경건한 마음으로 그걸 암송하는 여자들에게 효험 있는 것으로 통했네.

요컨대, 그는 무시무시한 대공의 온갖 내밀한 비밀들을 들어주는 몸종이 주인에 대해 얘기하듯이 성모에 대해 얘기한다네. 성모에 관해 재미난 이야기들을 숱하게 알아서, 친구들끼리 술을 마신 뒤 나지막한 소리로 그 이야기들을 했지.

자네도 직접 보게 될 거야.

여주인께서 주는 보수가 충분치 않았는지 그는 주 성모상에 곁들여 성자들을 파는 작은 장사를 벌였지. 그는 모든 성자들을, 아니 거의 모든 성자들을 갖고 있네. 예배당에는 자리가 없어서 그 성자들을 장작 넣는 광에 넣어 두고, 찾는 신자가 있을 때마다 그곳에서 꺼내 주지. 괴상망측하게 우스운 그 목상들은 그가 직접 만들었는데, 그의 집에 도료를 칠하던 해에 모조리 초록색으로 칠했네. 성자들이 병을 낫게 한다는 건 자네도 알잖나. 그러나 성자마다 전문 분야가 있으니, 혼동도 오류도 범하지 말아야 하지. 성자들도 뜨내기 배우들처럼 서로 질투하니까.

노파들은 오류를 범하지 않으려고 마티외를 찾아온다네.

'귓병에는 어떤 성자가 최고요?'

'오심 성자도 좋고, 팡필 성자도 나쁘지 않지요.'

이뿐만이 아니야.

마티외는 시간만 나면 술을 마셨네. 그러나 확신에 찬 예술가로서 마셨고, 그래서 매일 저녁 꼬박꼬박 취했지. 그는 취했지만 자신이 취한 걸 알았네. 취한 걸 알기에 매일 취한 정도를 정확하게 기록했네. 그것이 그의 주된 관심사였네. 예배당은 그다음이었지.

그래서 그는 만들어 냈네. 귀 기울고 잘 들어 보게나. 취기 측정기를 만들어 냈단 말이네.

기구는 존재하지 않지만, 마티외의 관찰은 수학자의 관찰만큼이나 정확했지.

그가 끊임없이 이렇게 말하는 소리를 들을 수 있을 거네. '월요일 이후로 나는 45를 넘겼어.'

혹은, '52와 58 사이였어.'

혹은, '66부터 70까지였어.'

혹은, '빌어먹을, 50인 줄 알았는데 75였잖아!'

그는 틀리는 법이 없네.

그는 1미터까지는 도달한 적이 없다고 말하지만, 90을 넘어서니 관측의 정확도가 떨어지더라고 털어놓는 걸 보면 그의 말을 전적으로 믿을 수는 없겠어.

마티외가 90을 넘었다고 인정할 때는 머리끝까지 취한 것이지.

그럴 때면 마티외만큼이나 경이로운 존재인 그의 아내 멜리가 격렬하게 화를 냈네. 그녀는 문 앞에서 그를 기다렸고, 그가 돌아오면 이렇게 소리 질렀지. '드디어 왔군! 개자식, 돼지 같은 주정뱅이!'

그러면 마티외는 웃음을 그치고 그녀 앞에 버티고 서서 엄한 목소리로 말했지. '멜리, 시끄러. 지금은 얘기할 때가 아니야. 내일까지 기다려.'

그녀가 계속 고래고래 소리 지르면 그는 다가가서 떨리는 목소리로 말했네. '입 다물라니까. 난 90을 넘겼어. 더 이상 안 재. 나 곧 쓰러지니까, 조심해!'

그러면 멜리도 물러났지.

다음 날 그녀가 이 문제에 대해 다시 말하려고 나서면 그는 코웃음을 치며 대답했네. '자, 그만! 충분히 말했잖아. 이제 다 지난 일이야. 1미터에 도달하지 않는 한 난 괜찮아. 그렇지만 1미터를 넘기면 맹세컨대 내 행실을 고치겠어!'"

우리는 언덕 꼭대기에 이르렀다. 길은 루마르의 감탄스러운 숲속으로 접어들었다.

가을, 경이로운 가을이 황금빛과 주홍빛을 아직 생생하게 남은 마지막 초록에 섞고 있었다. 마치 하늘에서 태양이 녹아 울창한 숲속에 방울져 흘러내린 것 같았다.

우리는 뒤클레르를 가로질렀고, 내 친구는 쥐미에주로 계속 가는 대신 왼쪽으로 꺾어 지름길을 따라 잡목림 속으로 들어갔다.

곧, 큰 언덕 꼭대기에서 우리는 다시 센강의 멋진 하구와 발밑으로 구불구불 흘러가는 강을 다시 보았다.

오른쪽으로 청석돌판을 지붕에 얹고 양산처럼 높은 종탑을 인 아주 작은 건물 하나가 인동덩굴과 장미나무를 걸치고 초록색 차양을 단 아담한 집에 등을 맞대고 있었다.

굵직한 목소리가 외쳤다. "친구들이 왔어!" 마티외가 문턱에 나타났다. 염소수염과 긴 턱수염을 허옇게 단 예순 살의 메마른 남자였다.

내 친구는 그와 악수를 하고 나를 소개했다. 마티외는 거실로도 쓰이는 서늘한 부엌으로 우리를 들여보냈다. 그가 말했다.

"나한텐 고급 응접실이 없어요. 여기선 음식에서 멀어질 일이 없으니 얼마나 좋습니까. 보시다시피 냄비들도 친구가 되어 주잖소."

그러더니 그는 내 친구를 향해 몸을 돌리며 말했다.

"왜 하필이면 목요일에 오나? 목요일은 나의 여주인님의 상담일이라는 걸 잘 알잖나. 나는 이날 오후에는 밖으로 못 나가네."

그러곤 문 쪽으로 달려가더니 소 울음 같은 끔찍한 소리를 질렀다. "멜리이이!" 그 소리에 저 멀리에서 강을 내려가거나 올라오는 배에 탄 선원들마저 고개를 들었을 것이다.

멜리는 아무 대답이 없었다.

그러자 마티외가 짓궂게 눈을 깜빡였다.

"나한테 불만이 많아. 어제 내가 90까지 갔거든."

내 친구가 웃음을 터뜨렸다. "90이라니, 마티외! 어찌 된 건가?"

마티외가 대답했다.

"얘기해 주지. 작년에는 살구며 사과를 20 라지에르*밖에 못 얻었네. 그것밖에 안 되더라고. 그런데 능금주를 만들려는데 그것밖에 없는 거야. 그래서 그걸로 큰 술통으로 한 통을 만들었는데, 어제 그 술통을 땄지. 맛이 기가 막히더라고. 한번 맛보고 어떤지 말해 주게. 어제 여기 폴리트가 왔었네. 우리는 한 잔 마시고 또 마셨지. 성이 차지는 않았어(그러자면 아침까지 마셔야 했을 거야). 그런데 한 잔씩 마시다 보니 뱃속이 차가워지는 느낌이었지. 그래서 내가 폴리트에게 말했네. '몸을 좀 데우게 코냑 한잔 하자고!' 그가 동의했지. 그런데 코냑은 말이지 몸속에 불을 지피잖나. 그래서 다시 능금주로 돌아와야 했지. 그런데 그렇게 냉기에서 열기로, 열기에서 냉기로 오가다 보니 내가 90에 도달했다는 걸 깨닫게 되었네. 폴리트는 거의 1미터에 도달했지."

그때 문이 열렸다. 멜리가 나타나더니 우리가 인사를 채 건네기도 전에 말했다. "…돼지 같은 영감탱이. 둘 다 1미터를 넘겼어."

그러자 마티외가 버럭 화를 냈다. "그런 말 마, 멜리. 그러지 말라고. 난 한 번도 1미터까지 가본 적이 없어."

* 노르망디에서 쓰던 옛 용량 단위로 1라지에르는 50리터에 해당한다.

우리는 웅대한 풍경을 마주하고 '부른 배의 성모' 예배당 옆, 문 앞의 두 그루 보리수 아래에서 맛난 점심을 먹었다. 마티외는 우리에게 뜻밖의 천진함이 섞인 익살을 보이며 믿기 힘든 기적 이야기를 들려주었다.

우리는 톡 쏘고 달콤하며, 시원하고 취기 도는, 그가 어떤 술보다 좋아하는 사랑스러운 능금주를 실컷 마셨다. 그리고 의자에 걸터앉아 파이프 담배를 피웠다. 그때 노파 두 명이 나타났다.

두 여자는 늙고 깡마르고 구부정했다. 그들은 인사를 하더니 블랑 성자를 요구했다. 마티외는 우리를 향해 눈을 찡긋하며 대답했다.

"드리지요."

그러곤 장작 창고 안으로 사라졌다.

5분은 족히 지났을까. 그가 아연한 얼굴로 돌아왔다. 두 팔을 들며 말했다.

"그게 어디 있는지 모르겠어요. 찾을 수가 없네요. 분명히 있었는데."

그러더니 두 손을 확성기처럼 모아 소 울음소리 같은 소리를 내질렀다. "멜리이이!" 마당 안쪽에서 그의 아내가 대답했다.

"무슨 일이에요?"

"블랑 성자 어디 있어! 장작 창고에서 못 찾겠어."

그러자 멜리가 이런 해명을 내놓았다.

"지난주에 당신이 토끼장 구멍을 막는 데 쓴 것 아냐?"

마티외가 화들짝 놀라며 말했다. "제기랄! 그럴지도 모르겠네!"

그가 여자들에게 말했다. "날 따라오세요."

여자들은 따라갔다. 웃음을 참느라 안간힘을 쓰며 우리도 따라갔다.

실제로 블랑 성자는 평범한 막대기처럼 땅에 꽂혀 진흙과 쓰레기를 뒤집어쓴 채 토끼장의 모서리 말뚝으로 쓰이고 있었다.

여자들은 그걸 보자마자 무릎을 꿇고 성호를 긋더니 기도를 읊조리기 시작했다. 그런데 마티외가 달려갔다. "잠깐만요. 진창에 앉으셨네요. 짚을 한 단 갖다드리지요."

그는 짚단을 가져와서 그걸로 기도대를 만들어 주었다. 그러곤 진흙투성이의 그의 성자를 물끄러미 바라보더니 아마도 자기 장사에 신용이 떨어질까 겁이 났던지 이렇게 덧붙였다.

"저분을 곤경에서 조금 빼내 드려야겠어요."

그는 양동이 하나와 솔을 가져와 나무로 된 조각상을 빡

124

멧도요새 이야기

빡 닦기 시작했고, 그동안 두 노파는 계속 기도를 했다.

다 닦고 난 그가 덧붙였다. "이젠 곤경은 벗어났습니다." 그러더니 그는 다시 우리를 데리고 한잔 마시러 갔다.

그가 잔을 입으로 가져가다가 멈추더니 모호한 표정으로 말했다. "내가 블랑 성자를 토끼들에게 준 건 그 성자가 이젠 돈이 안 된다고 생각했거든. 2년 전부터 더 이상 찾는 사람이 없었으니까. 그런데 보다시피 성자들은 유행이 지나는 법이 없어."

그는 잔을 비우더니 다시 말했다.

"자, 더 마시자고. 친구들과 함께 마실 땐 50 이하로는 안 되지. 난 지금 38밖에 안 돼."

유언장

폴 에르비외에게

나는 르네 드 부르느발이라는 이름을 가진 그 키 큰 청년을 알았다. 그는 조금 슬퍼 보였고, 만사에 무관심하고, 정확하고 매서운 회의주의에 빠져 대단히 비관적으로 보였으며, 무엇보다 한마디로 사교계의 위선을 파헤치는 데 능숙해 보였지만 그래도 사교성 있는 사람이었다. 그는 종종 이렇게 말했다. "정직한 사람은 없습니다. 아니면 적어도 사기꾼들에 비해 정직한 사람만 있을 뿐이죠."

그에겐 형제가 둘 있었는데 거의 보지 않고 살았다. 형제들의 이름은 드 쿠르실이었다. 그들의 성이 다른 것을 보고 나는 배다른 형제인가 보다 생각했다. 사람들이 이 가족에게 이상한 일이 있었다는 얘기는 여러 차례 했지만 자세한 건 말해

주지 않았던 것이다.

이 남자가 내 마음에 쏙 들어서 우리는 곧 친해졌다. 어느 날 저녁, 그의 집에서 단둘이 저녁식사를 하고 난 뒤 내가 무심코 그에게 물었다. "자네는 모친의 첫 번째 결혼에서 태어난 건가? 아니면 두 번째 결혼에서?" 나는 그의 얼굴이 하얘졌다가 다시 붉어지는 걸 보았다. 그는 눈에 띄게 당황하며 얼마간 아무 말도 하지 않았다. 그러더니 특유의 부드럽고 쓸쓸한 표정으로 미소를 지었다. 그리고 말했다. "친구, 자네가 지루해하지 않는다면 내 출생에 관해 아주 기이한 사실들을 얘기해주겠네. 자네가 똑똑한 사람이라는 걸 알기에 그 이야기 때문에 자네의 우정이 훼손될까 걱정하지는 않네. 만약 그 사실 때문에 자네가 괴로워한다면 앞으로는 자네를 내 친구로 여기지 않을 테고.

나의 어머니 드 쿠르실 부인은 가련하고 수줍음 많은 자그마한 여자였는데, 남편은 그녀의 재산을 보고 그녀와 결혼했지. 그녀의 일평생이 수난이었네. 다정하고 겁 많고 섬세한 영혼의 소유자인 그녀는 사람들이 시골 귀족이라고 부르는 거친 사내들 중 한 사람인 나의 아버지였던 작자에게 끊임없이 학대당했지. 결혼한 지 한 달 만에 그는 웬 하녀와 살았네. 게다가 소작농들의 아내와 딸들을 첩으로 두었지. 그러고도 그는 아내에게서 자식을 둘이나 얻었네. 사람들은 나까지 포함해서 셋이라고 했을 테지만, 나의 어머니는 아무 말도 하지 않았네. 언제나 시끄러운 그 집에서 어머니는 가구 밑으로 미끄러져 숨는 작은 생쥐들처럼 살았지. 그녀는 지워지고 사라진 존재처럼 바들거리며 투명하고 불안한 눈길, 언제나 움직이는 눈길, 두려움이 떠나지 않는 질겁한 존재의 눈길로 사람들을 바라보았네. 그렇지만 어머니는 예뻤어. 아주 예뻤지. 완전히 금발이었지만, 회색빛 도는 수줍은 금발이었네. 마치 끊임없는 두려움 때문에 머리카락이 살짝 탈색된 것 같았지.

줄기차게 성으로 찾아오는 드 쿠르실 씨의 친구들 중에는 예전에 기병대 장교였던 홀아비가 한 사람 있었네. 모두가 무서워하고, 다정하면서 난폭하며, 누구보다 단호한 결단을 내릴 수 있는 드 부르느발 씨였지. 지금 내가 달고 있는 이름이네. 그는 키 크고 마른 건장한 남자였고, 시커먼 콧수염을 달고 있었네. 나는 그를 많이 닮았어. 그는 책도 좀 읽었고, 전혀 자기 계층의 남자들처럼 생각하지 않았네. 그의 증조모는 장 자크 루소의 친구였으며, 들리는 말로는 그가 조상과 루소의 관계에서 무언가를 물려받았을 거라고 하더군. 그는 『사회계약설』이며 『신엘로이즈』를, 그리고 우리의 오래된 풍습들, 선입견들, 낡아빠진 법들, 바보 같은 도덕의 전복을, 곧 닥칠 전복을 멀리서 준비해 온 그 모든 철학 책들을 달달 외웠다네.

그는 나의 어머니를 사랑했고, 어머니도 그를 사랑했던 모양이네. 그 관계는 너무도 은밀해서 아무도 알아차리지 못했지. 버림받고 슬픈 가련한 여자는 절망적으로 그에게 집착했을 테고, 그의 사고방식들, 자유로운 감정에 대한 이론들, 구속받지 않는 사랑에 대한 대담한 생각들을 모두 자기 것으로 삼았겠지. 그러나 겁이 많아서 한 번도 크게 소리 내어 말하지 못했고, 그 모든 건 억눌리고 응축되고 다져진 채 결코 열리는 법 없는 그녀의 마음속에 묻혔지.

나의 두 형은 아버지처럼 어머니에게 냉혹했네. 어머니를 집 안에서 아무것도 아닌 존재로 보는 아버지의 방식에 길이 들어 그들도 어머니를 조금도 다정하게 대하지 않고 하녀 대하듯 했지.

세 아들 가운데 어머니를 정말 사랑한 건 나 혼자뿐이었고, 어머니도 나를 사랑했네.

어머니는 돌아가셨네. 내 나이 열여덟 살 때였지. 이어서 일어날 일을 자네에게 이해시키려면 어머니의 남편에겐 법률고문이 딸려 있었고, 재산 분할이 어머니에게 유리하게 언도되어 있었다는 사실을 덧붙여야겠네. 어머니는 법이라는 수단과 공증인의 총명한 헌신 덕에 당신 마음대로 유증할 권리를 갖고 있었지.

따라서 우리는 그 공증인에게 유언장이 있다는 사실을 들었고, 유언장 낭독에 참석하도록 초대받았네.

나는 그 장면을 어제 일처럼 기억하고 있네. 그것은 죽은 어머니의 사후 반항이, 그 자유의 외침이, 생애 내내 우리의 관습에 짓눌린 순교자가 무덤 속에서 내지른 주장이 초래한 장엄하고 극적이며, 익살스럽고 놀라운 장면이었지. 순교자는 닫힌 관 속에서 독립을 향한 절망적인 부르짖음을 내질렀던 거야.

스스로 나의 아버지라고 믿고 있던 자, 백정을 생각나게 하는 혈색 붉고 뚱뚱한 남자와 스무 살과 스물두 살의 건장한 청년들인 내 형들은 의자에 앉아 조용히 기다리고 있었네. 출두하도록 부름받은 드 부르느발 씨가 들어와서 내 뒤에 자리 잡았지. 그는 꽉 끼는 외투 차림에 창백한 얼굴로 희끗한 콧수염을 이따금 씹어 댔네. 아마도 곧 일어날 일을 기다리고 있었을 테지.

공증인이 문을 이중으로 잠갔고, 붉은 밀랍으로 봉해진 봉투를 우리 앞에서 뜯은 뒤 자신도 내용을 알지 못하는 유언장을 읽기 시작했네.

내 친구는 갑자기 입을 다물더니 일어섰고, 자기 책상으로 가서 낡은 종이를 꺼내 펼쳐 들고는 오래도록 거기에 입 맞추었다. 곧 그가 말을 이었다. "이것이 사랑하는 내 어머니의 유언장이네."

장-레오폴드-조셉 공트랑 드 쿠르실의 합법적인 아내인 안-카트린-쥬느비에브-마틸드 드 크루아뤼스는 건강한 심신으로 여기에 마지막 뜻을 밝힙니다.

먼저 하느님께, 그리고 나의 사랑하는 아들 르네에게 제가 곧 범하게 될 행위에 대해 용서를 구합니다. 나는 내 아들이 나를 이해하고 용서할 만큼 마음이 넓으리라고 생각합니다. 나는 일평생 고통받았습니다. 나는 타산적인 결혼을 했고, 남편에게 멸시당했으며, 인정받지 못했고, 억압받았고, 끊임없이 배신당했습니다.

그를 용서합니다만 제가 그에게 빚진 건 아무것도 없습니다.

나의 큰아들과 둘째아들은 나를 조금도 사랑하지 않았고, 조금도 배려하지 않았으며, 거의 어머니로 대하지도 않았습니다. 사는 동안 나는 이 두 아들에게는 그런 존재였습니다. 죽어서도 나는 그들에게 아무것도 빚진 게 없습니다. 한결같고 성스러운 일상의 애정 없이는 혈연도 존재하지 않습니다. 배은망덕

한 아들은 이방인보다 못합니다. 그런 아들은 죄인입니다. 자기 어머니에게 무관심할 권리가 없기 때문입니다.

나는 남자들 앞에서, 그들의 불공정한 법 앞에서, 그들의 비인간적인 관습 앞에서, 그들의 비열한 편견들 앞에서 언제나 떨었습니다. 하느님 앞에서는 더 이상 두렵지 않습니다. 죽고 나서야 나는 수치스러운 위선을 내던집니다. 감히 내 생각을 말하고, 내 마음속의 비밀을 털어놓고 적습니다.

그러므로 나는 나의 재산 전부를 내가 사랑하는 연인인 피에르-제르메-시몽 드 부르느발에게 위탁해 훗날 이 재산이 사랑하는 우리의 아들 르네에게 귀속되기를 바랍니다.

(더구나 이 의지는 공증된 문서에 아주 확실한 양식으로 작성되어 있었네.)

제 말을 들어주실 최고의 판관 앞에서 저는 제 연인의 깊고 헌신적이며 다정하고 흔들림 없는 애정을 만나지 못했더라면, 그의 품속에서 조물주가 존재들을 서로 사랑하고, 의지하고 위로하고, 고통의 시간에 함께 울도록 만들었다는 사실을 깨닫지 못했더라면 하늘과 삶을 저주했으리라고 단언합니다.

나의 큰아들과 둘째아들의 아버지는 드 쿠르실 씨입니다. 르네

만이 드 부르느발 씨에게서 난 자식입니다. 저는 인간들과 그
들의 운명을 주관하시는 주님께서 이 아버지와 아들이 사회
의 편견들을 뛰어넘게 해주시고, 그들이 죽을 때까지 서로 사
랑하게 해주시길, 그리고 관 속에 든 나를 여전히 사랑해 주길
기도합니다.

이것이 나의 마지막 생각이고 마지막 바람입니다.

마틸드 드 크루아뢰스

드 쿠르실 씨는 일어나 있었네. 그가 외쳤지. "이건 미친 여
자의 유언장이야!" 그러자 드 부르느발 씨가 한 발짝 나서더
니 힘 있는 목소리, 단호한 목소리로 단언했네. "나, 시몽 드
부르느발은 이 문서가 엄밀한 진실만 담고 있음을 단언합니
다. 제가 가지고 있는 편지들로 기꺼이 그걸 입증하겠습니
다."

그러자 드 쿠르실 씨가 그를 향해 걸어갔네. 나는 두 사람
이 멱살 잡고 싸우려는 줄 알았지. 둘 다 키가 크지만 한쪽은
뚱뚱하고, 또 한쪽은 마른 두 남자는 부들부들 떨며 서 있었
네. 내 어머니의 남편이 더듬거리며 말했지. "꼴사나운 인간
이군!" 상대도 똑같이 강하고 무뚝뚝한 어조로 말했지. "다른
자리에서 다시 만나게 될 거요. 당신이 그토록 고통받게 한

그 가련한 여인이 살아 있는 동안 내가 그녀의 평온을 무엇보다 소중히 여기지 않았다면 이미 오래전에 당신의 따귀를 갈기고 결투를 신청했을 거요."

그러더니 그가 나를 향해 돌아보며 말했네. "넌 내 아들이다. 날 따라오런? 너를 데려갈 권리는 내게 없지만 네가 나를 따라오겠다면 그 권리를 가질 수 있어."

나는 대답하지 않고 그의 손을 잡았지. 그리고 우리는 함께 밖으로 나왔네. 물론 나도 거의 미친 상태였지.

이틀 뒤, 드 부르느발 씨는 결투에서 드 쿠르실 씨를 죽였네. 내 형들은 끔찍한 추문이 겁나서 입을 다물었지. 내가 그들에게 양보를 해서 형들은 어머니가 내게 남긴 재산의 반을 받았네.

나는 법이 내게 준 이름, 내 것이 아니었던 이름을 거부하고 나의 진짜 아버지의 이름을 취했네.

드 부르느발 씨는 5년 전에 세상을 떠났네. 나는 지금까지도 위로받지 못하고 있어.

그는 일어서서 몇 발짝 걸었고, 내 앞에 서더니 말했다. "뭐랄까! 내 어머니의 유언장은 한 여자가 할 수 있을, 가장 아름답고 가장 충직하고 가장 위대한 일이라고 말하고 싶네. 안 그런가?"

나는 두 손을 그에게 내밀며 말했다. "물론이네, 친구."

들에서

옥타브 미르보에게

작은 온천 도시 부근의 어느 언덕 아래 초가집 두 채가 나란히 자리하고 있었다. 두 농부가 어린 자식들을 키우기 위해 척박한 땅을 힘들게 일구며 살았다. 각 가정마다 아이가 넷이 있었다. 이웃한 두 대문 앞에 아이들이 모두 모여 아침부터 저녁까지 우글거렸다. 제일 큰 아이 둘은 여섯 살, 가장 어린 아이 둘은 15개월 정도였다. 결혼과 출산이 양쪽 집에서 거의 동시에 일어났던 것이다.

두 어머니는 아이들 무리에서 자기 자식을 겨우 알아보았다. 두 아버지는 완전히 혼동했다. 여덟 개의 이름이 그들 머릿속에서 춤을 추며 줄곧 뒤섞였다. 아이 하나를 불러야 할 때 남자들은 대개 이름 세 개쯤 부르고 나서야 제대로 된 이름을 찾아냈다.

롤포르 정수장에서 올 때 먼저 보이는 집에는 튀바슈 가족이 살았는데, 그 집은 딸 셋, 아들 하나를 두었다. 다른 오두막에는 발랭 가족이 살았고, 그 집은 딸 하나에 아들 셋을 두었다.

이들 모두 수프와 감자, 신선한 공기를 섭취하며 힘겹게 살았다. 아침 7시, 정오, 그리고 저녁 6시에 두 주부는 거위치기들이 거위를 불러 모으듯이 아이들을 먹이려고 불러 모았다. 아이들은 50년 동안 사용해 반들거리는 나무탁자 앞에 나이 순서대로 앉았다. 막내는 탁자 높이에 겨우 입이 닿을 정도였다. 그들 앞에는 감자와 양배추 반 통, 양파 세 개를 넣고 끓인 수프에 빵 조각이 수북 담긴 움푹한 접시가 놓였다. 모두가 배가 고프지 않을 만큼만 먹었다. 막내는 어머니가 직접 먹였다. 고기를 조금 넣은 포토푀를 먹는 일요일은 모두에게 축제였다. 그런 날이면 아버지는 오래도록 식탁에 머물며 거듭 말했다. "이런 걸 매일 먹으면 좋을 텐데."

8월의 어느 오후, 날렵한 자동차 한 대가 두 초가집 앞에 갑자기 멈춰 섰고, 운전석에 앉은 젊은 여자가 옆에 앉은 신사에게 말했다.

"아! 앙리, 저길 좀 봐요. 아이들이 저렇게 많네요! 먼지 속

137

에 저렇게 오글오글 모여 있는 게 참 예뻐요!"

남자는 아무 대꾸가 없었다. 그에게는 고통이자 거의 비난이나 다름없는 그런 감탄에 길이 들어 있었던 것이다.

젊은 여자가 다시 말했다.

"저 애들을 안아 봐야겠어요! 오! 저 애들 중 하나가, 저기 저 어린 꼬마가 내 아이라면 얼마나 좋을까!"

그러더니 여자는 자동차에서 뛰어내려 아이들에게 달려갔고, 두 막내 중 하나, 튀바슈네 아이를 들어서 품에 안고 아이의 더러운 두 뺨에, 흙 묻은 곱슬곱슬한 금발 머리에, 성가신 포옹에서 벗어나려고 버둥거리는 두 손에 열정적으로 입을 맞췄다.

잠시 후 그녀는 다시 자동차에 올라타고 서둘러 떠났다. 그러나 그녀는 다음 주에 다시 오더니 바닥에 앉아서 그 사내아이를 품에 안고 과자를 잔뜩 먹였고, 다른 모든 아이들에게도 사탕을 나눠 주었다. 그리고 꼬마처럼 아이들과 함께 놀았다. 그동안 그녀의 남편은 날렵한 자동차 안에서 끈기 있게 기다렸다.

그녀는 또 찾아와 부모들과 인사했고, 군것질과 동전을 주머니 가득 채우고 매일 다시 나타났다.

그녀는 앙리 뒤비에르 부인이었다.

어느 날 아침, 그녀의 남편이 그녀와 함께 내렸다. 그러더니 이제는 그녀를 너무 잘 아는 아이들 곁에 멈춰 서지 않고 곧장 농부의 집으로 들어갔다.

그들은 수프를 끓이기 위해 장작을 패고 있었다. 그들은 깜짝 놀라 몸을 일으켰고 의자를 내주곤 기다렸다. 그러자 젊은 여자가 떨리고 간간이 끓기는 목소리로 말을 시작했다.

"제가 이렇게 찾아온 건… 이 댁의… 막내아들을 데리고 가고 싶어서입니다……"

두 시골 사람은 아무 생각 없이 어안이 벙벙해서 대답하지 못했다.

여자가 숨을 돌리고 말을 이었다.

"우리에겐 아이가 없어요. 남편과 저 둘뿐이에요… 우리가 저 아이를 키우고 싶은데… 괜찮으신지요?"

시골 아낙은 이제야 조금 알아들었다. 그녀가 물었다.

"우리 샤를로를 데려가시겠다고요? 아, 안 됩니다. 절대 안 되지요."

그러자 뒤비에르 씨가 끼어들었다.

"제 아내가 설명을 제대로 못 드렸군요. 우리는 그 아이를 양자로 삼고 싶은 겁니다. 그렇지만 아이가 나중에 두 분을 보러 올 겁니다. 아이가 잘 적응하면, 아마도 그러리라 싶습니다만, 우리의 상속자가 될 겁니다. 혹시 우리에게 아이가 생기더라도 이 아이도 우리 아이들과 똑같이 나눠 갖게 될 겁니다. 그러나 이 아이가 우리의 정성에 호응하지 않는다면 성년이 될 때 2만 프랑을 줄 것이고, 그 돈은 당장 아이의 이름으로 공증인에게 맡겨 둘 겁니다. 그리고 두 분에 대해서도 생각해 보았는데, 두 분이 돌아가실 때까지 한 달에 100프랑씩 드리겠습니다. 이제 이해가 되셨는지요?"

시골 아낙이 격분해서 일어섰다.

"날더러 샤를로를 팔라는 겁니까? 아! 절대 안 될 일입니다. 어머니에게 그런 걸 요구하다니요! 절대 안 됩니다! 끔찍한 일입니다."

남자는 생각에 잠긴 채 심각한 얼굴로 아무 말 하지 않았다. 그러나 연신 고개를 끄덕이며 아내의 뜻에 동의했다.

뒤비에르 부인은 넋이 나간 채 울음을 터뜨렸고, 남편을 돌아보며 흐느끼는 목소리로, 평소 모든 욕구를 채워 온 아이의 목소리로 떠듬떠듬 말했다.

"앙리, 이분들은 원치 않는답니다! 이분들은 원치 않아요!"

그러자 두 사람은 마지막으로 다시 한번 시도했다.

"아이의 미래를, 아이의 행복을 한번 생각해 보시지요……."

시골 아낙이 격분해서 말을 잘랐다.

"다 보았고 다 들었고 잘 생각했어요… 그만 가세요. 다시는 이곳에 얼씬 마세요. 그런 식으로 아이를 빼앗으려 하다니!"

뒤비에르 부인은 집을 나서다가 어린아이가 둘이었다는 걸 생각해 냈고, 절대 기다릴 줄 모르는 응석받이 고집 센 여자의 집요함을 보이며 눈물 너머로 물었다.

"그런데 다른 꼬마는 이 집 아이가 아닌가요?"

아버지 튀바슈가 대답했다.

"아닙니다. 이웃집 아입니다. 원하시면 그리 가보세요."

그러곤 그는 집으로 들어갔고, 안에서는 여자의 성난 목소리가 들려왔다.

발랭 부부는 식탁에 앉아 둘 사이에 놓인 접시에서 칼로 버터를 조금 찍어 아껴서 빵 조각에 발라 느릿느릿 먹고 있었다.

뒤비에르 씨가 제안을 다시 시작했는데, 훨씬 더 에두르고 교묘하고 신중하게 말했다.

시골 부부는 거절의 표시로 고개를 저었다. 그러나 한 달에 100프랑씩 받게 될 거라는 사실을 알게 되자 서로를 바라보았고, 서로가 마음이 흔들린 걸 눈으로 확인했다.

두 사람은 망설이고 고심하며 오래도록 침묵을 지켰다. 마침내 여자가 물었다.

"어떻게 생각해요?"

남자가 거만한 어조로 말했다.

"무시할 제안이 아닌 것 같네."

그러자 불안에 떨고 있던 뒤비에르 부인이 아이의 장래에 대해, 아이의 행복에 대해, 그가 나중에 그들에게 줄 수 있을 그 모든 돈에 대해 말했다.

농부가 물었다.

"그 1200프랑 연금은 공증인을 앞세워 약속하는 거요?"

뒤비에르 씨가 대답했다.

"물론이죠. 내일 당장."

농부 아낙이 곰곰이 생각하다가 말했다.

"한 달에 100프랑은 아이를 데려가는 금액으로 충분치 않아요. 저 아이는 몇 년 뒤면 일을 할 텐데. 120프랑은 줘야 해요."

초조해서 안달이 난 뒤비에르 부인이 즉각 그러겠다고 말했다. 그리고 아이를 바로 데려가고 싶어서 남편이 증서를 작성하는 동안 선물로 100프랑을 주었다. 면장과 이웃 사람 한 명이 즉각 불려 와서 호의적으로 증인을 서주었다.

젊은 여자는 환한 얼굴로 가게에서 사고 싶었던 물건을 사 가듯이 울부짖는 아이를 데려갔다.

튀바슈 부부는 문턱에서 아이가 떠나는 걸 말없이 심각한 표정으로 바라보았다. 어쩌면 거절한 걸 후회하는지 몰랐다.

어린 장 발랭의 소식은 그 후로 듣지 못했다. 부모는 매달 공증인에게 가서 120프랑을 받아 왔다. 그들은 이웃과 사이가 나빠졌다. 튀바슈 부인이 이 집 저 집을 다니며 자식을 파는 건 인류를 저버린 수치스러운 짓이며 끔찍하고 더럽고 썩어 빠진 짓거리라고 끊임없이 떠들어 대며 그들을 비난했기 때문이다.

그리고 종종 그녀는 보란 듯이 샤를로를 품에 안고 아이가 알아듣기라도 하는 것처럼 소리쳤다.

"난 너를 안 팔았다. 내 새끼, 난 널 안 팔았어. 난 내 자식들을 팔지 않아. 난 부자는 아니지만 자식들을 팔진 않아."

몇 해가 흐르고, 다시 몇 해가 흐르는 동안 매일 그런 식이었다. 들으라는 듯 거친 말들이 이웃집 안으로 들어가도록 문앞에서 내뱉어졌다. 결국 튀바슈 어머니는 샤를로를 팔지 않았으므로 자신이 온 동네에서 우월하다고 믿게 되었다. 그녀에 대해 얘기할 때 사람들은 이렇게 말했다.

"솔깃한 제안이었는데, 어쨌든 훌륭한 어머니로 행동했지요."

사람들은 그녀의 이름을 자주 입에 올렸다. 끊임없이 사람들이 반복하는 소리를 듣고 자라 열여덟 살이 된 샤를로는 부모가 그를 팔지 않았으니 스스로도 친구들보다 우월하다고 생각했다.

발랭 가족은 연금 덕에 넉넉하게 살았다. 여전히 가난한 튀바슈 가족의 가라앉지 않는 분노는 바로 거기서 비롯되었다.

발랭 가족의 맏아들은 군 복무를 하러 떠났다. 둘째아들은 죽었다. 샤를로만 홀로 남아 늙은 아버지와 함께 어머니와 두 여동생을 먹여 살리기 위해 고생했다.

그가 스물한 살이 되던 해 어느 아침, 번쩍이는 자동차 한 대가 두 초가집 앞에 멈춰 섰다. 금줄 손목시계를 찬 웬 젊은 신사가 내리더니 백발의 노부인에게 손을 내밀었다. 노부인이 말했다.

"거기야, 아들아, 두 번째 집이야."

그는 자기 집처럼 발랭 가족의 오두막으로 들어갔다.

늙은 어머니는 앞치마를 빨고 있었고, 몸이 불편한 아버지는 아궁이 근처에서 졸고 있었다. 두 사람이 고개를 들자 청

멧도요새 이야기

년이 말했다.

"아빠, 안녕하세요. 엄마, 안녕하세요."

두 사람은 놀라서 몸을 일으켰다. 아낙은 충격에 비누를 물속에 빠뜨리고 더듬거리며 말했다.

"너냐, 내 아들아? 내 아들아, 네가 맞냐?"

청년은 어머니를 품에 안고 입을 맞추며 거듭 말했다. "안녕하세요, 엄마." 노인은 몸을 떨면서도 결코 잃은 적 없는 침착한 말투로 말했다. "네가 온 거냐, 장?" 마치 한 달 전에 본 사이 같았다.

서로를 알아보자 부모는 당장 아들을 밖으로 데리고 나가 사람들에게 보여 주고 싶어 했다. 그들은 아이를 면장에게, 면장서기에게, 신부에게, 선생에게 데려갔다.

샤를로는 자기 집 문턱에 서 있다가 그가 지나가는 걸 보았다.

저녁식사 시간에 그가 부모에게 말했다.

"발랭 집안의 아들을 데려가게 내버려 둔 건 정말 어리석었어요!"

그의 어머니가 고집스레 대답했다.

"난 우리 자식을 팔고 싶지 않았어!"

아버지는 아무 말 하지 않았다.

아들이 다시 말했다.

"이렇게 희생당하는 것이야말로 진짜 불행이에요!"

그러자 아버지 뒤바슈가 성난 어조로 말했다.

"널 지켰다고 우릴 비난하는 거냐?"

그러자 청년이 거칠게 쏘아붙였다.

"네, 그래요. 두 분이 바보였다고 비난하는 겁니다. 당신들 같은 부모가 자식들을 불행하게 만드는 겁니다. 내가 떠나는 것도 당신들 탓이에요."

어머니는 접시에 고개를 떨군 채 울었다. 숟가락으로 뜬 수프를 반은 삼키고 반은 흘리며 울먹였다.

"자식들을 기르느라 고생 좀 해보세요!"

그러더니 아들은 냉혹하게 말했다.

"지금처럼 사느니 차라리 태어나지 않았으면 좋았겠어요. 저 집 아들을 보니 피가 솟구쳐요. 내가 저 애처럼 되었을 수도 있는데 싶다고요!"

그는 일어섰다.

"아침부터 저녁까지 온종일 두 분을 원망하며 비참한 생활을 하느니 차라리 여기 남아 있지 않는 편이 낫겠어요. 두 분을 절대 용서하지 않을 겁니다!"

두 노인은 입을 다물고 경악해서 눈물을 흘렸다.

그가 다시 말했다.

"그래요. 이런 생각을 하는 게 너무 힘들어요. 차라리 다른 곳에 가서 사는 게 좋겠어요."

그는 문을 열었다. 목소리가 들려왔다. 발랭 가족이 돌아온 아들과 함께 잔치를 벌이고 있었다.

그러자 샤를로는 발로 바닥을 차더니 부모를 향해 돌아보며 외쳤다.

"시골뜨기 노친네들!"

그러곤 어둠 속으로 사라졌다.

닭이 울었다

르네 빌로트에게

베르트 다방셀 부인은 그녀를 숭배하는 절망한 남자, 조셉 드 크루아사르 남작의 모든 애원을 그때까지 물리쳐 왔다. 겨울 동안 파리에서 그는 열정적으로 그녀를 따라다녔고, 지금은 카르빌에 있는 자신의 노르망디풍 성에서 그녀를 위해 사냥과 파티를 열고 있었다.

남편인 다방셀 씨는 늘 그렇듯이 아무것도 보지 못했고, 알지 못했다. 사람들의 말로 그는 부인이 결코 용서하지 않는 신체적 결함 때문에 아내와 떨어져서 산다고 했다. 그는 뚱뚱하고 키 작은 대머리에 팔도 다리도 목도 코도 짧고, 모든 게 짧은 남자였다.

반대로 다방셀 부인은 갈색 머리에 키가 크고 단호해 보이는 젊은 여자였다. 그녀는 사람들 앞에서 그녀를 '포포트 부인'이라고 부르는 애인 앞에서 소리 내어 코웃음을 웃었고, 그녀에게 빠진 조셉 드 크루아사르 남작의 황금색 긴 콧수염과 넓은 어깨와 튼튼한 목덜미를 다정하고 상냥한 표정으로 바라보았다.

그렇지만 아직 아무것도 허락하지 않았다. 남작은 그녀 때문에 파산할 지경이었다. 끊임없이 파티며 사냥이며, 새로운 오락을 열어 부근 성들에 거주하는 귀족들을 초대했다.

온종일 개들은 여우나 멧돼지를 뒤쫓아 숲속을 달리며 울어 댔고, 매일 저녁 눈부신 불꽃놀이가 불꽃을 별들에 섞었다. 그러는 동안 살롱의 불 켜진 창문들은 드넓은 풀밭에 긴 빛줄기를 드리웠고, 그 위로 그림자가 일렁였다.

울긋불긋한 계절, 가을이 왔다. 나뭇잎들이 새처럼 잔디 위를 날았다. 대기엔 축축한 흙냄새, 옷을 벗은 흙냄새가 감돌았다. 마치 무도회가 끝난 뒤 여자의 드레스가 벗겨질 때 벗은 살 냄새가 감도는 것처럼.

지난봄 어느 날 저녁, 어느 파티에서 다방셀 부인은 집요하게 간청하는 드 크루아사르 씨에게 이렇게 대답했었다. "행여 내가 넘어가더라도 나뭇잎이 떨어지기 전엔 아닐 겁니다. 이번 여름엔 할 일이 너무 많아서 그럴 시간이 없어요." 그는 이

웃음 띤 대담한 말을 기억하고 있었다. 그래서 매일 더 집요하게 간청했고, 매일 더 공략을 진척시켜서 이 대담한 미녀의 마음에 한 발짝 가까이 다가가서 이제 그녀는 겉으로만 버티고 있는 것처럼 보였다.

곧 큰 사냥이 있을 예정이었다. 전날, 베르트 부인은 웃으며 남작에게 이렇게 말했다. "남작님이 짐승을 죽인다면 제가 드릴 게 있을 겁니다."

그는 늙은 멧돼지가 어디 숨었는지 알아두기 위해 새벽부터 일어났다. 조마사들을 데리고 교대견들을 배치하고, 자신의 승리를 대비해 모든 걸 직접 준비했다. 뿔피리가 시작을 알렸을 때 그는 상체를 풍성하게 부풀리고 허리를 꼭 죄는 빨간색과 황금색의 사냥복 차림에 눈을 반짝이며 마치 막 침대에서 나온 것처럼 상쾌하고 힘찬 모습으로 나타났다.

사냥꾼들이 떠났다. 수풀에서 내몰린 멧돼지가 달아났고, 개들이 울부짖으며 덤불 너머로 쫓아갔다. 말들은 말을 탄 남녀를 태우고 숲속 좁은 오솔길로 질주했다. 부드럽게 다져진 길 위로 멀리서 사냥을 따르는 마차들이 소리 없이 달렸다.

다방셸 부인은 짓궂게 남작을 곁에 잡아 두고, 네 줄로 늘어선 참나무들이 구부린 가지로 궁륭을 드리운 끝없이 곧고 긴 대로에서 느릿느릿 꾸물거렸다.

남작은 사랑과 불안에 몸을 떨며 한쪽 귀로는 젊은 여자의 짓궂은 수다를 듣고, 다른 귀로는 뿔나팔 소리와 멀어지는 개들의 울음소리를 좇았다.

"이젠 저를 사랑하지 않으십니까?" 그녀가 말했다.

그가 대답했다. "어떻게 그런 말을 하십니까?"

그녀가 말을 이었다. "저보다 사냥에 더 정신이 팔리신 것 같아서요."

그가 탄식했다. "그대가 날더러 짐승을 쓰러뜨리라는 명령을 내리지 않았소?"

그녀가 근엄하게 덧붙였다. "그러시길 기대하지요. 그렇지만 짐승을 제 앞에서 죽이셔야 합니다."

그가 안장 위에서 전율하며 박차를 가하는 바람에 말이 펄쩍 뛰었다. 그는 인내심을 잃고 말했다. "이런! 부인, 우리가 여기서 이러고 있으면 그럴 수가 없어요."

그녀는 말하면서 다정하게 그의 팔에 손을 얹거나, 혹은 무심한 듯 그가 탄 말의 갈기를 쓰다듬었다.

그녀가 웃으며 덧붙였다. "그래야만 해요. 그렇지 않으면… 할 수 없죠."

얼마 후 두 사람은 오른쪽으로 꺾어 하늘이 가려진 작은 길로 접어들었다. 갑자기, 길을 가로막는 가지를 피하려는 듯 그녀가 남작 쪽으로 몸을 기울였는데, 너무 가까이 다가와서 그는 그녀의 머리카락이 그의 목덜미에 닿아 간질이는 걸 느꼈다. 별안간 그가 거칠게 그녀를 얼싸안았고, 콧수염을 그녀의 관자놀이에 누른 채 뺨에 격정적인 키스를 했다.

처음에 그녀는 꼼짝 않고 그 격정적인 포옹 아래 그대로 있었다. 잠시 후 그녀가 몸을 흔들며 고개를 돌렸는데, 우연인지 의도한 건지 그녀의 작은 입술이 황금빛 콧수염 아래로 그의 입술에 스쳤다.

그녀가 당황한 건지 아니면 자책한 건지 자기 말의 옆구리를 찼고, 말은 그대로 질주했다. 두 사람은 그렇게 눈길조차 교환하지 못한 채 오랫동안 달렸다.

사냥 무리의 소란이 가까워졌다. 덤불숲이 떨리는가 싶더니 갑자기 피투성이가 된 멧돼지가 나뭇가지들을 부러뜨리고 달려드는 개들을 떨어뜨리려고 몸을 흔들며 지나갔다.

그러자 남작은 승리의 웃음을 지으며 외쳤다. "나를 사랑하는 자여 나를 따르라!" 그러곤 수풀 속으로 사라졌다. 마치 숲이 그를 집어삼킨 것 같았다.

몇 분 뒤 그녀가 숲속 빈터에 도착했을 때 그는 손에 피를 잔뜩 묻히고 상의가 찢어지고 진흙을 뒤집어쓴 꼴로 일어섰다. 길게 뻗은 짐승의 어깨에는 사냥칼이 깊숙이 꽂혀 있었다.

감미롭고 쓸쓸한 밤에 횃불 아래에서 사냥한 고기가 분배되었다. 달이 횃불의 붉은 불꽃을 노랗게 물들이고 있었다. 개들은 멧돼지의 냄새 나는 내장을 먹었고, 울부짖으며 서로 싸웠다. 조마사들과 사냥에 나선 신사들은 고기를 둘러싸고 앉아 뿔피리를 한껏 불었다. 팡파르가 숲 너머 환한 밤 속으로 울려 퍼지면서 먼 골짜기를 돌아 나오는 길 잃은 메아리 소리에 불안한 사슴과 날카로운 울음을 우는 여우, 숲속 빈터 가장자리에서 뛰놀던 회색 어린 토끼들이 깨어났다.

놀란 밤새들이 떠들썩한 사냥개 무리 위로 날아올랐다. 여자들은 감미로우면서 거친 그 모든 것에 감격해서 남자들의 팔에 살짝 기댄 채 개들이 식사를 끝내기 전에 벌써 산책로로 멀어졌다.

애정과 피로로 나른해진 다방셀 부인이 남작에게 말했다.

"정원을 한 바퀴 도시렵니까?"

그러나 그는 대답하지 않고 기절할 것처럼 떨며 그녀를 잡아끌었다.

그리고 두 사람은 입을 맞췄다. 그들은 달빛이 새어 들어오는 거의 헐벗은 나뭇가지들 아래 보통 걸음으로, 잔걸음으로 걸었다. 그들의 사랑, 그들의 욕망, 그들의 포옹 욕구가 너무도 격렬해서 그들은 어느 나무 아래 거의 쓰러질 뻔했다.

닭이 울었다

뿔피리 소리는 더 이상 들리지 않았다. 지친 개들도 개집에서 잠들었다. "들어가요." 젊은 여자가 말했다. 그들은 돌아왔다.

잠시 후 성 앞에 이르렀을 때 여자가 생기 없는 목소리로 속삭였다. "전 너무 피곤해서 그만 자야겠어요." 그가 마지막 키스를 위해 그녀를 안으려고 두 팔을 벌렸지만 그녀는 달아나며 그에게 작별인사를 던졌다. "아뇨… 전 자러 갑니다… 나를 사랑하는 자여 나를 따르라!"

한 시간 뒤, 성 전체가 죽은 듯 고요할 때 남작은 자기 방에서 살금살금 나와 부인의 방문을 긁었다. 그녀가 대답하지 않자 그는 문을 열려고 시도했다. 자물쇠는 잠겨 있지 않았다.

그녀는 창가에 팔꿈치를 괴고 몽상에 잠겨 있었다.

그는 그녀의 무릎에 달려들어 실내복 사이로 미친 듯이 입을 맞추었다. 그녀는 아무 말도 하지 않고 남작의 머리카락 속에 섬세한 손가락을 집어넣고 어루만졌다.

그러다 갑자기, 큰 결심이라도 한 듯이 몸을 빼더니 대담한 표정이지만 나지막한 목소리로 속삭였다. "다시 올게요. 기다리세요." 그녀의 손가락은 방 안쪽에서 희미하고 하얗게 빛나는 침대를 가리켰다.

그러자 그는 달떠서 떨리는 손으로 더듬어 황급히 옷을 벗고 깨끗한 시트 속으로 들어갔다. 그는 달콤하게 몸을 뉘이고 거의 그녀를 잊었다. 움직임에 지친 몸 위로 시트가 닿는 느낌이 참으로 좋았다.

그런데 그녀는 돌아오지 않았다. 아마도 그를 애태우길 즐기는 것 같았다. 그는 그윽한 행복을 느끼며 눈을 감았다. 그토록 욕망해 온 것을 달콤하게 기다리며 기분 좋은 몽상에 잠겼다. 그런데 차츰 팔다리가 둔해지고, 생각이 나른해지더니 흐릿하게 떠돌았다. 지독한 피로가 덮쳐 왔다. 그는 잠들었다.

그는 무거운 잠을, 지친 사냥꾼들의 거역할 수 없는 잠을 잤다. 새벽까지 잤다.

갑자기, 반쯤 열린 창문으로 근처 나무 위에 앉은 수탉이 노래하는 소리가 들렸다. 그 소리에 화들짝 놀란 남작이 눈을 떴다.

여자의 몸이 곁에서 느껴지고, 자신이 낯선 침대에 누워 있어 놀랐지만 아무것도 기억나지 않자 그는 당황해서 더듬거리며 말했다.

"뭐지? 여기가 어디지? 어찌 된 일이지?"

그러자 잠들지 않은 그녀가 머리는 헝클어지고, 입술은 투박하고, 눈은 새빨간 남자를 바라보며 남편에게 말할 때처럼 고압적인 말투로 대답했다.

"아무것도 아니에요. 그저 닭이 운 겁니다. 다시 주무세요. 당신과 상관없는 일이니."

어느 아들

르네 메즈루아에게

오랜 친구 두 사람이 꽃이 흐드러지게 핀 정원을 거닐었다. 화창한 봄이 생명을 싹 틔우고 있었다.

한 사람은 상원의원이었고, 다른 한 사람은 아카데미 프랑세즈 회원이었다. 두 사람 모두 대단히 논리적이지만 장중한 추론 능력을 갖춘 명성 자자한 저명인사들이었다.

그들은 먼저 정치에 대해 얘기하며 의견을 교환했는데, 사상에 대해서가 아니라 사람들, 인물들에 관한 얘기였다. 이 방면에서는 언제나 이성이 우위를 차지했다. 잠시 후 그들은 몇몇 기억을 꺼냈다. 그러다 입을 다물고 따뜻한 대기에 나른해져 계속 나란히 걸었다.

향꽃무가 담긴 큰 바구니에서 은은하고 달콤한 향내가 뿜어져 나왔다. 온갖 종류와 온갖 색조의 꽃들이 미풍에 제 향기를 던졌고, 노란 다발들을 걸친 흑단나무 한 그루가 바람에 섬세한 가루를, 조향사들의 감미로운 가루처럼 공간을 가르며 향기 나는 씨앗을 실어 나르는, 꿀 냄새 풍기는 황금빛 연기를 흩뿌리고 있었다.

상원의원이 멈춰 서더니 떠도는 비옥한 연기를 들이마셨고, 태양처럼 빛나는 사랑의 나무를 응시했다. 그 씨앗들이 대기에 날았다. 그가 말했다. "이 향기 좋은 미세한 원자들이 여기서 수백 리외 떨어진 곳에 생명들을 탄생시킬 것이며, 암나무들의 섬유와 수액을 전율하게 만들고, 뿌리 갖춘 존재들, 우리처럼 씨앗에서 태어나는 존재들, 우리처럼 죽기 마련인 존재들을 만들어 낼 것이고, 그리고 그 존재들을, 여전히 우리처럼, 같은 본질의 다른 존재들이 계승하리라는 걸 생각하면 경이로워!"

얼마 후, 대기가 떨릴 때마다 생기 넘치는 향기가 뿜어져 나오는 눈부신 흑단나무 앞에 버티고 선 상원의원이 덧붙였다. "아! 친구, 자네 자식들을 세어 보라 했다면 자네는 무척 난감했을 테지. 쉽게 자식을 만들고 양심의 가책도 없이 자식들을 버리고 걱정 따윈 전혀 하지 않는 사람이 있네."

아카데미 회원이 말했다. "우리도 마찬가지네, 친구."

상원의원이 다시 말했다. "그래, 나도 부인하지 않네. 우리도 종종 자식들을 버리지만 적어도 그 사실을 알고 있지. 그래서 우리는 우월의식을 갖는 거고."

그러자 상대가 고개를 저으며 말했다. "아니네. 내 말은 그게 아니네. 친구, 모르는 자식을 두지 않은 남자는 거의 없네. 흔히들 말하는 '아비를 모르는' 자식 말이네. 거의 무의식적으로 번식하는 저 나무처럼 자신이 만든 자식을 두지 않은 남자가 없단 얘기지.

우리가 품었던 여자들을 헤아려 보라 한다면, 자네가 이 흑단나무를 심문해서 후손을 헤아려 보라고 하는 것만큼이나 우리도 난감하지 않겠나.

18세부터 40세까지, 일시적인 만남들, 한 시간짜리 접촉들까지 헤아려 본다면 우리가… 2, 3백 명의 여자들과 내밀한 관계를 맺었다고 인정할 수 있을 거네.

그러니 친구, 그 많은 수 가운데 적어도 한 명 정도는 임신하게 만들지 않았다고 자신할 수 있겠나? 그래서 점잖은 신사들, 다시 말해 우리 같은 사람들의 주머니를 털고 살해하는 몹쓸 아들을 길거리나 감방에 두지 않았다고 자신할 수 있겠나? 아니면 창녀촌에 딸을 두고 있는지도 모르고, 어쩌면 그 딸이 다행히 어미에게 버림받아서 어느 가정에서 요리

사로 일하고 있을지 어찌 알겠나?

게다가 우리가 '창녀'라고 부르는 여자들은 거의 모두가 아비를 모르는 자식을 한둘쯤 가지고 있다는 걸 생각해 보게. 10프랑 혹은 20프랑짜리 포옹에서 뜻하지 않게 얻어걸린 자식 말이네. 모든 직업에서 우리는 이득과 손실을 헤아리잖나. 이런 자식들은 그 여자들의 직업에는 '손실'에 해당하지. 생산자가 누구겠나? 자네, 나, 소위 점잖은 남자들이라 불리는 우리 모두 아니겠나. 그런 아이들은 우리가 나누는 친구들 간의 유쾌한 저녁식사, 흥겨운 저녁 모임의 결과물이지. 흡족해진 우리의 육신이 우리를 우연한 교미로 이끄는 그런 시간들의 결과물이지.

도둑들, 부랑자들, 가련한 모든 이들이 결국 우리의 자식들이네. 우리가 그런 사람들의 자식인 것보다는 차라리 낫지. 그 불한당들도 번식을 할 테니 말이네!

이보게, 내가 양심에 관해 대단히 추잡한 이야기를 하나 알고 있는데, 자네한테 얘기해 주고 싶네. 나한테는 끊임없는 회한이고, 아니 그보다 더한 지속적인 의심이고, 종종 나를 끔찍이도 괴롭히는, 누그러뜨릴 수 없는 불안 자체인 이야기라네.

스물다섯 살에 나는 지금은 국가고문으로 있는 한 친구와 함께 걸어서 브르타뉴 지방을 여행했네.

우리는 보름에서 스무 날 정도를 미친 듯이 걷고, 코트뒤노르와 피니스테르 지역 일부를 돌아본 뒤 두아르느네에 도착했지. 거기서 단번에 트레파세만灣을 거쳐 원시적인 라즈곶으로 갔어. 그리고 무슨 오프of라는 이름으로 끝나는 어떤 마을에서 묵었네. 그런데 아침이 되었는데 이상하게도 내 친구가 피곤해서 침대에서 일어나지 못하는 거야. 내가 버릇처럼 침대라고 말하지만 우리의 잠자리는 그저 짚단 두 단이었네.

그런 곳에서 병드는 건 큰일 날 일이었지. 나는 억지로 친구를 일으켜 세웠고, 우리는 오후 4, 5시쯤 오디에른에 도착했네.

이튿날 친구는 조금 나아졌어. 그래서 다시 떠났지. 그런데 길에서 친구가 견딜 수 없을 만큼 아팠고, 우리는 겨우 퐁라베에 도달할 수 있었네.

적어도 그곳에서는 여인숙을 얻을 수 있었지. 내 친구는 자리에 누웠고, 캥페르에서 불러온 의사는 고열의 원인을 단정하지 못했네.

자네는 퐁라베를 아는가? 모르지. 그곳은 라즈곶부터 모르비앙까지 이어지는 브르타뉴 전체를 통틀어 브르타뉴의 풍습과 전설과 풍속의 정수를 간직하고 있는, 가장 브르타뉴다운 마을이네. 지금까지도 그 지역은 거의 변하지 않았어.

내가 '지금까지도'라고 말하는 건 요즘 매년 그곳을 찾기 때문이네!

오래된 성 한 채가 들새들이 날아오르는 을씨년스러운 큰 연못에 망루의 밑동을 담그고 있지. 강 하나가 흐르고 있어 연안 항해선들이 마을까지 올라올 수 있네. 오래된 집들이 있는 좁은 길을 다니는 남자들은 큰 모자를 쓰고, 수놓인 조끼에 윗도리를 네 겹씩이나 겹쳐 입고 있지. 제일 먼저 걸치는 윗도리는 손바닥만 해서 기껏해야 견갑골밖에 못 덮고, 마지막 윗도리는 엉덩이까지 내려오지.

키 크고 아름답고 생기발랄한 여자들은 갑옷처럼 죄는 조끼에 가슴이 눌리고 박해당해서 그 압도적인 젖가슴을 짐작조차 할 수 없어. 그리고 머리 모양도 기이해. 색색으로 수놓인 넓적한 천 두 개가 관자놀이를 덮으며 얼굴을 감싸고 머리카락을 죄지. 머리카락은 머리 뒤로 식탁보처럼 떨어지다가 다시 올려져 머리 위의 괴상한 모자 아래 자리 잡는데, 모자는 대개 금박이나 은박 입힌 천으로 만들어졌어.

우리 여인숙의 하녀는 기껏해야 열여덟 살 정도였는데 눈이 파랬어. 동공의 두 검은 점을 꿰뚫고 나오는 창백한 파란색이었지. 그리고 웃을 때마다 드러나는 치아는 작고 촘촘해서 화강암을 갈기 위해 만들어진 것 같아 보였네.

멧도요새 이야기

그녀는 그곳 사람들 대부분이 그렇듯이 브르타뉴 말만 할 뿐 프랑스어는 한 마디도 못했지.

그런데, 내 친구의 몸은 나아지지 않고, 의사는 아무 병명도 대지 않고 아직 떠나서는 안 된다며 절대안정을 처방했어. 그래서 나는 온종일 친구 곁을 지켰고, 하녀는 끊임없이 나의 저녁식사나 차를 가지고 들어왔지.

나는 그녀에게 살짝 장난을 걸었고, 그녀도 재밌어하는 것 같았네. 하지만 서로를 전혀 이해하지 못해서 당연히 이야기는 나누지 못했지.

그러던 어느 날 밤, 나는 환자 곁에 아주 늦게까지 머물다가 내 방으로 돌아가는 길에 자기 방으로 가던 그녀와 마주쳤네. 열린 내 방문 앞에서였지. 그때 불현듯, 내가 무슨 짓을 하는지 생각도 못한 채 나는 그저 장난처럼 그녀의 허리를 감싸 안았고, 소스라치게 놀란 그녀가 정신을 차리기도 전에 그녀를 내 방 안으로 집어넣고 문을 잠갔네. 그녀는 질겁하고 당황하고 겁먹은 채 나를 바라보았지만 추문을 걱정해서 소리조차 지르지 못했지. 무엇보다 주인들이 그녀를 내쫓고, 아마도 그다음엔 그녀의 아버지가 내쫓을 걸 겁냈을 테지.

나는 그런 행동을 웃으며 했네. 그런데 막상 그녀가 내 방에 들어오자 그녀를 소유하고픈 욕구에 사로잡혔어. 소리 없는 긴 싸움이 이어졌지. 격투기 선수들처럼 땀에 젖어 숨을 헐떡이며 찡그리고 팔을 비트는 육탄전이 벌어졌네. 오! 그녀는 맹렬하게 발버둥쳤네. 이따금 우리는 가구며 칸막이벽, 의자 따위에 부딪치기도 했어. 그럴 때면 여전히 엉겨 붙은 채 소리가 누군가를 깨울까 봐 겁내며 몇 초간 꼼짝하지 않았지. 그러다 곧 집요한 싸움을 다시 시작했어. 나는 공격수였고, 그녀는 수비수였지.

마침내 지친 그녀가 쓰러졌네. 나는 바닥에 누운 그녀를 거칠게 취했지.

그녀는 몸을 일으키자마자 문으로 달려가 자물쇠를 열고 달아났네.

그 후 며칠 동안 그녀를 거의 만나지 못했네. 그녀는 내가 가까이 다가오지 못하게 막았지. 얼마 후 내 친구가 다 나아서 우리는 여행을 다시 이어가야만 했네. 떠나기 전날 자정에 내가 막 방으로 들어서는데 그녀가 잠옷 바람에 맨발로 내 방에 들어오더군.

그녀는 내 품에 뛰어들어 열렬히 나를 끌어안았고, 아침까지 내게 입 맞추고 어루만지고 울먹이며 눈물을 흘렸고, 우리말을 한 마디도 모르는 여자가 할 수 있는 모든 애정과 절망의 언질을 내게 주었네.

일주일이 지나자 나는 여행할 때 종종 만나곤 하는 그 흔한 연애 경험을 잊어버렸지. 여인숙의 하녀들은 대개 그런 식으로 여행객들의 무료함을 달래 줄 운명이잖나.

30년이 지나도록 나는 그 생각도 하지 않았고, 퐁라베에도 돌아가지 않았네.

그런데 1876년, 나는 책을 쓸 자료도 수집하고 풍경에도 젖어 볼 겸 브르타뉴를 여행하다가 우연히 그곳을 다시 찾게 되었지.

아무것도 달라진 게 없어 보였네. 성은 여전히 회색 벽을 마을 어귀의 연못에 담그고 있었고, 여인숙은 수리하고 단장해서 조금 더 현대적으로 보였지만 같은 여인숙이었지. 여인숙 안으로 들어서자 젊은 브르타뉴 여자 두 명이 나를 맞이하더군. 생기 넘치고 상냥하며, 가슴을 졸라매는 조끼를 갑옷처럼 두르고, 귀를 덮는 수놓인 천과 은박 모자를 걸친 열여덟 살 여자들이었지.

저녁 6시 무렵이었어. 나는 저녁을 먹기 위해 식탁에 앉았고, 주인이 직접 시중을 들 때 내가 이런 말을 한 건 아마도 운명이 부린 장난이었나 보네. '이 집의 옛 주인들을 아십니까? 30년 전에 이곳에서 열흘 정도 묵은 적이 있어요. 오래전 얘기지요.'

그가 대답했네. '제 부모님이셨어요.'

나는 어떤 상황 때문에 내가 머물렀었는지, 친구가 아파서 붙잡혀 있을 수밖에 없었던 걸 이야기했지. 그는 내가 말을 끝내도록 기다렸네.

'오! 완벽하게 기억납니다. 그때 저는 열다섯이나 열여섯 살이었으니까요. 선생님은 안쪽 방에서 주무셨고, 친구분은 길 쪽으로 난 방, 지금 제 방으로 쓰고 있는 방에 묵으셨죠.'

그제야 어린 하녀에 대한 기억이 생생히 떠올랐네. 내가 물었지. '당시 부친께서 두셨던 상냥하고 귀여운 하녀 기억나십니까? 제 기억이 틀리지 않다면 눈이 예쁘고 치아가 풋풋했던 하녀였지요?'

그가 말을 이었네. '네, 기억납니다. 그 하녀는 얼마 후에 아이를 낳다가 죽었습니다.'

그는 깡마르고 다리를 저는 한 남자가 퇴비를 휘젓고 있는 마당 쪽으로 손을 내밀며 말했지. '저 사람이 그 하녀의 아들입니다.'

나는 웃음이 나왔네. '저 사람은 잘생기지 않았네요. 엄마를 닮지 않았군요. 아마도 아버지를 닮았나 봅니다.'

여인숙 주인이 말을 이었지. '그럴지도 모르지요. 그런데 누구의 아들인지는 알아낼 수가 없었습니다. 그녀가 말하지 않고 죽어서 이곳의 누구도 그 여자의 애인을 알지 못했지요. 그녀가 임신했다는 걸 알았을 때 모두 깜짝 놀랐어요. 아무도 믿지 않으려고 했지요.'

불쾌한 오한 같은 것이 느껴졌네. 묵직한 슬픔이 다가오듯이 우리의 심장을 건드리는 고통스러운 스침 같은 것 말이네. 나는 마당에 있는 남자를 바라보았지. 그자는 말들을 위해 물을 길어 와서 양동이 두 개를 들고 짧은 한쪽 다리를 힘겹게 움직이며 다리를 절뚝이고 있었네. 그는 누더기를 걸쳤고, 흉측할 정도로 더러웠네. 긴 노란 머리카락이 엉겨 붙어 뺨 위로 밧줄처럼 늘어져 있었지.

여인숙 주인이 덧붙이더군. '저자는 아무짝에도 쓸모가 없어요. 동정심에 집에 두고 있지요. 저자도 다른 아이들처럼 길러졌다면 훨씬 잘 컸을지 모르지요. 하지만 어쩌겠어요? 아버지도 어머니도 없고 돈도 없으니! 제 부모님은 저 아이를 불쌍하게 여겼지만 부모님의 자식은 아니었습니다.'

나는 아무 말 하지 않았네.

나는 예전에 묵은 방에서 잤네. 밤새도록 나는 그 끔찍한 마구간 하인을 떠올리며 혼자 중얼거렸네. '혹시 내 아들이라면? 그렇다면 내가 그 여자를 죽였고, 저런 인간을 낳은 건가?' 가능한 일이었지!

나는 그 사내와 말을 해보고, 그의 출생일을 정확히 알아보기로 마음먹었네. 두 달만 차이 나도 나는 의혹을 털어 버리게 될 테지.

이튿날 나는 그를 불렀네. 그런데 그는 프랑스어를 하지 못했어. 게다가 한 하녀가 나를 대신해서 물었는데, 그자는 자기 나이조차 모르고 도무지 영문을 모르는 표정이었지. 그저 뼈마디가 불거진 더러운 두 손으로 모자를 굴리면서 바보처럼 멍청하게 웃으며 내 앞에 서 있었네. 그의 입가와 눈가에서 예전에 보았던 그 하녀의 웃음의 흔적이 느껴지는 것도 같았지.

그런데 갑자기 나타난 주인이 그 가련한 작자의 출생증명서를 가져왔어. 그자는 내가 퐁라베에 들르고 8개월 26일 이후에 태어났더군. 내가 8월 15일에 로리앙에 도착했다는 사실을 완벽하게 기억하고 있었으니까. 증명서엔 이렇게 적혀 있었네. '생부 미상.' 어머니의 이름은 잔 케라덱이었지.

그러자 내 심장이 빠르게 방망이질 치기 시작했네. 숨이 막히는 듯해서 더는 말을 할 수가 없었지. 나는 길고 노란 머리카락이 짐승의 똥보다 더 더러운 퇴비처럼 보이는 그 짐승을 바라보았네. 내 눈길이 거북했는지 그 걸인은 웃음을 그치더니 고개를 돌리고 떠나려 했지.

온종일 나는 아프도록 고심하며 작은 강을 따라 배회했네.

그렇지만 고심해야 무슨 소용이겠는가? 그 무엇도 나를 안정시켜 줄 수는 없었지. 몇 시간 또 몇 시간 동안 나는 내가 아버지일 가능성을 두고 좋고 나쁜 논거들을 검토했고, 뒤얽힌 가정들 틈에서 화가 치밀었다가 끊임없이 똑같은 불확실성으로 돌아왔고, 다시 그자가 내 아들이라는, 훨씬 더 잔인한 확신이 들곤 했네.

나는 저녁식사를 할 수가 없어 방으로 물러났지. 오래도록 잠들지 못했네. 그러다가 졸음이 찾아왔는데, 자는 내내 견디기 힘든 환영들에 시달렸어. 그 상스러운 작자가 나를 비웃으며 '아빠'라고 부르는 걸 보았네. 그러다 그는 개로 돌변해 내 장딴지를 물어뜯었고, 나는 달아나려고 애를 썼지만 그가 계속 나를 따라와서는 짖는 게 아니라 말을 했고 욕설을 퍼부었지. 그러다가 내가 그의 아버지가 맞는지를 결정하기 위해 모인 아카데미 동료들 앞에 나는 출두했네. 동료들 중 하나가 외쳤지. '의심의 여지가 없네! 얼마나 닮았는지 좀 보게나.' 실제로 나는 그 괴물이 나를 닮았다는 걸 깨달았네. 머릿속에 그 생각이 박힌 채 나는 잠에서 깨어났고 우리가 닮은 점이 있는지 확실히 알아보기 위해 그자를 다시 보고 싶은 미칠 듯한 욕구에 사로잡혔지.

나는 그가 미사에 갈 때(일요일이었네) 만나서 불안하게 그의 얼굴을 뜯어보면서 그에게 100수를 주었네. 그는 역겹게 웃으며 돈을 받아들었고, 다시 내 눈길이 거북한지 알아듣기 힘든 말을 웅얼거린 뒤 달아났지. 아마도 '고맙습니다.'라고 말하려 했겠지.

그날도 전날과 똑같은 불안 속에서 흘러갔네. 저녁 무렵, 나는 여인숙 주인을 불렀고, 조심성과 교묘함과 섬세함을 최대한 발휘해서 모두에게 버림받고 모든 걸 박탈당한 그 가련한 존재에게 내가 관심이 있으며, 그를 위해 뭔가를 하고 싶다고 말했지.

그런데 남자가 응수했네. '오! 그러지 마세요, 나리. 저자는 아무 가치 없는 인간이에요. 불쾌한 일만 생기게 될 겁니다. 저는 그에게 마구간 치우는 일을 시킵니다. 그자가 할 수 있는 건 그게 전부예요. 그걸 위해 저는 그를 먹이고 말들과 같이 재웁니다. 그 이상은 필요 없는 자입니다. 낡은 바지가 있으면 그자에게 주세요. 그렇지만 일주일만 지나면 다 헤져 있을 겁니다.'

나는 더 이상 알아보길 그만두고 고집부리지 않았네.

걸인은 내가 준 돈 덕에 그날 저녁 술에 만취해서 돌아와 집에 불을 낼 뻔했고, 곡괭이로 말 한 마리를 때려잡더니 결국 비를 맞으며 진창 속에서 잠들었지.

이튿날 여인숙 주인은 날더러 그에게 돈을 주지 말라고 부탁했네. 그자는 화주를 마시면 난폭해지는데, 주머니에 몇 푼이라도 생기면 술을 마신다는 거야. 여인숙 주인은 이런 말을 덧붙였지. '그자에게 돈을 주는 건 그가 죽기를 바라는 겁니다.' 그 사내는 한 번도 돈을 가져 본 적이 없었던 거지. 여행객들이 던져 주는 몇 상팀 외에는 단 한 번도. 그래서 술집 말고는 그 금속의 다른 목적지를 알지 못했어.

그 후 나는 내 방에서 책을 펼쳐 두고 읽는 척하며 몇 시간씩 보냈지만 실은 그 짐승을, 내 아들을 쳐다보며 나와 닮은 점을 발견하려고 애쓰는 일밖에 하지 않았네. 찾다 보니 이마와 코가 시작되는 지점에서 닮은 선을 알아볼 것도 같았고, 곧 그 남자의 흉측하게 덥수룩한 머리며 옷차림에 가려진 닮은 점을 확신하게 되었지.

그러나 더 오래 머물다가는 수상쩍어 보일 수밖에 없겠기에 나는 심장이 으스러지는 느낌이었지만 여인숙 주인에게 하인의 삶을 조금 덜 힘들게 만들어 주도록 돈을 조금 남기고 떠나왔네.

하지만 나는 6년째 그 생각, 그 끔찍한 불안감, 그 불쾌한 의혹을 품고 살고 있네. 그리고 매년, 물리칠 수 없는 힘이 나를 퐁라베로 이끌고 있네. 매년 나는 그 짐승이 퇴비 속을 철

벅이며 걷는 걸 바라보고, 그가 날 닮았다고 상상하고, 그에게 도움을 줄 방법을 찾느라 헛되이 애쓰는 형벌을 받고 있지. 그리고 매년 더 불확실하고 더 괴롭고 더 불안한 마음으로 돌아오지.

나는 그자를 교육시키려고 시도해 보았네. 그런데 그는 대책 없는 바보야.

그가 덜 힘겨운 삶을 살게 해주려고도 해보았네. 그런데 그는 치유 불가능한 주정뱅이여서 주는 돈마다 술 마시는 데 쓰더군. 게다가 새 옷을 팔아 화주를 구할 줄도 알아.

나는 여인숙 주인에게 매번 돈을 주며 주인이 그에게 연민을 품어 신경을 써주게 하려고 애썼네. 결국 여인숙 주인은 아주 현명하게 이렇게 대답했지. '저자를 위해 나리가 뭘 하건 저자를 망치는 데 쓰일 겁니다. 저자는 죄수처럼 관리해야 합니다. 저자에게 시간이나 안락함이 주어지면 악인이 됩니다. 선행을 하시고 싶다면 버림받은 아이들이 많습니다. 개중에 나리의 고통에 어울리는 아이를 하나 고르세요.'

이런데 무슨 말을 하겠나?

게다가 만약 나를 괴롭히는 의혹을 눈치라도 채게 했다간 저 바보가 간악해져서 나를 이용하고 내 평판을 위태롭게 하고 나를 파멸시키게 될 것 아닌가. 내 꿈속처럼 아마 내게 '아빠'라고 외치겠지.

　나는 내가 그자의 어머니를 죽였고, 저 아둔한 존재를, 마 구간의 벌레 같은 인간을, 퇴비 속에서 부화하고 자라난 저 인간을, 다른 사람들처럼 자랐더라면 다른 사람들과 마찬가 지가 되었을 인간을 망쳤다고 생각하네.

　내가 그자 앞에서 느끼는 당혹스럽고 견디기 힘든 묘한 감 정을 자네는 상상도 못할 거네. 저것이 내게서 나왔다고, 아 들과 아버지를 잇는 내밀한 끈으로 나와 이어져 있다고 생각 하면서, 무시무시한 유전법칙들의 힘으로 숱한 요소들을 통 해, 그의 피와 육신을 통해 그가 곧 나라고 생각하면서, 우리 가 동일한 병균들, 동일한 열정의 요인들까지 가졌다고 생각 하면서 느끼는 감정 말이네.

　그래서 나는 그를 봐야겠다는, 고통스럽지만 가라앉힐 수 없는 욕구를 끊임없이 느끼네. 그를 보는 건 끔찍이도 괴로 운 일이네. 그곳 내 방 창문에서 몇 시간이고 그가 짐승들의 오물을 휘젓고 운반하는 걸 바라보면서 나는 속으로 되뇌네. '내 아들이야.'

　이따금은 그 애를 끌어안고 싶은 억누르기 힘든 욕구를 느 끼기도 하지. 하지만 한 번도 그 더러운 손을 만져 보지 못했 네."

아카데미 회원은 입을 다물었다. 그러자 그의 동료인 정치인이 중얼거렸다. "정말 그렇군. 우리는 아비 없는 아이들을 좀더 보살펴야 하겠어."

키 큰 노란 나무를 스치는 바람이 매달린 열매들을 흔들어 섬세하고 향긋한 향내가 두 노인을 감싸자 그들은 숨을 오래도록 들이마셨다.

상원의원이 덧붙였다. "스물다섯 살이라면 얼마나 좋겠나. 게다가 그렇게 자식까지 만들 수 있다면 얼마나 좋겠나."

성 앙투안

X. 샤르므에게

사람들은 그를 성 앙투안이라 불렀다. 그의 이름이 앙투안인 데다, 아마도 그가 예순을 넘겼어도 낙천적이며 유쾌하고 농담을 좋아하며 대식가이고 술고래인 데다, 하녀들의 치맛자락을 즐겨 들추는 원기 왕성한 난봉꾼이었기 때문일 것이다.

그는 코Caux 지방의 키 큰 농부였는데, 피부색이 아주 붉고, 가슴과 배가 불룩했으며, 육중한 몸을 지탱하기엔 너무 가늘어 보이는 긴 다리 위에 올라타고 있는 모습이었다.

홀아비인 그는 하나뿐인 하녀와 하인 두 명과 함께 자기 농가에서 살았는데, 이득을 세심히 따지고, 거래와 가축 사육과 농지 경작에 능숙한 꾀바른 대부처럼 농가를 관리했다. 그의 두 아들과 좋은 조건으로 결혼한 세 딸이 근처에 살았고, 한 달에 한 번은 찾아와 아버지와 함께 저녁식사를 했다. 그는 기운이 세기로 일대에서 유명했다. 사람들은 속담 말하듯이 이렇게 말했다. "그 사람은 성 앙투안처럼 힘이 세."

프로이센이 침략했을 때 성 앙투안은 술집에서 한 부대를 잡아먹어 버리겠다고 큰소리쳤다. 그는 진짜 노르망디 사람답게 허풍쟁이에다 조금 비겁하면서 허세를 부리는 사람이었다. 그래서 주먹으로 탁자를 내리쳐 찻잔과 유리잔들이 들썩이며 춤을 추게 했고, 시뻘건 얼굴에 음험한 눈으로 쾌남아의 가짜 분노를 과시하며 외쳤다. "씹어 먹어 버릴 거야, 빌어먹을!" 그는 프로이센 군대가 탄빌까지는 오지 않으리라고 믿고 있었다. 그런데 그들이 로토에 왔다는 사실을 알게 되자 그는 더 이상 집에서 나오지 않았고, 총검들이 지나가는 걸 보게 될 때를 대비해 작은 부엌 창문으로 끊임없이 도로를 살폈다.

어느 날 아침, 그가 하인들과 수프를 먹고 있을 때 문이 벌컥 열리더니 마을 면장인 시코 영감이 뾰족한 황동 침이 달린 검은 군모를 쓴 군인 한 명을 대동하고 나타났다. 성 앙투안은 벌떡 일어섰다. 그가 프로이센 군인을 때려잡는 광경을 기대하고 모두가 그를 바라보았다. 그러나 그는 이렇게 말하는 면장과 악수만 했다. "여기 한 놈 자네한테 맡기네. 성 앙투안, 어젯밤에 저들이 왔어. 조금이라도 무슨 일이 일어나면 총살하고 모조리 불태워 버리겠다고 하니 절대로 어리석은 짓 하지 말게. 내 분명히 알렸어. 이자에게 먹을 걸 주게나. 선량해 보이는 자야. 그럼 난 이만 다른 사람들의 집에도 가봐야 해. 모두 한 사람씩 맡아야 하거든." 그러곤 나가 버렸다.

앙투안 영감은 얼굴이 하얗게 질린 채 자신에게 맡겨진 프로이센 군인을 바라보았다. 파란 눈동자에 금발이고, 뺨까지 수염이 덥수룩하고, 살결이 하얗고 기름진 통통한 청년이었는데, 어리숙하고 수줍음 많은 아이 같아 보였다. 꾀바른 노르망디 영감은 그 점을 바로 간파하고는 안심하고 그에게 앉으라는 손짓을 했다. 그러곤 물었다. "수프 좀 먹겠소?"

이방인은 알아듣지 못했다. 그러자 앙투안은 대담하게도 그의 코 밑에 수프를 가득 담은 접시를 들이밀며 말했다. "자, 이거 처먹어. 뒤룩뒤룩한 돼지 같은 놈아."

군인은 "예"라고 대답하고는 게걸스럽게 먹기 시작했다. 그 사이 농부는 자신의 평판을 되찾았다고 느끼고 의기양양해져서 하인들에게 눈을 찡긋했고, 하인들은 겁에 질린 동시에 웃고 싶기도 해서 야릇한 얼굴로 인상을 찌푸렸다.

프로이센 군인이 자기 접시를 다 비우자 성 앙투안은 한 접시를 더 주었고, 군인은 그것도 해치웠다. 그러나 세 번째 접시 앞에서는 뒤로 물러났다. 농부는 강제로 먹이고 싶어서 거듭 말했다. "이걸 뱃속에 처넣으라고. 처먹고 살찌든가 아니면 이유를 대. 어서, 이 돼지야!"

군인은 그저 자기에게 한껏 먹이려 싶어 한다고 이해하고 배가 부르다는 표시를 하며 흡족한 표정으로 웃었다.

그러자 성 앙투안은 완전히 허물없는 태도로 군인의 배를 치며 소리쳤다. "내 돼지의 뚱뚱한 뱃속이 찼구나!" 그러더니 그는 갑자기 배를 움켜쥐며 더 이상 말을 잇지 못하고 마치 한 대 얻어맞은 사람처럼 시뻘건 얼굴로 쓰러졌다. 한 가지 생각이 떠올라 숨 막힐 듯이 웃음이 터진 것이다. "그래, 그거야. 성 앙투안과 그의 돼지. 이놈은 내 돼지야!" 세 하인도 웃음을 터뜨렸다.

늙은 농부는 아주 기분이 좋아져서 화주를 가져오게 했다. 아주 독한 화주를 모두에게 따라 주었다. 그들은 프로이센 군인과 함께 잔을 부딪쳤고, 군인은 아주 맛이 좋다는 걸 알려 주려고 기분 좋게 혀를 차서 소리를 냈다. 그러자 성 앙투안이 군인의 코에 대고 외쳤다. "엥? 요놈 뭘 좀 아는데! 돼지야, 너희 나라에서는 이렇게 못 마시지."

이때부터 앙투안은 밖으로 나갈 때마다 프로이센 군인을

꼭 데리고 다녔다. 그는 그걸 제 할 일로 삼았다. 그것은 그만의 복수, 교활한 복수였다. 죽도록 겁내던 온 동네 사람들이 승리자들의 등 뒤에서 성 앙투안의 익살에 배꼽을 쥐고 웃었다. 정말이지 농담에서 그를 따라갈 자가 없었다. 그런 걸 지어낼 사람은 오직 그뿐이었다. 대단한 꾀쟁이였다!

그는 매일 오후 독일군과 어깨동무를 하고 이웃들의 집으로 가서 유쾌한 표정으로 군인의 어깨를 치며 소개했다. "여기, 내 돼지야. 이 짐승이 얼마나 살쪘는지 좀 봐!"

그러면 농부들의 얼굴이 환하게 피어났다. 저 앙투안 자식, 진짜 웃겨!

"세제르, 자네한테 이놈을 팔겠네. 금화 세 개면 돼."

"내가 살게, 앙투안. 순대나 먹고 가."

"내가 먹고 싶은 건 족발이야."

"배 좀 만져 봐. 온통 기름뿐이야."

프로이센 군인이 자기를 놀리고 있다는 걸 결국 알아챌까 두려워 모두가 너무 크게 웃지는 않고 눈만 찡긋했다. 앙투안만이 나날이 대담해져서 군인의 허벅지를 찌르며 소리쳤다. "기름뿐이라니까." 엉덩이를 치며 고래고래 소리를 지르기도 했다. "이게 다 돼지가죽이야." 쇠모루도 거뜬히 들어 올릴 수 있을 거인 같은 팔로 군인을 들어 올리며 선언했다. "6백 근은 족히 나가. 버릴 게 없어."

그는 가는 곳마다 그의 돼지에게 먹을 걸 주는 버릇이 들었다. 그것이 그가 매일 맛보는 가장 큰 즐거움이고, 가장 큰 기분 전환거리였다. "아무거나 줘봐. 뭐든 집어삼키니까." 그러면 사람들은 그에게 빵과 버터를, 감자와 식은 스튜를, 소시지를 주고 이렇게 말했다. "맘껏 골라 드슈."

군인은 우둔하고 순한 얼굴로 쏟아지는 관심에 들떠서 예의상 먹었고, 거절하지 못해서 탈이 나곤 했다. 그리고 정말 살이 쪄서 이제는 군복이 꽉 끼었다. 그걸 보고 성 앙투안은 신이 나서 거듭 말했다. "내 새끼 돼지야, 너한테 우리를 새로 만들어 줘야 할 것 같구나."

게다가 두 사람은 세상에서 가장 가까운 친구가 되었다. 늙은이가 근처에 볼일을 보러 갈 때도 프로이센 군인은 그저 함께 있는 게 즐거워서 스스로 따라나섰다.

혹독한 날씨였다. 꽁꽁 얼어붙은 날이었다. 1870년의 끔찍한 겨울은 프랑스에 온갖 재앙을 한꺼번에 쏟아붓는 것 같았다.

매사에 미리 준비하는 앙투안 영감은 봄철 작업에 퇴비가 모자라리라는 걸 내다보고서 이때를 틈타 어려움에 처한 이웃에게서 퇴비를 샀다. 그는 매일 저녁 자기 마차로 퇴비를 실으러 가겠다고 말해 두었다.

따라서 그는 매일 저녁 어스름한 무렵에 길을 떠나 반 리외 떨어져 있는 올Haules 농가로 갔다. 언제나 그의 돼지를 대동하고서였다. 매일매일이 그 짐승을 살찌우는 축제 같았다. 온 마을 사람이 일요일에 미사에 가듯 그곳으로 달려왔다.

그런데 군인이 경계를 하기 시작했다. 사람들이 너무 크게 웃으면 그는 불안하게 눈동자를 굴렸고, 이따금은 분노의 불꽃을 번득였다.

그러던 어느 날 저녁, 그가 흡족하게 먹고 나서 한 조각 더 먹기를 거부하고 가겠다고 일어나려 했다. 그런데 성 앙투안이 손목을 잡아 그를 멈춰 세웠고, 억센 두 손으로 그의 어깨를 눌러 난폭하게 그를 다시 앉히는 바람에 군인이 앉은 의자가 부서져 버렸다.

돌풍 같은 웃음이 터져 나왔다. 한껏 웃으며 앙투안은 돼지를 일으켜 세웠고, 다친 데를 보살피기 위해 붕대를 감아 주는 척했다. 그러면서 이렇게 말했다. "먹기 싫으면 마시라고, 빌어먹을!" 사람들이 화주를 가져왔다.

군인은 심술궂은 눈을 굴렸다. 그러면서도 술을 마셨다. 그는 주는 대로 받아 마셨다. 성 앙투안이 군인의 머리를 받쳐 주었고, 지켜보는 사람 모두가 즐거워했다.

노르망디 노인은 토마토처럼 새빨개진 얼굴에 불타는 듯 이글거리는 눈길로 잔들에 술을 채웠고, 요란하게 잔을 부딪치며 고래고래 소리 질렀다. "건강을 위하여!" 프로이센 군인은 한 마디도 하지 못한 채 코냑을 거듭 들이켰다.

그것은 싸움이었고, 전투였고, 복수였다! 누가 술을 더 많이 마시느냐를 겨루는 싸움이었다. 1리터짜리 병이 비었을 때 두 사람 모두 더는 마실 수가 없었다. 그러나 둘 중 누구도 패배하지 않았다. 두 사람은 팔짱을 끼고 걸었다. 다음 날 다시 시작해야 할 것이다!

두 사람은 비틀거리며 밖으로 나왔고, 두 마리 말이 천천히 끄는 퇴비 마차를 타고 길을 떠났다.

눈이 내리기 시작했고, 달 없는 밤이 죽은 듯 하얀 벌판을 침울하게 밝혔다. 추위가 두 남자를 엄습해 취기를 배가했고, 이기지 못해 흡족치 못했던 성 앙투안이 장난삼아 돼지의 어깨를 밀어 도랑에 떨어뜨리려 했다. 상대는 뒤로 물러나면서 공격을 피했다. 그럴 때마다 매번 그는 성난 어조로 독일어 단어를 내뱉었고, 농부는 웃음을 터뜨렸다. 결국 프로이센 군인은 화가 났다. 앙투안이 다시 밀치자 그가 세찬 주먹질로 응대했고, 거인이 비틀거렸다.

그러자 독주에 시뻘겋게 달아오른 노인은 군인의 몸을 양

손으로 붙들고 아이에게 하듯이 몇 초간 흔들었고, 길 반대편으로 있는 힘껏 집어던졌다. 그러곤 흡족해하며 다시 팔짱을 끼고 웃었다.

그런데 군인은 재빨리 몸을 일으켰고, 군모가 굴러가 버린 탓에 맨머리로 검을 꺼내더니 앙투안 영감에게 달려들었다.

그걸 본 농부가 채찍을, 쇠 힘줄처럼 꼿꼿하며 강하고 부드러운 호랑가시나무로 만든 큰 채찍 한가운데를 붙잡았다.

프로이센 군인은 이마를 숙인 채 무기를 치켜들고 죽일 태세로 다가왔다. 그러나 노인은 칼끝이 배를 곧 찌를 것 같은 칼날을 손으로 붙잡아 멀리 치우고 채찍 손잡이로 그의 관자놀이를 호되게 쳤다. 적은 그의 발밑에 쓰러졌다.

그는 놀라서 넋이 나간 채 당황해서 바라보았다. 군인의 몸은 경련으로 들썩이다가 이내 엎드린 채 꼼짝하지 않았다. 노인은 몸을 숙여 시신을 뒤집고 한동안 응시했다. 군인은 눈을 감고 있었다. 이마 한쪽의 갈라진 틈에서 한 줄기 피가 흘렀다. 밤인데도 앙투안은 눈 위에 흘러내린 그 피의 불그주죽한 흔적을 알아보았다.

그는 고개를 떨군 채 꼼짝 않았고, 그사이 그의 마차는 말의 평온한 걸음으로 여전히 나아가고 있었다.

어떡하지? 그는 총살당할 것이다! 저들은 그의 농가를 불태우고 마을을 파괴할 것이다! 어떡해야 할까? 어떡하지? 시신을 어떻게 숨기고, 죽음을 어떻게 감추며, 프로이센 군인들을 어떻게 속이지? 눈 내리는 밤의 정적을 뚫고 멀리서 목소리들이 들려왔다. 그러자 그는 화들짝 놀라 군모를 주워 희생자에게 다시 씌웠고, 군인의 허리춤을 붙잡아 들고 달려서 마차를 따라잡았고, 시신을 퇴비 위에 던졌다. 일단 집에 가서 생각해 볼 것이다.

그는 머리를 굴리며 천천히 나아갔지만 뾰족한 생각이 떠오르지 않았다. 이제 끝장이다 싶었다. 그는 마당으로 들어섰다. 불빛 하나가 천창에서 빛나고 있었고, 하녀는 아직 자고 있지 않았다. 그는 재빨리 마차를 돌려 거름창고까지 갔다. 짐을 쏟으면 퇴비 위에 놓인 시신이 구덩이로 떨어지리라고 생각했다. 그래서 퇴비를 뒤엎었다.

그의 예상대로 시신은 퇴비 아래 묻혔다. 앙투안은 쇠스랑으로 퇴비 더미를 평평하게 만들고 옆에 있는 흙더미에 쇠스랑을 꽂았다. 그런 다음 하인을 불렀고, 말을 마구간에 집어넣으라고 명령했다. 그리고 자기 방으로 들어갔다.

그는 잠자리에 누워 어떻게 할지 여전히 고심했지만 아무 생각도 떠오르지 않았다. 침대 속에서 꼼짝하지 않으니 불안만 더 커져 갔다. 저들은 그를 총살할 것이다! 두려움에 식은 땀이 흘렀고, 이빨이 딱딱 부딪쳤다. 그는 이불 속에 가만히 있을 수가 없어서 벌벌 떨며 다시 일어났다.

그리고 부엌으로 내려갔고, 찬장에서 술병을 꺼내 다시 올라갔다. 큰 잔으로 연거푸 두 잔을 마셔 묵은 취기에 새 취기를 더했지만 마음의 불안은 가라앉지 않았다. 그가 저지른 건 지독히도 멍청한 짓이었다!

그는 이제 술수를, 해명을, 계략을 찾아 이리저리 걸었다. 그리고 이따금 용기를 북돋우려고 독주로 입을 헹궜다.

그러나 아무 대책도 찾지 못했다. 아무것도.

자정 무렵, 그가 '게걸'이라 부르는, 반쯤 늑대인 그의 경비견이 미친 듯이 울부짖기 시작했다. 앙투안은 골수까지 떨렸다. 짐승이 음산하고 긴 울음을 울 때마다 공포의 전율이 늙은이의 살갗을 훑고 지났다.

그는 '게걸'이 다시 울음을 시작하길 불안하게 기다리다가, 신경 떨리게 하는 공포의 발작에 시달려 더는 견디지 못하고 망연자실한 채 다리가 부러진 것처럼 의자에 털썩 주저앉았다.

아래층의 시계가 5시를 알렸다. 개는 울음을 그치지 않았다. 농부는 거의 미칠 지경이었다. 그는 더 이상 울음소리를 듣지 않기 위해 짐승을 풀어 주려고 일어났다. 그리고 내려가서 문을 열고 어둠 속으로 나아갔다.

눈이 여전히 내리고 있었다. 모든 것이 하얗게 뒤덮였다. 농가 건물들은 거대한 검은 얼룩처럼 보였다. 그는 개집으로 다가갔다. 개는 사슬을 잡아당기고 있었다. 그가 개를 풀어 주었다. 그러자 '게걸'이 풀쩍 뛰더니 갑자기 털을 곤두세우고 다리를 긴장한 채 이빨을 드러내고 코를 퇴비 쪽으로 향하고 멈춰 섰다.

성 앙투안은 머리부터 발끝까지 부들부들 떨며 더듬거렸다. "대체 무슨 일이야, 이 고약한 놈아?" 그는 몇 걸음 나아가서 흐릿한 어둠을, 마당의 음울한 어둠을 살폈다.

그때, 형체 하나가, 퇴비에 앉아 있는 사람의 형체가 보였다!

그는 공포로 마비된 채 숨을 헐떡이며 그걸 바라보았다. 그때 갑자기 근처 흙더미에 꽂힌 쇠스랑의 손잡이가 보였다. 그는 그것을 흙에서 뽑아냈다. 그리고 더없이 비겁한 사람마저 무모하게 만드는 두려움에 사로잡혀 자세히 보려고 앞으로 달려갔다.

그였다. 오물더미가 몸을 데워 되살려내는 바람에 흙투성이가 되어 빠져나온 그의 프로이센 군인이었다. 그는 의식 없이 앉아 있었다. 하얗게 눈을 덮어쓰고 피와 오물을 뒤집어쓴 채 취기 때문에 아직 얼빠진 얼굴로, 얻어맞아 얼떨떨하고 상처 때문에 기진맥진한 상태로 거기 앉아 있었다.

그가 앙투안을 보았다. 그러나 너무 멍한 상태여서 아무것도 깨닫지 못한 채 일어서려고 몸을 움직였다. 노인은 그를 알아보자마자 광견병에 걸린 짐승처럼 거품을 물었다.

노인이 웅얼거렸다. "아! 저 돼지! 돼지! 넌 죽었어! 이제 나를 고발할 테냐… 기다려… 기다려!"

그는 프로이센 군인에게 달려들어 창처럼 들어 올린 쇠스랑을 두 팔로 있는 힘껏 앞으로 던졌다. 그리고 쇠꼬챙이 네 개를 손잡이 직전까지 군인의 가슴에 박았다.

군인은 죽음의 신음을 길게 내뱉으며 뒤로 쓰러졌고, 늙은 농부는 상처에서 자기 무기를 꺼내 미친 사람처럼 휘둘러 다시 배에, 위에, 목에 연거푸 박아서 꿈틀대는 시신의 머리부터 발끝까지 구멍을 냈다. 군인의 몸에서는 피가 콸콸 쏟아졌다.

얼마 후 그는 격렬한 작업 탓에 숨을 헐떡이며 멈췄고, 살인이 완결되자 진정하고 심호흡으로 공기를 들이마셨다.

그때 닭장에서 수탉들이 울었다. 날이 밝아 오자 그는 남자를 묻는 작업에 착수했다.

그는 퇴비에 구멍을 팠고, 두 팔과 온몸을 격렬하게 놀려 닥치는 대로 작업했고, 흙이 보이자 더 깊이 팠다.

구덩이가 충분히 패이자 그는 시신을 구덩이 안으로 굴렸고, 쇠스랑으로 그 위에 흙을 덮었으며, 오래도록 흙을 밟았고, 그 자리에 다시 퇴비를 덮었다. 그리고 자신의 수고를 보완해서 흰 장막으로 흔적들을 덮어 줄 굵은 눈을 보고 미소를 지었다.

그는 쇠스랑을 오물 더미에 다시 꽂고 집으로 돌아왔다. 아직 반쯤 차 있는 그의 술병이 식탁 위에 남아 있었다. 그는 그것을 단숨에 비우고 침대에 쓰러져 깊이 잠들었다.

그는 술기운이 가신 상태로, 상황을 판단하고 사건을 예상할 수 있을 정도로 침착하고 맑은 정신으로 잠에서 깼다.

한 시간 뒤 그는 마을 곳곳으로 달려가 군인의 소식을 물었다. 장교들을 찾아가 왜 그 군인을 다시 데려갔는지 알고 싶다고 말했다.

두 사람의 관계를 알기에 사람들은 그를 의심하지 않았다. 심지어 프로이센 군인이 매일 저녁 여자 꽁무니를 따라다녔다고 말해 수색의 방향에 혼선을 안겼다.

이웃마을에서 여인숙을 운영하고 있고, 예쁜 딸을 둔 은퇴한 경찰관 노인이 체포되어 총살당했다.

발터 슈나프스의 모험

로베르 팽숑에게

발터 슈나프스는 점령군과 함께 프랑스에 들어온 뒤로 스스로 가장 불행한 인간이라고 생각했다. 그는 뚱뚱해서 걷는 것도 힘들었고, 숨을 헐떡였으며, 평발에 살까지 쪄서 걸을 때마다 발이 끔찍이 아팠다. 게다가 온순하고 호의적이었고, 결코 대범하지 않고 살생을 좋아하지 않았으며, 네 아이의 아버지로서 아이들을 정말 사랑했고, 금발의 젊은 여자와 결혼해서 매일 밤 아내의 다정한 손길과 키스를 절망적으로 그리워했다. 그는 늦게 일어나고 일찍 자는 걸 좋아했고, 맛있는 음식을 느리게 먹고 선술집에서 맥주 마시는 걸 좋아했다. 더구나 그는 삶에서 감미로운 모든 것이 생명과 더불어 사라져 간다고 생각했기에 본능적이면서 동시에 이치를 따져서 생긴 증오를, 대포, 총, 권총, 검에 대한 무시무시한 증오를 마음에 품고 있었다. 특히 총검을 증오했는데, 스스로 자신의 큰 배를 지킬 만큼 날렵해야 할 그 무기를 충분히 빨리 다룰 수 없다고 느꼈다.

밤에 땅바닥에 누워 코를 고는 전우들 곁에서 담요를 둘둘 말고 잘 때면 멀리 두고 온 가족과 길에 산재해 있을 위험들을 오래도록 생각했다. 그가 죽기라도 하면 아이들은 어떻게 될까? 누가 그 애들을 먹이고 키울까? 떠나오면서 빚을 내어 가족에게 돈을 좀 남겨 주긴 했으나 넉넉하진 못했다. 그래서 발터 슈나프스는 이따금 울었다.

전투가 시작되자 그는 다리가 어찌나 후들거렸던지 온 부대가 그의 몸을 밟고 지나가리라는 생각을 하지 않았다면 그대로 쓰러졌을 것이다. 총알 스치는 소리만 들어도 그는 온몸의 털이 곤두섰다.

몇 달째 그는 그렇게 공포와 불안 속에서 살았다.

그의 부대는 노르망디를 향해 전진했다. 그러던 어느 날, 그는 지역 일부를 탐색하고 곧장 돌아오는 임무를 맡은 작은 분대와 함께 정찰을 나갔다. 들판은 모든 게 고요해 보였다. 반격을 준비해 둔 기미는 전혀 보이지 않았다.

그런데 프로이센 분대가 안심하고 깊은 협곡과 교차하는

작은 계곡을 내려올 때 격렬한 사격 소리가 그들을 멈춰 세웠고, 부대원 스무 명가량이 쓰러졌다. 손바닥만 한 작은 숲에서 갑자기 튀어나온 유격대가 총검을 꽂고 돌진해 왔다.

발터 슈나프스는 처음엔 옴짝달싹하지 못했다. 너무 놀라고 얼이 빠져 달아날 생각조차 하지 못했다. 이내 도망치고 싶은 강렬한 욕구가 그를 사로잡았다. 그러나 그는 염소 떼처럼 펄쩍펄쩍 뛰며 다가오는 깡마른 프랑스인들에 비해 자신이 거북이처럼 느리게 달린다는 걸 떠올렸다. 그래서 그의 눈앞에서 여섯 걸음 정도 떨어진 곳에 덤불 무성하고 마른 나뭇잎으로 뒤덮인 넓은 구덩이를 보고서 얼마나 깊을지 생각조차 해보지 않고 강 위 다리에서 뛰어내리듯 두 발을 모으고 그곳에 뛰어들었다.

그는 두텁게 뒤덮인 날카로운 가시덤불과 칡넝쿨을 쏜살처럼 통과하고 얼굴과 손이 찢긴 채 돌판 위에 앉은 자세로 털썩 떨어졌다.

그는 이내 눈을 들어 자신이 뚫은 구멍을 통해 하늘을 보았다. 훤히 들여다보이는 그 구멍이 그를 폭로할 수 있었기에 그는 조심스레 네 발로 기어 뒤얽힌 나뭇가지 지붕이 덮인 구덩이 안쪽으로 가능한 한 빨리 이동해 전투지역에서 멀어졌다. 얼마 후 그는 멈춰 섰고, 키 큰 마른 풀 한가운데 산토끼처럼 다시 웅크리고 앉았다.

얼마 동안 폭발음과 비명, 신음소리가 들렸다. 그러다 싸움의 아우성이 잦아들더니 그쳤다. 모든 게 조용하고 고요해졌다.

갑자기 그의 곁에서 뭔가 움직였다. 그는 질겁해서 펄쩍 뛰었다. 나뭇가지에 앉아 있던 작은 새가 낙엽을 건드린 것이었다. 거의 한 시간 동안 발터 슈타프스의 심장은 빠르고 세차게 고동쳤다.

밤이 내려 협곡을 어둠으로 채웠다. 그러자 군인은 생각했다. 어떻게 하지? 난 어떻게 될까? 군대로 복귀할까? 그런데 어떻게? 어디로? 그랬다간 전쟁이 시작된 이후로 살아온 불안과 공포와 피로와 고통의 끔찍한 삶을 다시 시작해야 할 것이다. 아냐! 그는 더는 그런 용기가 나지 않을 것 같았다. 행군을 견디고 매 순간의 위험에 맞서는 데 필요한 힘이 이젠 없었다.

그렇다면 어떡하지? 그 협곡에 남아서 전쟁이 끝날 때까지 숨어 지낼 수는 없었다. 확실히 안 될 일이었다. 먹지 않아도 된다면 그런 전망도 그리 망연자실할 일은 아니었을 것이다. 그러나 먹어야 했고, 그것도 매일 먹어야만 했다.

그는 그렇게 그를 보호해 줄 모든 이들로부터 멀리 떨어져 홀로 무장하고 군복 차림으로 적의 영토에 있었다. 온몸에 소

멧도요새 이야기

름이 돋았다.

문득 그는 생각했다. "내가 포로라면 좋을 텐데!" 그러자 통제되지 않는 강렬한 욕구, 프랑스인들의 포로가 되고 싶다는 욕구가 솟구쳐 심장이 전율했다. 포로! 포로가 되면 그는 구조되고 먹을 수도 있고, 잠을 잘 수도 있고, 총과 칼을 피해, 안전하게 지켜지는 좋은 감방에서 걱정 없이 지낼 것이다. 포로라니! 얼마나 꿈 같은 일인가!

그는 즉각 결심했다.

'나는 포로가 되고 말 거야.'

그는 단 1분도 지체 않고 그 계획을 실행에 옮길 마음을 먹고 일어섰다. 그런데 갑자기 불길한 생각과 새로운 공포가 엄습해 와 몸이 굳어 버렸다.

어디로 가야 포로가 되지? 어떻게? 어느 쪽에서? 끔찍한 광경들, 죽음의 광경들이 머릿속에 떠올랐다.

침 달린 군모를 쓰고 들판을 홀로 다니다간 무시무시한 위험을 겪게 될 터였다.

농부들을 만나면 어쩌지? 그 농부들은 길 잃은 프로이센 군인, 무방비 상태의 프로이센 군인을 보면 길 잃은 개처럼 때려죽일 것이다! 쇠스랑과 곡괭이, 낫과 삽으로 그를 때려눕힐 것이다! 격분한 패배자들의 증오심을 품고 그를 곤죽으로 만들어 놓을 것이다.

유격대를 만나면? 법도 규율도 없이 미친놈들 같은 유격대들은 그의 머리를 보면 웃으며 재미 삼아, 그저 시간을 때우기 위해 그를 사살할 것이다. 그는 벌써 열두 개의 총을 마주하고 벽에 기대 서 있는 것만 같았다. 동그랗고 검은 작은 총신 구멍들이 그를 쳐다보는 것만 같았다.

프랑스 군대와 맞닥뜨리면 어떨까? 전위대 병사들은 그를 홀로 정찰 나온 대담하고 꾀바른 병사로, 정찰병으로 생각해서 그에게 총을 쏠 것이다. 덤불숲에 엎드린 군인들의 불규칙한 총격 소리가 이미 들리는 것만 같았다. 그는 들판 한가운데 서서 살을 뚫고 들어오는 총알들을 느끼며 거품 뜨는 국자처럼 온몸에 구멍이 뚫린 채 무너졌다.

그는 절망해서 다시 주저앉았다. 그가 처한 상황엔 출구가 없어 보였다.

밤이 깊어졌다. 고요하고 캄캄한 밤이었다. 그는 어둠 속에서 들려오는 조그만 낯선 소리에도 질겁해 꼼짝하지 못했다. 토끼 굴 가장자리에서 토끼 한 마리가 엉덩이로 치는 소리에 발터 슈나프스는 줄행랑칠 뻔했다. 부엉이 소리에 상처처럼 고통스럽고 갑작스러운 두려움이 엄습해 그의 영혼을 갈기갈기 찢어 놓았다. 그는 어둠 속을 보려고 커다란 눈을 최대한 크게 떴다. 매 순간 그의 곁에서 무언가 걷는 소리가 들리는 것만 같았다.

끝날 것 같지 않은 시간. 영벌 받은 자의 불안을 겪고 나서 그는 나뭇가지 천장 너머로 밝아 오는 하늘을 보았다. 그러자 무한한 안도감이 엄습해 왔다. 팔다리에 긴장이 풀리고 갑자기 노곤해졌다. 심장도 가라앉았다. 눈꺼풀이 덮였다. 그리고 잠들었다.

그가 잠에서 깼을 때는 해가 거의 중천에 떠 있었다. 정오쯤 된 모양이었다. 들판의 무기력한 평온을 깨는 소리는 없었다. 발터 슈나프스는 극심한 허기를 느꼈다.

그는 소시지를, 맛있는 군용 소시지를 생각하며 침 가득 고인 입을 헤벌리고 있었다. 위가 쓰리려 왔다.

그는 일어나서 몇 걸음 걷다가 다리에 힘이 없다는 걸 느끼고 다시 앉아 생각에 잠겼다. 두세 시간 더 그는 나갈지 말지 계획을 세웠고, 매 순간 생각을 바꿨으며, 완전히 상반되는 이유들 사이에서 갈팡질팡하느라 기진맥진하고 좌절했다.

마침내 한 가지 논리적이고 실용적인 생각이 떠올랐는데, 마을 사람이 무기도 위험한 작업 도구도 없이 혼자 지나가는 걸 기다렸다가 그 앞에 나타나서 자신이 항복한다는 걸 잘 이해시키고 그의 손에 자신을 맡긴다는 생각이었다.

그래서 그는 뾰족한 침 때문에 자신의 뜻을 왜곡할지도 모를 군모를 벗고 극도로 조심하며 구멍 밖으로 머리를 내밀었다.

지평선에는 홀로 다니는 어떤 존재도 보이지 않았다. 저 아래, 오른쪽에 보이는 작은 마을에서 지붕들이 뿜어내는 연기가 하늘로 올라가고 있었다. 밥 짓는 연기였다! 왼쪽으로는 대로의 나무들 끝에 망루를 갖춘 큰 성 한 채가 보였다.

그는 날아오르는 까마귀 떼밖에 보지 못하고, 자기 뱃속에서 나는 음험한 불평밖에 듣지 못한 채 지독히 괴로워하며 저녁까지 기다렸다.

다시 밤이 내렸다.

그는 피신처 깊숙한 곳에 누워 악몽에 시달리며 열에 달뜬 잠을, 허기진 사람의 잠을 잤다.

그의 머리 위로 다시 새벽이 찾아왔다. 그는 다시 관찰을 하기 시작했다. 그러나 들판은 전날과 마찬가지로 텅 비어 있었다. 새로운 두려움이 발터 슈나프스의 머리를 엄습했다. 굶어 죽을지도 모른다는 두려움이었다! 그는 두 눈을 감은 채자기 구멍 속에 누워 있는 자신을 보았다. 얼마 후 짐승들이, 온갖 종류의 작은 짐승들이 그의 시체로 다가와 동시에 곳곳에서 공략하고 옷 속으로 파고들어 차가운 살갗을 물어뜯으며 그를 먹기 시작했다. 커다란 까마귀 한 마리가 뾰족한 부리로 눈을 파먹었다.

그는 곧 쇠약해져서 정신을 잃고 더는 걷지도 못할 거라고 상상하니 미칠 지경이었다. 이미 그는 모든 걸 감행하고 모든 것에 맞서겠다고 결심하고 마을을 향해 달려 나갈 채비가 되었다. 그때 어깨에 쇠스랑을 메고 밭으로 가는 농부 세 명이 보였다. 그는 피신처로 다시 들어갔다.

그러나 저녁이 되어 들판이 어둑해지자 그는 천천히 구덩이에서 나왔고, 콩닥거리는 심장으로 잔뜩 겁먹고 구부정하게 먼 성을 향해 걸었다. 호랑이가 득실거리는 소굴처럼 무시무시해 보이는 마을보다는 차라리 성에 들어가는 편이 낫겠다고 생각한 것이다.

저 아래 창문들이 반짝였다. 심지어 창문 하나는 열려 있었다. 창문으로 새어 나온 익힌 고기 냄새가 진동하며 불쑥 발터 슈나프스의 콧속으로 들어오더니 뱃속까지 파고들었다. 저항할 수 없이 그를 끌어당기고 그의 마음에 절망적인 용기를 심어 준 그 냄새 때문에 그는 경련이 일어 숨을 헐떡였다.

갑자기 그는 생각도 않고 창문틀 안으로 군모를 쓴 채 모습을 드러냈다.

여덟 명의 하인들이 큰 식탁을 둘러싸고 저녁식사를 하고 있었다. 갑자기 하녀 하나가 입을 헤벌린 채 한곳을 응시하며 잔을 떨어뜨렸다. 모두의 시선이 하녀의 눈길을 따랐다!

그들은 적을 보았다!

나리! 프로이센 군이 성을 공격했어요……!

처음엔 하나의 비명, 여덟 개의 다른 음색으로 내질러진 여덟 개의 비명이 만든 하나의 비명, 무시무시한 두려움의 비명이었는데, 곧 모두가 소란스럽게 일어났고, 떼밀고, 한데 뒤엉겨 안쪽 문을 향해 미친 듯이 달려갔다. 의자들이 넘어졌고, 남자들은 여자들을 쓰러뜨리고 그 위로 지나갔다. 2초 만에 방은 텅 비었다. 어안이 벙벙한 채 창문에 여전히 서 있던 발터 슈나프스의 앞에는 먹을 것이 잔뜩 차려진 식탁이 버려져 있었다.

그는 얼마간 망설이다가 벽을 뛰어넘고 접시들을 향해 다가갔다. 지독한 허기 때문에 그는 열병 환자처럼 몸을 떨었다. 그러나 공포가 여전히 그를 마비시키고 있었다. 그는 귀를 기울였다. 온 집안이 떨고 있는 것 같았다. 문들이 닫혔고, 빠른 발걸음들이 위층 마룻바닥 위를 달렸다. 불안한 프로이센 군인은 어수선한 소리에 귀를 쫑긋 세웠다. 얼마 후 담 아래에서 사람들의 몸이 부드러운 흙에 떨어지는 듯한, 2층에서 사람들이 뛰어내리는 듯한 묵직한 소리가 들렸다.

그 후 모든 움직임, 모든 소란이 멈췄고, 큰 성은 무덤처럼 고요해졌다.

발터 슈나프스는 손대지 않은 접시 앞에 앉아 먹기 시작했다. 너무 빨리 저지당해서 충분히 먹지 못할까 봐 두려워 입 안 가득 쑤셔 넣고 먹었다. 뚜껑문처럼 열린 입속에 두 손으로 음식을 던져 넣었다. 음식 덩어리들이 차례차례 그의 목을 볼록하게 부풀렸다가 위 속으로 내려갔다. 이따금 너무 꽉 채운 관처럼 터질 것 같으면 잠시 중단했다. 그럴 땐 능금주 술병을 들고 마셔 막힌 도관을 뚫을 때처럼 막힌 식도의 장애물을 제거했다.

그는 모든 접시를, 모든 음식과 모든 술병을 비웠다. 그렇게 술과 음식에 취해서 얼굴은 멍하고 시뻘개졌고, 딸꾹질로 몸은 들썩였고, 정신은 몽롱하고 입은 번들거리는 꼴로 그는 한 발짝도 내딛을 수가 없는 상태여서 숨을 쉬기 위해 군복의 단추를 풀었다. 눈은 감겨 왔고, 생각은 둔해졌다. 그는 두 팔을 식탁에 올려 교차하고 무거운 이마를 그 위에 올렸다. 그러곤 현실감각을 서서히 잃어 갔다.

그믐달이 정원 나무들 위로 지평선을 희미하게 비추고 있었다. 날이 밝아 오기 전이라 추운 시간이었다.

말없는 그림자 여러 개가 덤불숲 속으로 미끄러져 들었다. 이따금 어둠 속에서 강철검의 뾰족한 끝이 달빛을 받아 번득였다.

고요한 성이 제 검은 실루엣을 우뚝 세우고 있었다. 1층 창문 두 개만이 여전히 빛나고 있었다.

별안간 쩌렁쩌렁한 목소리가 외쳤다.

"전진! 빌어먹을! 공격하라고! 이놈들아!"

그리고 순식간에 문과 덧문, 유리가 부서졌다. 달려든 사람들 무리는 모든 걸 부수고 깨뜨리고 집 안을 점령했다. 머리카락까지 무장한 50명의 군인이 발터 슈나프스가 평화로이 쉬고 있던 부엌으로 순식간에 들이닥쳤고, 장전한 총구 50개가 그의 가슴을 겨냥했으며, 그를 뒤집고 굴리더니 붙잡아 머리부터 발끝까지 묶었다.

그는 넋이 나간 채 숨을 헐떡였다. 언어맞고 떼밀리고 겁에 질린 채 너무 어리벙벙해서 상황을 이해하지 못했다.

갑자기 금장으로 요란하게 치장한 뚱뚱한 군인이 그의 배위에 발을 올려놓고 고래고래 소리를 질렀다.

"넌 내 포로다. 항복하라!"

프로이센 군인은 '포로'라는 말만 알아듣고 신음하듯 내뱉었다. "예, 예, 예".

그는 일으켜 세워져서 의자에 묶였고, 고래처럼 숨을 헐떡이는 승리자들은 강한 호기심을 보이며 그를 살폈다. 여럿은 흥분과 피로로 더는 서 있을 수가 없어 자리에 앉았다.

발터 슈나프스는 미소를 지었다. 드디어 포로가 되었다고 확신하고 이제야 미소를 지었다.

다른 장교가 들어오더니 말했다.

"대령님, 적들은 달아났습니다. 여러 명이 부상당한 것 같습니다. 이곳은 우리가 접수했습니다."

이마를 닦던 뚱뚱한 군인이 포효했다. "승리다!"

그러더니 주머니에서 꺼낸 작은 비망록에 적었다.

"끈질긴 싸움 끝에 프로이센 군은 사망자와 부상자들을 신고 퇴각했다. 전투 능력을 상실한 사상자는 50명으로 추정된다. 우리 수중에도 여러 명이 남아 있다."

젊은 장교가 말을 이었다.

"대령님, 이제 어떤 조치를 취해야 할까요?"

대령이 대답했다.

"포병대와 월등한 무력을 갖추고 반격해 올 것을 대비해 우리는 후퇴한다."

그러곤 다시 출발하라는 명령을 내렸다.

종대는 어둠 속에 성벽 아래 도열했고, 권총을 든 여섯 명의 병사들이 결박한 발터 슈나프스를 사방에서 에워싸고 움직이기 시작했다.

길을 선도하기 위해 정찰대가 파견되었다. 그들은 자주 멈춰 서며 매우 조심스럽게 나아갔다.

해가 뜰 무렵 그들은 로슈우아젤의 군청에 도착했다. 이 무훈을 세운 부대가 그곳의 국민군이었던 것이다.

잔뜩 흥분해서 불안해하는 사람들이 기다리고 있었다. 포로의 군모가 보이자 엄청난 함성이 터져 나왔다. 여자들은 팔을 들었고, 노파들은 울었다. 한 노인은 들고 있던 목발을 프로이센 군인에게 던져서 그를 지키던 보초 한 명의 코를 다치게 했다.

대령이 소리쳤다.

"포로의 안전에 주의하라."

그들은 마침내 군청에 도착했다. 감옥이 열렸고, 발터 슈나프스는 포박이 풀린 채 그 안에 던져졌다.

무장한 2백 명이 건물을 에워싸고 지켰다.

그러자 프로이센 군인은 얼마 전부터 시달려 온 소화불량 증세도 잊고 미칠 듯이 기뻐서 정신 나간 사람처럼 팔다리를 들썩이며 춤을 추기 시작했다. 그는 지쳐서 담장 아래 쓰러질 때까지 광적인 고함을 내지르며 춤을 추었다.

그는 포로가 되었다! 살았다!

이렇게 샹피네 성은 점령된 지 단 여섯 시간 만에 적의 손
에서 탈환되었다.

직물 상인인 라티에 대령은 로슈우아젤의 국민군을 지휘
해 이 전투를 이긴 공로로 훈장을 받았다.

〈끝〉

비곗덩어리

　며칠 연이어 패잔병들이 도시를 지나갔다. 부대라기보다는 뿔뿔이 흩어진 무리였다. 그들은 수염이 길고 지저분했으며, 너덜너덜한 군복 차림으로, 깃발도 소속부대도 없이 축 늘어져서 걸었다. 모두 지치고 기진맥진해서 생각을 하거나 결단을 내릴 힘도 없이 그저 습관적으로 걷고 있었는데, 멈춰 서면 바로 쓰러질 것 같아 보였다. 특히 동원된 사람들이 눈에 띄었다. 온순한 사람들, 금리를 받아 편안하게 살던 사람들은 짊어진 총 무게에 등이 굽었고, 쉽게 겁에 질리고 쉽게 열광하는 날쌘 어린 국민 유격대원들은 언제든지 공격도 도망도 할 태세였다. 그들 가운데는 큰 전투에서 가루가 된 사단의 패잔병들로 붉은 반바지를 입은 병사들*도 몇몇 보였다. 이 잡다한 보병들과 함께 줄지어 가는 침울한 포병들도 있고, 보병들의 가벼운 행보를 무거운 걸음으로 힘겹게 따라가는 용기병龍騎兵의 반짝이는 군모도 간혹 보였다.

"패배 설욕자", "무덤의 시민", "죽음 공유자" 같은 영웅적인 이름을 단 의용병들도 산적 같은 모습으로 지나갔다.

그들의 지휘관들은 원래 포목이나 곡물, 비계나 비누를 팔던 상인들이었는데 상황 때문에 군인이 되었고, 돈 때문이거나 긴 콧수염 때문에 장교로 임명되어 무기와 계급장을 잔뜩 달고 쩌렁쩌렁한 목소리로 말하고 작전 계획을 의논했으며, 죽어 가는 프랑스를 오직 자신들의 어깨에 짊어진 양 허세를 떨었다. 그러나 그들은 종종 자기 병사들을 두려워했다. 종종 지나치게 용감해서 약탈이며 방탕한 짓을 저지르는 극악무도한 자들이었기 때문이다.

프로이센군이 곧 루앙으로 들어온다는 소문이 돌았다.

국민군은 두 달 전부터 인근 숲을 매우 주도면밀하게 정찰하면서 가끔 자기편 보초들을 사살하기도 했고, 새끼 토끼 한 마리가 덤불숲에서 움직이기만 해도 전투태세를 취하곤

---

* 독일의 프랑스군 포로수용소에서는 탈출 재범자들에게는 붉은색 반바지를 입혔다고 한다.

하더니 모두 집으로 돌아갔다. 그들의 무기와 군복, 반경 3리 외에 이르는 국도변을 공포에 떨게 했던 그들의 온갖 살상도 구가 홀연히 자취를 감췄다.

마지막 남은 프랑스군 병사들마저 생스베르와 부르아샤르 를 거쳐 퐁오드메르로 가기 위해 센강을 건넜다. 이 오합지졸 들을 데리고는 어찌해 볼 도리가 없어 절망한 장군은 맨 마 지막에 서서, 이기는 데 길이 들고 전설적으로 용맹한 민족의 참담한 대패에 스스로도 넋이 나간 채 두 부관 사이에서 걸 었다.

그러다 깊은 정적이, 공포에 질린 고요한 기다림이 도시 위 를 감돌았다. 장사를 하느라 거세된 많은 배불뚝이 부르주아 들은 고기 굽는 꼬챙이나 커다란 식칼을 행여 무기로 생각할 까 봐 떨며 불안하게 승리자들을 기다렸다.

삶은 멈춰 버린 것 같았다. 상점들은 닫혔고, 거리는 조용 했다. 이따금 정적에 주눅 든 주민이 담벼락을 따라 황급히 달아났다.

기다림의 불안은 적이 오기를 갈망하게 만들었다. 프랑스 군이 떠난 다음 날 오후, 어디서 나온 건지 알 수 없는 프로이 센 창기병 몇몇이 도시를 빠르게 가로질렀다. 그리고 얼마 후 시커먼 무리가 생트카트린 언덕에서 내려왔고, 한편 또 다른 점령군 두 무리는 다르네탈과 부아기욤 도로 쪽에서 나타났다. 세 부대의 전위대는 같은 시간에 시청 광장에 모였다. 인근의 모든 도로로 독일군이 전열을 펼치며 엄격하게 박자 맞춘 걸음으로 포석을 울리며 도착했다.

목구멍 안쪽에서 나오는 낯선 목소리가 외치는 명령들이 죽은 듯 황량해 보이는 집들을 따라 올라왔고, 그러는 동안 닫힌 덧문들 뒤에서는 여러 눈들이 '전쟁의 권리'로 이 도시와 주민들의 재산과 목숨의 주인이 된 승리자들의 동정을 살폈다. 주민들은 어두컴컴한 방 안에서 어떤 지혜도 어떤 힘도 무용해지는 천재지변, 살육적인 대혼란이 불러일으키는 공포에 사로잡혀 있었다. 사물의 질서가 전복될 때마다, 더 이상 안전은 존재하지 않고, 인간의 법칙이나 자연의 법칙이 보호하던 모든 것이 분별없고 흉포한 폭력에 휘둘릴 때마다 이 같은 감정이 나타나기 때문이다. 지진은 집들을 무너뜨려 수많은 사람을 깔아뭉개고, 범람한 강물은 죽은 소들, 지붕에서 뜯겨 나온 들보들, 물에 빠진 농민들을 휩쓸어 간다. 저항하는 자들은 학살하고 또 다른 이들은 포로로 잡아가고, 칼을 앞세워 약탈하고, 대포 소리에 맞춰 신에게 감사드리는 오만한 군대는 무시무시한 재앙과 마찬가지로 영원한 정의에 대한 모든 믿음을, 우리가 배우는 하늘의 보호와 인간의 이성에 대한 모든 믿음을 좌절시킨다.

그런데 집집마다 작은 분견대가 문을 두드리더니 집 안으로 사라졌다. 침략 후의 점령이었다. 패자들에게는 승자들을 향해 상냥한 태도를 보여야 할 의무가 시작되었다.

얼마 후, 처음의 공포가 사라지고 나자 다시 고요가 찾아왔다. 많은 가정의 식탁에 프로이센 장교가 앉아 식사를 했다. 간혹 점잖은 장교는 예의상 프랑스를 동정했고, 이 전쟁에 참여한 것이 내키지 않았다고 얘기하곤 했다. 사람들은 그 감정에 고마워했다. 조만간 그의 보호가 필요할지도 모를 일이었다. 그의 비위를 건드리지 않도록 조심하다 보면 먹여야 할 군인 몇 사람쯤 줄게 될지도 모르잖나. 게다가 자신이 전적으로 종속되어 있는 자에게 왜 상처를 입힌단 말인가? 그렇게 행동하는 건 용감한 게 아니라 무모한 짓일 것이다. 이 도시가 영웅적인 저항으로 이름을 떨치던 시절과 달리 이제 루앙의 부르주아들은 무모함이라는 결점을 갖고 있지 않았다.

게다가 그들은 프랑스 예법에서 최고의 이유를 끌어와서 공개적으로 이국의 병사에게 친근한 모습을 보이지만 않는다면 집 안에서 예의 바르게 구는 건 허용되는 일이라고 생각했다. 바깥에서는 알지 못하는 것처럼 굴었지만 집 안에서는 기꺼이 이야기를 나누었고, 독일군은 매일 저녁 함께 난롯가에 오랫동안 남아 몸을 데웠다.

　도시 자체도 차츰 일상적인 모습을 되찾아 갔다. 프랑스인
들은 아직 거의 밖으로 나오지 않지만 프로이센 병사들은 거
리에 득실거렸다. 그런데 거만하게 긴 살상무기를 포석 위로
끌고 다니는 파란 제복의 프로이센 경기병 장교들이 지난해
같은 카페에서 술을 마시곤 했던 프랑스 엽기병* 장교들보다
일반 시민을 더 크게 멸시하는 것 같진 않았다.

　그럼에도 대기에는 무언가, 낯설고 미묘한 무언가가 감돌
았다. 감내하기 힘든 낯선 분위기가, 침략의 냄새가 널리 퍼져
있는 것 같았다. 그 냄새는 집과 공공장소 들을 채웠고, 음식
의 맛을 바꿔 놓았고, 아주 멀리 떠나와 위험하고 미개한 부
족의 나라를 여행하고 있는 듯한 느낌을 안겼다.

　정복자들은 돈을, 많은 돈을 요구했다. 주민들은 매번 지불
했다. 게다가 그들은 부유했다. 그런데 노르망디 상인은 부유
할수록 모든 희생에서 더 큰 고통을, 자기 재산의 일부가 타
인의 손에 넘어가는 걸 보는 데서 더 큰 고통을 느꼈다.

　그런데 강물을 따라 도시 아래로 크루아세, 디에프달, 혹
은 비에사르 쪽으로 2~3리외 정도 내려가면 뱃사람들과 어부

* 빠른 기동을 목적으로 훈련된 경기병.

들이 강바닥에서 군복 차림에 잔뜩 부푼 독일군 시체를 종종 건지곤 했다. 칼에 찔렸거나 나막신에 맞아 죽었거나, 돌에 머리가 으깨졌거나, 다리 위에서 떠밀려 물에 빠져 죽은 시신이었다. 이 음험하고 야만적이며 합법적인 복수를, 정체불명의 영웅적 행위를, 환한 대낮의 전투보다 위험하지만 영광의 울림은 없는 이 조용한 공격을 강의 진흙이 파묻었다.

이념을 위해 죽을 준비가 되어 있는 일부 대담한 사람들이 이방인에 대한 증오로 무장하고 있기 때문이다.

정복자들이 도시를 자신들의 엄격한 규율에 굴복시키긴 했지만 그들이 승리의 행진을 하는 내내 저질렀다고 소문난 끔찍한 짓거리는 하나도 저지르지 않았기에 사람들은 대담해졌고, 장사 욕구가 이 고장 상인들의 마음에 다시 싹텄다. 몇몇 상인은 프랑스군이 점거하고 있는 르아브르에 큰 이권이 걸려 있어 육로로 디에프까지 가서 그곳에서 배를 타고 그 항구로 갈 시도를 하려 했다.

그들은 사귀어 둔 독일 장교들의 영향력을 이용해 총사령관에게서 여행 허가를 얻어 냈다.

따라서 이 여행을 위해 말 네 마리가 끄는 큰 승합마차가 준비되었고, 열 명이 마차 회사에 등록했으며, 사람들이 모여드는 걸 피하기 위해 화요일 아침 날이 밝기 전에 떠나기로 결정되었다.

얼마 전부터 서리가 얼어 이미 땅이 굳어 있었는데, 월요일 3시쯤에는 북쪽에서 먹구름이 몰려오더니 저녁 내내 그리고 밤새도록 쉬지 않고 눈이 내렸다.

새벽 4시 반, 여행객들은 마차를 타기로 되어 있는 노르망디 호텔 뜰에 모였다.

그들은 아직 잠에 취한 채 담요를 뒤집어쓰고도 추위에 떨고 있었다. 어두워서 서로 얼굴은 잘 보지 못했다. 모두 무거운 겨울옷을 잔뜩 껴입어서 긴 법의를 걸친 뚱뚱한 사제들 같았다. 그런데 두 남자가 서로를 알아보았고, 세 번째 남자가 두 남자에게 다가가더니 이야기를 나누었다. 한 사람이 말했다. "저는 아내를 데리고 갑니다." "저도 그렇습니다." "저도요." 첫 번째 남자가 덧붙였다. "우리는 루앙으로 돌아오지 않을 생각입니다. 프로이센 군대가 르아브르까지 오면 우리는 영국으로 갈 겁니다." 세 사람 모두 기질이 비슷해서 똑같은 계획을 품고 있었다.

그런데 마차에 말이 매어 있지 않았다. 마구간 하인이 든 작은 등불 하나가 이따금 어두운 문에서 나왔다가 이내 다른 문으로 사라지곤 했다. 말들이 발로 땅을 차는 소리가 짚 퇴비에 묻혀 약하게 들렸고, 짐승들에게 얘기하며 욕설을 퍼붓는 남자 목소리가 건물 안쪽에서 들렸다. 가벼운 방울 소리가 나는 걸 보니 누군가 마구를 만지고 있는 모양이었다. 속삭임 같던 그 소리는 곧 동물의 움직임에 박자 맞춰 흔들리는 맑고 지속적인 소리로 변했고, 소리는 간간이 멈췄다가, 편자 박은 말굽이 바닥을 차는 둔탁한 소리와 함께 갑작스레 흔들리며 다시 이어졌다.

갑자기 문이 닫혔다. 모든 소리가 멈췄다. 얼어붙은 부르주아들은 입을 다물고 있었다. 꼼짝 못하고 뻣뻣하게 굳어 있었다.

끊임없이 떨어지는 하얀 눈 장막이 땅으로 내려오면서 쉬지 않고 반짝였다. 그것은 형태들을 지웠고, 사물들 위에 얼음 이끼를 뿌렸다. 겨울 아래 묻힌 고요한 도시의 거대한 정적 속에서 눈이 내리면서 나부끼는 소리, 뭐라 형용할 수 없는 희미한 스침 소리밖에 들리지 않았다. 소리라기보다는 차라리 공간을 채우고 세상을 덮는 것 같은 가벼운 원자들이 뒤섞이는 느낌이었다.

남자가 등불을 들고 다시 나타나더니 움직이지 않으려는 슬픈 말 한 마리를 고삐로 잡아끌었다. 그는 말을 마차의 끌채까지 끌고 가서 줄을 매고 마구를 확인하기 위해 한참 동안 주위를 둘러보았다. 그가 등불을 들고 있어 한 손밖에 쓸

수가 없었기 때문이다. 두 번째 말을 데리러 가면서 그는 눈을 하얗게 뒤집어쓴 채 꼼짝 않는 여행객들을 보고는 말했다. "왜 마차에 안 타십니까? 적어도 눈은 피할 수 있을 텐데요."

미처 그 생각을 하지 못했던 그들은 서둘러 마차에 올랐다. 세 남자가 자기 아내를 안쪽에 태운 뒤 마차에 올랐다. 이어서, 옷으로 가려진 알 수 없는 다른 형체들이 아무 말 없이 남은 자리에 차례로 자리 잡았다.

마차 바닥에는 짚이 깔려 있어 발이 푹 빠졌다. 안쪽에 탄 부인들은 화학 석탄이 담긴 작은 놋쇠 발난로를 가져왔고, 그 기구에 불을 붙였다. 그리고 얼마 동안 나지막한 소리로 오래전부터 알고 있던 그 기구의 이점을 늘어놓았다.

마침내 마차가 준비되었는데, 끌기가 훨씬 힘들어져서 말이 네 마리가 아니라 여섯 마리였다. 바깥에서 목소리가 물었다. "모두 탔습니까?" 마차 안에서 웬 목소리가 대답했다. "네." 그들은 출발했다.

마차는 천천히, 느릿느릿, 종종걸음으로 나아갔다. 바퀴가 눈 속에 파묻혔다. 차체 전체가 삐걱거리며 무거운 신음소리를 냈다. 짐승들은 미끄러지며 숨을 몰아쉬고 콧김을 내뿜었고, 마부의 거대한 채찍이 쉬지 않고 소리를 내며 사방으로 날았고 가느다란 뱀처럼 똬리를 틀었다 펼쳐지면서 불룩한 말 엉덩이를 후려치면 말이 더 힘을 내느라 엉덩이가 바짝 긴장했다.

그런데 날은 감지할 수 없을 만큼 조금씩 밝아 왔다. 루앙 토박이인 한 여행객이 솜털비 같다고 한 가벼운 눈송이는 이제 내리지 않았다. 들판의 흰색을 더 돋보이게 하는 무거운 먹구름 사이로 칙칙한 빛이 새어 들어왔다. 들판에는 흰 서리를 입은 키 큰 나무들이 줄지어 나타났다가 이따금 눈 모자를 쓴 초가집 한 채가 보이기도 했다.

마차 안의 사람들은 그 암울한 새벽빛이 비치자 서로를 신기하게 바라보았다.

제일 안쪽 가장 좋은 자리에는 그랑퐁 거리의 포도주 도매 상인 루아조 부부가 마주 보고 앉아 졸고 있었다.

루아조는 같은 사업으로 파산한 주인의 점원이었다가 가게를 인수해서 재산을 모았다. 그는 질 나쁜 포도주를 시골의 소매상인들에게 아주 싼값에 팔았으며, 그의 지인들과 친구들 사이에는 교활한 사기꾼으로, 술책과 활력이 넘치는 진짜 노르망디 사람으로 통했다.

사기꾼으로서 그의 명성이 어찌나 확고했던지, 어느 날 저녁 도청에서 우화와 노래 작가이자 매섭고 섬세한 재치의 소유자로 그 지역 명사인 투르넬 씨가 부인네들이 졸고 있는 걸 보고서 '루아조 볼'*이라는 게임을 하자고 제안했는데, 그 말은 도지사의 거실 너머로 날아가 그 도시의 모든 거실들마다 닿아 그 지역의 모든 턱뼈들을 한 달 동안이나 웃게 만들었다고 한다. 루아조는 온갖 종류의 장난들, 좋은 농담이건 나쁜 농담이건 농담을 잘하기로 유명해서 누구든 그에 대해 말하는 사람은 금세 이런 말을 덧붙였다. "그 루아조는 정말이지 별종이야."

그는 작은 키에 배가 풍선처럼 불룩했고, 희끗한 구레나룻 사이에 불그레한 얼굴이 얹혀 있었다.

그의 아내는 키 크고 체격 좋고 큰 목소리로 빨리 결정을 내리는 단호한 사람으로, 가게에서 계산과 정리를 담당했고, 그는 유쾌한 행동으로 가게에 활기를 불어넣었다.

그들 옆에는 상류층에 속하는 카레-라마동 씨가 좀더 품위 있는 모습으로 앉아 있었는데, 면직물 사업에서 확고하게 자리를 잡은 중요한 인물로 방적공장을 세 개나 소유했으며, 레지옹 도뇌르 훈장 수훈자이며 도의회 의원이었다. 그는 제정 시대 내내 호의적인 야당 당수를 지냈는데, 그건 단지 그가 대의에 가담한 대가를 비싸게 치르는 것일 뿐이며, 그의

* '루아조 볼(Loiseau vole)'이라는 말에는 '새는 날아간다'와 '루아조는 훔친다'라는 이중 의미가 담겼다.

표현에 따르면 그 대의를 위해 정중한 무기로 싸웠다는 것이다. 남편보다 훨씬 젊은 카레-라마동 부인은 주둔군으로 루앙에 파견된 명문가 출신 장교들에게 위안이 되는 존재였다.

남편과 마주 앉은 그녀는 아주 귀엽고 예뻤는데, 모피를 두른 채 유감스러운 표정으로 마차의 초라한 내부를 바라보고 있었다.

그 옆에 앉은 위베르 드 브레빌 백작과 백작 부인은 노르망디에서 가장 오래되고 가장 고귀한 이름 중 하나를 단 사람들이었다. 풍채 좋은 노신사인 백작은 몸치장에 기교를 부려 앙리 4세 왕과 닮은 점을 부각하려고 공을 들였다. 그 가문의 영광이 되는 전설에 따르면 앙리 4세가 브레빌 가문의 어느 부인을 임신시켰고, 그 덕에 그 남편은 백작 작위도 얻고, 지방의 지사까지 되었다고 한다.

카레-라마동과 함께 도의회의 동료인 위베르 백작은 그 지역의 오를레앙파*를 대표했다. 그가 낭트의 작은 선주의 딸과 결혼한 이야기는 여전히 불가사의로 남아 있었다. 그러나 백작 부인은 태도가 당당했고, 그 누구보다 손님맞이를 잘했으며, 심지어 루이-필리프 왕의 아들 중 한 명의 사랑을 받은

---

* 정통 왕당파에 맞서 프랑스 혁명기에 출현한 우익 정파.

것으로 알려져 모든 귀족들이 그녀를 환대했기에 그녀의 살롱은 이 고장에서 최고의 살롱, 오래된 정중한 예법이 지켜지는 유일한 살롱이 되었고, 그곳에 들어가기란 대단히 어려웠다.

브레빌의 재산은 모두 부동산인데, 들리는 소문으로는 수익이 5십만 리브르에 달한다고 했다.

이렇게 여섯 사람이 마차 안쪽에 타고 있었는데, 이들은 금리 수입으로 살아가는 여유롭고 힘 있는 사람들, 종교와 원칙을 가진 권위 있는 교양인들이었다.

이상한 우연인지 여자들은 모두 같은 쪽 의자에 앉았다. 백작 부인 옆에는 주기도문과 성모송을 웅얼거리며 묵주기도를 하고 있는 두 수녀가 자리했다. 한 수녀는 천연두로 얼굴이 얽은 늙은 수녀였는데, 마치 코앞에서 기관총 사격을 얼굴 가득 받은 것 같았다. 아주 허약한 다른 수녀는 얼굴은 예뻤지만 순교자와 계시받은 사람들을 낳는 탐욕스러운 신앙에 갉아 먹힌 폐결핵 환자 같았다.

두 수녀 앞에 앉은 한 남자와 한 여자가 모두의 눈길을 끌었다.

남자는 잘 알려진 민주주의자 코르뉘데로, 존경받는 사람들이 두려워하는 존재였다. 20년 전부터 그는 모든 민주주의

멧도요새 이야기

카페들을 전전하며 맥주잔에 적갈색 수염을 적셔 왔다. 과자점을 했던 아버지에게서 물려받은 상당한 재산을 형제들이며 친구들과 함께 먹어 없앤 그는 그 숱한 혁명적 소비로 마땅히 받아야 할 자리를 얻기 위해 공화국이 되기를 애태우며 기다렸다. 9월 4일, 아마도 누군가의 장난 때문이었는지 그는 도지사로 임명된 줄만 알았다. 그런데 그가 직무를 시작하려고 했을 때, 도청에 남아 있던 사무직 청년들이 그를 인정하지 않아서 하는 수 없이 물러날 수밖에 없었다. 그런데 그는 아주 선량하고 순하며 남을 잘 도와서 방어진지를 구축하는 일에 비할 데 없는 열정으로 몰두했다. 들판에 구덩이들을 파고, 인근 숲의 어린 나무들을 모조리 베고, 길마다 함정을 파게 했고, 적이 다가오자 자신이 준비해 둔 것에 흡족해하며 도시로 서둘러 퇴각했다. 이제 그는 새 참호들이 필요할 르아브르에서 자신이 훨씬 더 필요한 존재가 될 수 있으리라 생각했다.

여자는 창녀라고 불리는 여자들 중 한 명인데, 일찍부터 비만해져서 비곗덩어리라는 별명으로 유명했다. 그녀는 키가 작고, 온몸이 동글동글했으며, 살이 쪄서 꼭 엮어 놓은 작은 소시지처럼 손마디를 묶은 듯 손가락들이 볼록볼록 부풀었고, 피부는 매끄럽고 팽팽했으며, 옷 아래로 어마어마한 젖가슴이 붕긋 솟아 있었는데, 그래도 여전히 육감적이고 인기가 많았다. 그만큼 싱그러운 모습이 보기 좋았다. 그녀의 얼굴은 빨간 사과 같고, 막 피어나려는 작약 꽃봉오리 같았다. 얼굴 위쪽엔 길고 짙은 속눈썹이 그늘을 드리운 검고 아름다운 두 눈이 열려 있었고, 아래쪽엔 키스를 위해 촉촉이 젖어 있는 작고 매혹적인 입술에 앙증맞고 반짝이는 치아가 딸려 있었다.

게다가 듣자하니 그녀에겐 헤아릴 수 없이 값진 장점들이 많은 모양이었다.

그녀를 알아본 정숙한 여자들 사이에 속닥이는 소리가 돌았는데, "매춘부"니 "공공의 수치"라는 말이 큰 소리로 속닥여지자 그녀가 고개를 들었다. 그러곤 그녀가 어찌나 도발적이고 대담한 눈길로 옆 사람들을 훑어보던지 이내 쥐 죽은 듯 고요해졌고, 모두가 눈을 내리깔았다. 루아조만 흥미진진한 표정으로 그녀를 살폈다.

그러나 곧 세 부인들 사이에 대화가 다시 시작되었다. 이 여자의 존재가 별안간 그들을 친구로, 거의 절친한 친구로 만든 것이다. 그들은 이 수치심 모르는 파렴치한 여자 앞에서 합심해서 합법적인 아내의 위엄을 보여 줘야 한다고 생각하는 듯했다. 합법적인 사랑은 자유로운 사랑을 언제나 경멸하기 마련이므로.

세 남자 역시 코르뉘데를 보고 보수주의자들로서 본능적으로 가까워져서 가난한 사람들을 멸시하는 말투로 돈에 대해 얘기했다. 위베르 백작은 프로이센 군인들이 그에게 끼친 손실에 대해, 도적질당한 가축과 잃어버린 수확물로 인한 피해에 대해 말하면서 그래 봤자 그저 한 해 정도 타격을 입을 뿐인 억만장자 대영주의 여유 만만한 태도를 보였다. 면직물 사업에서 큰 어려움을 겪은 카레-라마동 씨는 목마를 때 꺼내 먹을 배처럼 만일의 경우에 대비해 60만 프랑을 영국으로 보내 두었다. 루아조는 수완을 동원해 지하창고에 남아 있던 시시한 포도주를 프랑스군 병참부에 몽땅 팔아서 국가가 그에게 막대한 금액을 빚졌는데, 그것을 르아브르에서 받을 생각이었다.

세 사람 모두 우정 어린 눈길을 재빨리 주고받았다. 그들은 서로 사정은 달랐지만 돈으로 인해 형제처럼 느꼈고, 가진 사람들로서, 바지 주머니에 손을 넣어 금화 쩔렁거리는 소리를 내는 사람들로서 위대한 동지의식을 느꼈다.

마차가 얼마나 느리게 달리는지 아침 10시가 되었는데 4리외도 채 가지 못했다. 남자들은 세 번이나 마차에서 내려 언덕을 걸어서 올라갔다. 그들은 불안해지기 시작했다. 토트에서 점심식사를 할 예정이었는데, 밤이 되기 전에 그곳에 도착할 가망이 없었기 때문이다. 저마다 길가에 주막이라도 있나 살폈는데, 그러다 마차가 눈 더미에 빠졌고, 꺼내는 데 두 시간이 걸렸다.

허기가 심해져서 모두 정신이 혼미해졌다. 프로이센 군대가 다가오고 굶주린 프랑스 군대가 지나간다는 소식에 모든 생업이 공포에 질려 허름한 식당 하나, 술집 하나 보이지 않았다.

남자들이 먹을 것을 구하러 길가의 농가로 달려갔지만 빵한 조각도 찾지 못했다. 먹을 게 하나도 없어 눈에 띄는 대로 강제로 빼앗는 군인들에게 약탈당할까 봐 경계심 많은 농부들이 비축 식량을 감춰 두었기 때문이다.

오후 1시쯤, 루아조가 뱃속이 텅 빈 것 같다고 말했다. 이미 오래전부터 모두가 그처럼 괴로워하고 있었다. 먹고 싶은 강렬한 욕구가 점점 커지면서 대화를 끊어 놓았다.

이따금 누군가 하품을 했다. 그러면 거의 이내 또 한 사람이 따라 해서, 저마다 성격과 처세술, 사회적 지위에 따라, 요란하게 입을 벌리거나 입김이 새어 나오는 벌어진 구멍 앞에 서둘러 손을 갖다 대며 점잖게 하품을 했다.

비곗덩어리는 여러 차례 몸을 숙여 치마 밑에서 뭔가를 찾는 듯했다. 잠깐 망설이다가 옆 사람들을 쳐다보고는 다시 조용히 몸을 일으켰다. 사람들의 얼굴은 하얗게 질리고 일그러져 있었다. 루아조는 햄 한 쪽에 천 프랑이라도 지불하겠다고 단언했다. 그의 아내가 반대 의사를 표시하려는 몸짓을 하더니 이내 잠잠해졌다. 그녀는 돈 낭비하는 소리만 들리면 언제나 괴로워했고, 그런 주제로 농담을 하는 것조차 이해하지 못했다.

"나도 몸 상태가 안 좋은 게 사실입니다. 어째서 음식을 가져올 생각을 못했을까요?" 백작이 말했다.

모두가 똑같은 자책을 하고 있었다.

그런데 코르뉘데는 럼주가 가득 든 물통을 하나 가지고 있었다. 그가 그걸 내밀자 모두가 차갑게 거절했다. 루아조 혼자 받아서 두 모금 마셨고, 물통을 돌려주면서 고맙다고 했다. "이거라도 마시니 좋군요. 몸이 덥혀지고 허기를 잊게 해주네요." 술기운에 기분이 좋아진 그가 노래 가사 속 작은 배에서 하듯이, 여행객 중에 가장 살찐 사람을 먹자고 제안했다. 비곗덩어리에 대한 그 간접적인 암시에 교양 있는 사람들이 깜짝 놀랐다. 아무도 대꾸하지 않았다. 코르뉘데만이 미소를 지었다. 두 수녀는 이미 묵주기도를 그만두고, 큰 소맷자락 속에 두 손을 집어넣은 채 아마도 하늘이 그들에게 내린 고통을 하늘에 바치는지 눈을 집요하게 내리깔고 꼼짝하지 않았다.

3시가 되자 마침내, 마을 하나 보이지 않고 끝없이 펼쳐진 들판 한가운데를 지날 때 비곗덩어리가 급히 몸을 숙이더니 의자 밑에서 흰 수건이 덮인 큰 바구니를 꺼냈다. 그녀는 먼저 거기서 작은 도자기 접시 하나와 고급 은잔 하나를, 그리고 곧 큼지막한 단지 하나를 꺼냈는데, 그 속에는 토막 낸 닭 두 마리가 젤리 소스에 잠겨 있었다. 바구니 속에는 포장된 다른 맛난 음식들도 보였다. 파테, 과일, 당과류, 3일 동안 여행하면서 여인숙의 음식에 손댈 일 없도록 준비해 온 음식들이었다. 그녀는 닭 날개 하나를 집어 들고 노르망디에서 '레장스'라고 부르는 작은 빵 하나와 같이 조심스레 먹기 시작했다.

모든 눈길이 그녀를 향했다. 곧 냄새가 퍼져 나가 콧구멍들을 벌렁거리게 했고, 귀밑 턱뼈의 고통스러운 긴장과 더불어 모두의 입에 침이 잔뜩 고이게 만들었다. 이 여자를 향한 부인들의 경멸은 더 맹렬해져서 그녀를 죽이거나 마차 밑 눈밭에다 그녀와 그녀의 단지와 바구니와 음식을 몽땅 던져 버리고 싶은 욕구로 변했다.

그런데 루아조가 눈으로 닭 단지를 집어삼킬 듯 바라보며 말했다. "잘하셨군요. 부인께서는 우리보다 준비성이 있으셨네요. 항상 모든 걸 생각할 줄 아는 사람들이 있지요." 그녀가 그를 향해 고개를 들며 말했다. "좀 드시겠어요? 아침부터 굶는 건 힘든 일이네요." 그가 인사를 했다. "그럼요. 솔직히 저는 거절하지 않겠습니다. 더는 그럴 수가 없어요." 그러더니 빙 둘러보며 그가 덧붙였다. "지금 같은 때에 친절을 베푸는 분을 만나는 건 정말이지 기쁜 일이지요." 그는 바지에 얼룩을 묻히지 않으려고 가지고 있던 신문을 펼쳤고, 주머니 속에 늘 들어 있는 칼끝으로 젤리가 잘 발라진 닭다리 한쪽을 잘라 내더니 이빨로 베어 물고는 너무도 눈에 띄게 흡족해하며 씹는 바람에 마차 안에 비탄의 한숨소리가 크게 터져 나왔다.

그러자 비곗덩어리는 겸손하고 상냥한 목소리로 두 수녀에게 자기 음식을 함께 나눠 먹자고 제안했다. 두 수녀 모두 즉각 받아들였고, 눈조차 들지 않고 고맙다는 말을 웅얼거리더니 아주 황급히 먹기 시작했다. 코르뉘데도 옆자리 여자의 제안을 거부하지 않았고, 두 수녀와 함께 무릎 위를 신문으로 덮어 식탁처럼 만들었다. 입들이 쉬지 않고 열렸다가 닫혔고, 집어삼키고, 씹고, 맹렬하게 먹어 댔다. 루아조는 자기 자리에서 열심히 먹으면서 나지막한 소리로 자기 아내에게 자기처럼 하라고 권했다. 그녀는 오랫동안 버티더니 장에 경련이 일자 무너졌다. 그러자 남편은 문장을 동글동글하게 다듬어서 루아조 부인에게 작은 조각 하나를 줄 수 있는지 "매혹적인 동행"에게 물었다. 그녀는 사랑스러운 미소를 지으며 항아리를 내밀었다. "그럼요, 물론이지요."

첫 번째 보르도 포도주 병을 열었을 때 난감한 일이 벌어졌다. 잔이 하나뿐이었던 것이다. 그들은 잔을 닦아서 건넸다. 코르뉘데만이 아마도 여성에 대한 정중한 예법 때문인지 옆에 앉은 여자의 입술이 닿아 아직 축축한 자리에 자기 입술을 댔다.

그러자 먹고 있는 사람들에 둘러싸여, 음식 냄새에 질식할 지경이 된 브레빌 백작과 백작 부인, 카레-라마동 씨와 부인은 탄탈로스*의 이름을 단 그 끔찍한 형벌에 고통받고 있었다. 갑자기 공장주의 젊은 아내가 한숨을 내쉬었고, 모두의 고개가 돌아갔다. 그녀는 바깥의 눈처럼 하얗게 질려 있었다. 그녀의 눈이 감기더니 이마가 숙여졌다. 정신을 잃은 것이다. 놀란 남편이 모두에게 도움을 청했다. 모두가 혼비백산했는데, 나이 많은 수녀가 환자의 머리를 받치더니 입술 사이로 비곗덩어리의 잔을 밀어 넣어 포도주 몇 모금을 마시게 했다. 예쁜 부인이 움직이더니 눈을 떴고, 미소를 지으며 죽어 가는 목소리로 이제 훨씬 좋아졌다고 말했다. 그러나 수녀는 그런

---

* 그리스 신화 속 인물인 탄탈로스는 신들의 음식을 훔쳐 인간에게 주거나 신들을 시험하는 등 오만한 짓을 범해 신들로부터 형벌을 받는데, 물과 먹을 것이 입에 닿을 듯 가까이 있지만 먹고 마시지 못하는 벌이다. '애타게 만들다'라는 의미의 영어 'tantalize'는 탄탈로스의 형벌에서 유래했다.

멧도요새 이야기

일이 다시 일어나지 않도록 그녀에게 보르도 와인을 한 잔 가득 마시게 하면서 덧붙였다. "배가 고파서 그런 겁니다. 다른 게 아니에요."

그러자 비곗덩어리는 당황해서 얼굴을 붉히더니 굶고 있는 여행객 네 명을 바라보며 더듬더듬 말했다. "세상에, 제가 감히 이 신사분과 부인들에게 드시라고 권해도 될는지요." 그녀는 실례가 범했을까 겁내며 입을 다물었다. 루아조가 말을 했다. "그럼요, 이런 경우에는 모두가 형제이고 서로 도와야 합니다. 자, 부인들, 그만 체면 차리시고 받아들이세요! 우리가 오늘 밤을 보낼 숙소를 구하게나 될지 어찌 알겠습니까? 지금 달리는 속도를 보아하니 내일 아침 전에는 토트에 닿기 어려울 겁니다." 그들은 머뭇거렸다. 누구도 "그럼요."라는 말의 책임을 떠안을 용기를 내지 못했다.

그런데 백작이 문제를 해결했다. 그가 주눅 든 뚱뚱한 여자를 향해 돌아보더니 귀족다운 당당한 태도로 말했다. "부인, 고맙게 받아들이겠습니다."

첫걸음만 힘들었을 뿐이다. 일단 루비콘강을 건너자 모두가 실컷 즐기며 먹었다. 바구니가 비어 갔다. 바구니에는 아직 푸아그라 한 조각, 종달새 파테 한 조각, 훈제 혀 한 조각, 크라산 배 몇 개, 퐁레베크산 치즈 한 덩어리, 한 입 크기의 케

이크 몇 개, 식초에 절인 미니 오이와 양파가 한 컵 가득 담겨 있었다. 비곗덩어리는 다른 모든 여자들과 마찬가지로 야채를 좋아했다.

그 여자의 음식을 먹으면서 그녀와 말을 하지 않을 수는 없었다. 따라서 그들은 얘기를 했다. 처음엔 조심스럽게, 그러다 그녀가 아주 바르게 처신했으므로 한결 편하게 말했다. 처세술이 뛰어난 브레빌 부인과 카레-라마동 부인은 세련되고 우아하게 행동했다. 특히 백작 부인은 어떤 접촉으로도 더러워질 수 없는 대단히 고귀하신 귀부인의 사랑스러운 호의를 보이며 품위 있게 행동했다. 그러나 여장부의 영혼을 타고난 건장한 루아조 부인은 여전히 무뚝뚝했고, 말은 거의 하지 않고 먹는 건 많았다.

자연스레 전쟁에 관한 얘기가 나왔다. 프로이센 병사들의 끔찍한 행동들, 프랑스군의 용감한 행동들에 대한 얘기였다. 달아나고 있는 이 모든 사람들은 달아나지 않는 다른 사람들의 용기에 경의를 표했다. 곧 사적인 이야기들이 시작되었고, 비곗덩어리는 여자들이 자연스러운 분노를 표현할 때 종종 보이는 열정을 실어 진솔한 감정으로 자신이 어떻게 루앙을 떠나게 되었는지 얘기했다. "처음엔 남아 있을 수 있을 거라고 생각했지요. 제 집에는 비축해 둔 식량도 많았어요. 어디로 갈지 모른 채 고국을 떠나느니 차라리 적의 병사 몇 명을 먹이는 편이 나을 것 같았지요. 그런데 막상 저들을 보니, 프로이센 병사들 말이에요, 참을 수가 없었어요! 그들을 보니 피가 끓었어요. 그래서 온종일 수치심에 울었지요. 오! 제가 남자였다면 그냥! 뾰족한 침이 달린 군모를 쓴 그 뚱뚱한 돼지들을 창문 너머로 바라보았어요. 제가 그들에게 가재도구를 던지지 못하게 하려고 하녀가 제 손을 붙잡곤 했지요. 얼마 후, 놈들이 제 집에 묵으려고 왔더군요. 저는 처음 보는 놈의 목에 달려들었어요. 프로이센 병사라고 다른 사람들보다 목 조르기가 더 힘들진 않더군요! 누가 내 머리채를 잡아당기지 않았다면 그놈을 끝장냈을 겁니다. 이런 일이 있고 나니 나는 몸을 숨겨야 했어요. 그러다 이 기회를 알게 되어 떠났고, 이 자리에 있게 된 겁니다."

사람들은 그녀를 매우 칭찬했다. 그렇게 용감한 모습을 보이지 않았던 동료들의 치하를 들으며 그녀는 커지는 듯했다. 코르뉘데는 그녀의 말을 들으면서 사도처럼 동조하며 호의적인 미소를 줄곧 지었다. 심지어 독실한 신자가 신을 찬양하는 소리를 듣는 사제 같았다. 수염을 길게 기른 민주주의자들은 사제복을 입은 이들이 종교를 독점하듯이 애국심을 독점하기 때문이다. 자기 차례가 되자 그는 거드름을 피우며 매일 벽에 나붙는 선언문들에서 배운 과장을 실어 말했고, "사기꾼 바댕게"*를 당당하게 비난하는 말로 끝냈다.

그러나 비곗덩어리는 즉각 화를 냈다. 그녀는 보나파르트파**였던 것이다. 그래서 얼굴이 버찌보다 더 새빨개지더니 격분해서 말까지 더듬었다. "여러분들이 그 자리에 있었다면 어쨌을지 보고 싶군요. 볼만했을 겁니다, 암요! 그 사람을 배반한 건 여러분들입니다! 당신들 같은 겁쟁이들이 통치했다면 우리는 프랑스를 떠나야 했을 겁니다!" 코르뉘데는 태연하게 멸시하는 듯 거만한 미소를 짓고 있었다. 하지만 상스러운 말이 쏟아질 것 같은 찰나에 백작이 끼어들어 어떤 의견이든 진지한 의견은 존중받아 마땅하다고 위엄 있는 어조로 주장해 격분한 여자를 겨우 진정시켰다. 한편 공화국에 대해 품위 있는 사람들이 품는 비합리적인 증오와, 모든 여자들처럼 화려하고 전제적인 통치에 대해 본능적인 애정을 품고 있던 백작부인과 공장주 부인은 자신들과 대단히 유사한 감정을 느끼는 그 품격 있는 창녀에게 자신들도 모르게 끌렸다.

바구니는 비었다. 열 사람이 어렵지 않게 비웠고 바구니가

---

* 나폴레옹 3세가 쿠데타를 일으켰다가 체포되었을 때 바댕게라는 화가의 옷을 빌려 입고 탈출했다 해서 나폴레옹 3세에게 붙여진 조롱조의 별명.

** 나폴레옹 1세와 3세로 이어지는 보나파르트 가문의 왕정 체제를 지지하는 파.

더 크지 않은 걸 아쉬워했다. 대화는 얼마간 계속되었지만, 다 먹고 난 뒤로는 조금 시들해졌다.

밤이 내려 점차 어둠이 깊어졌고, 먹은 걸 소화시키는 동안엔 추위에 더 민감해져서 비곗덩어리는 지방이 많았지만 몸을 떨었다. 그러자 브레빌 부인이 아침부터 벌써 석탄을 여러 차례 갈아 넣은 발난로를 그녀에게 건넸고, 발이 언 것만 같던 그녀는 바로 받아들였다. 카레-라마동 부인과 루아조 부인은 자신들의 발난로를 수녀들에게 내주었다.

마부는 어느새 등불을 밝혔다. 등불은 땀에 젖은 말 엉덩이에서 피어오르는 김을 선명하게 비추었고, 길 양편의 눈은 일렁이는 불빛 아래 펼쳐지는 듯했다.

마차 안에서는 이제 아무것도 식별할 수 없었다. 그런데 갑자기 비곗덩어리와 코르뉘데 사이에서 어떤 움직임이 있었다. 어둠을 살피던 루아조는 긴 수염을 단 남자가 소리 없이 한 대 얻어맞은 것처럼 재빨리 떨어져 앉는 걸 본 것 같았다.

길 앞쪽에 작은 불빛이 점점이 보였다. 토트였다. 그들은 열한 시간을 달려왔다. 말들에게 귀리를 먹이고 숨을 돌리게 하느라 네 번 쉰 두 시간을 포함하면 열네 시간이나 되었다. 그들은 마을로 들어가서 코메르스호텔 앞에 멈춰 섰다.

마차 문이 열렸다. 익히 잘 아는 소리가 모든 여행객을 소스라치게 했다. 칼집이 땅에 끌리는 소리였다. 곧 웬 독일인의 목소리가 뭔가를 외쳤다.

마차가 꼼짝하지 않는데도 아무도 내리지 않았다. 마차 밖으로 나가자마자 사살당할 거라 예상하는 것 같았다. 그때 마부가 손에 등불을 들고 나타나 불쑥 마차 안쪽에 두 줄로 자리한 질겁한 얼굴들을 비추었다. 놀라고 겁에 질려 모두 입은 벌리고, 눈은 동그랗게 뜨고 있었다.

마부 옆에 독일군 장교 한 명이 환한 빛 가운데 서 있었다. 키 크고 아주 마른 금발의 청년이었는데, 코르셋을 입은 여자처럼 꼭 끼는 군복을 입고 밀랍 입힌 납작한 모자를 옆에 끼고 있어 꼭 영국 호텔 종업원 같아 보였다. 길고 뻣뻣한 그의 콧수염은 양쪽 끝이 무한히 가늘어지다가 너무 가늘어져서 끄트머리엔 한 가닥 노란 털만 남아 눈에 보이지도 않았는데, 그 기상천외한 콧수염이 입가로 무겁게 늘어져 뺨을 늘어뜨리고 입술에 주름을 새기는 것 같았다.

그는 뻣뻣한 말투의 알자스 지방의 프랑스어로 여행객들에게 마차 밖으로 나오라고 촉구했다. "신사 숙녀 여러분, 내뤄어 추시겠습니까?"*

* 프로이센 장교는 독일어 억양으로 프랑스어를 말하고 있다.

두 수녀가 온갖 순종에 길든 성녀들의 온순함을 보이며 가장 먼저 순종했다. 이어서 백작과 백작 부인이 나타났고, 그 뒤를 공장주와 그의 아내가, 그리고 루아조가 덩치 큰 아내를 밀면서 내렸다. 루아조가 땅에 발을 디디며 장교에게 말했다. "안녕하십니까". 예의보다는 신중함의 표현이었다. 상대는 절대 권력을 쥔 사람들처럼 대답 않고 거만하게 그를 쳐다보았다.

비곗덩어리와 코르뉘데는 문 가까이 있었지만 근엄하고 당당한 태도로 가장 늦게 적 앞에 내렸다. 뚱뚱한 여자는 감정을 억누르며 침착하려고 애썼다. 민주주의자는 극적으로 손을 살짝 떨며 불그스레한 긴 수염을 매만졌다. 그들은 이런 만남에서 각자가 조금은 자기 나라를 대표한다고 알고서 위엄을 지키려 했다. 그녀는 동료들의 순응하는 태도에도 화가 나서 옆자리의 교양 있는 여자들보다 더 당당한 모습을 보이려 애썼고, 그는 본보기를 보여야 한다고 느끼고서 길에 구덩이를 팔 때 시작된 저항의 사명을 모든 태도에서 드러냈다.

그들은 여인숙의 넓은 부엌으로 들어갔고, 독일군은 각 여행객의 이름과 인상착의, 직업이 적혀 있고, 총사령관이 서명한 여행허가증을 제시하게 하더니 기재된 정보와 사람을 비교해 가며 모든 사람을 오랫동안 조사했다.

잠시 후 그가 불쑥 말했다. "좋습니다". 그러곤 사라졌다.

그제야 사람들은 한숨 돌렸다. 아직 배가 고파서 저녁을 주문했다. 준비하는 데 반 시간이 걸린다고 했다. 두 하녀가 식사를 차리는 동안 그들은 방을 보러 갔다. 방들은 모두 긴 복도에 자리하고 있었고, 복도 끝에는 설명이 필요 없는 번호가 적힌 유리문이 있었다.

마침내 식탁에 앉으려는데 여인숙 주인이 나타났다. 예전에 말 장수였던 그 뚱뚱한 남자는 천식을 앓아서 목구멍에서 휘파람 소리, 쉰 소리, 가래 끓는 소리가 났다. 그의 아버지는 그에게 폴랑비라는 성을 물려주었다.

그가 물었다.

"엘리자베트 루세 양?"

비곗덩어리가 깜짝 놀라며 돌아보았다.

"전데요."

"프로이센 장교가 당장 아가씨한테 할 말이 있답니다."

"저한테요?"

"네, 아가씨가 엘리자베트 루세 양이 맞다면요."

그녀는 당황하더니 잠시 고심했고, 곧 단호하게 말했다.

"갈 수는 있지만 전 안 가겠어요."

그녀 주위에서 술렁임이 일었다. 저마다 이 명령의 이유를 찾으며 논의했다. 백작이 다가와서 말했다.

"잘못 생각한 겁니다. 그런 거절은 상당한 어려움을 불러올 수 있습니다. 당신한테만이 아니라 우리 모두에게도 말입니다. 힘 있는 자들에게는 절대 저항하면 안 됩니다. 가보셔도 분명히 아무 위험할 게 없을 겁니다. 아마 뭔가 빠뜨린 절차 때문일 겁니다."

모두가 백작과 뜻을 같이하며 그녀에게 간청하고 재촉하고 훈계했다. 결국 그녀를 설득했다. 괜히 경솔한 짓을 했다가 일이 복잡해질까 모두가 겁냈던 것이다. 마침내 그녀가 말했다.

"여러분 때문에 가는 겁니다!"

백작 부인이 그녀의 손을 잡으며 말했다.

"우리 모두 고맙게 생각해요."

그녀가 나갔다. 그들은 식탁에 앉기 위해 그녀를 기다렸다. 저마다 그 격하고 성마른 여자 대신에 호출되지 않은 것을 안타까워했고, 자기를 부를 경우를 위해 비굴한 태도를 머릿속으로 준비했다.

그런데 10분이 지나자 그녀가 격분해서 질식할 정도로 새빨간 얼굴로 씩씩대며 다시 나타났다. 그녀가 떠듬거리며 말했다. "오, 더러운 자식! 더러운 놈!"

모두가 무슨 일인지 알고 싶어 했지만 그녀는 아무 말도 하지 않았다. 백작이 거듭 캐묻자 그녀는 대단히 위엄 있는 태도로 대답했다. "싫습니다. 여러분과 상관없는 일이에요. 말할 수가 없어요."

그래서 그들은 양배추 냄새가 새어 나오는 움푹한 수프 그릇을 둘러싸고 앉았다. 그 위험 징후에도 불구하고 저녁식사는 즐거웠다. 능금주가 맛있어서 루아조 부부와 수녀들은 돈도 아낄 겸 능금주를 마셨다. 다른 사람들은 포도주를 주문했다. 코르뉘데는 맥주를 청했다. 그는 병을 따서 술에 거품이 일게 따르고 잔을 기울여 응시하더니 등잔과 눈 사이에 술잔을 들어 올려 빛깔을 감상하는 특이한 행동을 했다. 그리고 술을 마실 때는 그가 좋아하는 술의 색깔을 띤 긴 턱수염이 희열로 전율하는 듯했다. 눈에서 조금도 술잔을 놓치지 않으려다 보니 사팔뜨기 눈을 하고 그는 오직 술을 마시기 위해 태어난 사람처럼 유일한 임무를 다하는 듯했다. 그의 삶을 온통 사로잡은 두 개의 큰 열정, 즉 페일 에일 맥주와 혁명을 머릿속에서 연결 짓고 있는 것 같았다. 그래서 그는 맥주를 맛보면서 혁명을 생각하지 않을 수 없었다.

폴랑비 부부는 식탁 끝에서 저녁식사를 했다. 남자는 지친 기관차처럼 헐떡였는데, 먹으면서 말까지 하려면 폐에 과부하가 걸렸다. 그러나 여자는 입을 다무는 법이 없었다. 그녀는 프로이센 군대가 도착했을 때 받은 인상을 낱낱이 얘기했다. 군인들이 무엇을 하고, 무슨 말을 했는지 얘기하면서 그들에 대한 증오를 표출했는데, 무엇보다 돈이 들기 때문이었고, 아들이 둘이나 군대에 있기 때문이었다. 그녀는 귀부인과 얘기를 한다는 사실에 우쭐해서 특히 백작 부인에게 말을 했다.

그러다 미묘한 이야기를 할 때는 목소리를 낮추었는데, 그러면 그녀의 남편이 간간이 그녀의 말을 끊었다.

"폴랑비 부인, 입을 다무는 게 좋겠소."

그러나 그녀는 아랑곳하지 않고 계속했다.

"네, 부인, 저자들은 그저 감자와 돼지고기만 먹어요. 돼지고기에 감자만 먹는다니까요. 저들이 깨끗하다고 생각하시면 안 됩니다. 절대 아닙니다! 이런 말씀 드리기 죄송하지만, 아무 데나 싸댑니다. 저들이 몇 시간이고 며칠이고 훈련하는 걸 보셨어야 하는데. 모두 들에서 앞으로 갔다가 뒤로 갔다가 이리 돌았다가 저리 돌곤 하지요. 적어도 땅을 갈든가 아니면 자기들 나라에서 길이라도 닦으면 얼마나 좋겠어요! 그렇습니다, 부인, 저 군인들은 아무짝에도 이로울 게 없어요! 그저 학살하는 법이나 배우라고 가난한 사람들이 저들을 먹여야 하다니요! 저는 배운 것 없는 할망구지만 아침부터 저녁까지 지치도록 제자리걸음이나 하는 저자들을 보면 이런 생각이 듭니다. 이로움을 주려고 그 많은 발견을 한 사람들이 있는가 하면, 해를 끼치려고 저렇게 기를 쓰는 사람들도 있군! 사실 프로이센 사람이건, 영국 사람이건, 폴란드 사람이건, 프랑스 사람이건 사람을 죽이는 건 끔찍한 짓이잖습니까? 우리에게 해를 끼친 사람에게 다시 복수를 하는 건 벌을 받게 되니 악한 짓이고, 우리 병사들을 사냥하듯이 총으로 쏴 죽이는 건 선한 짓입니까? 가장 많이 죽인 자에게 훈장을 주니 하는 말입니다! 보시다시피 저는 이런 일을 도무지 이해할 수가 없습니다!"

코르뉘데가 목소리를 높였다.

"평화로운 이웃을 공격하는 전쟁은 야만 행위지만, 조국을 지키기 위한 전쟁은 성스러운 의무지요."

노파가 고개를 떨구며 말했다.

"네, 방어를 하는 건 다른 겁니다. 그렇다면 차라리 자기들의 즐거움을 위해 전쟁을 벌이는 모든 왕들을 죽여야 하지 않겠습니까?"

코르뉘데가 눈을 반짝이며 말했다.

"브라보, 여성 시민 동지!"

카레-라마동 씨는 깊은 생각에 잠겼다. 그는 저명한 장수들을 좋아했지만 이 시골 아낙의 식견을 듣고 보니, 놀고 있는 그 많은 손들, 다시 말해 돈이 많이 드는 그 많은 손들, 비생산적으로 내버려 두는 그 많은 힘들을 몇 세기가 걸려야 완수할 대규모 산업에 활용한다면 나라에 얼마나 큰 풍요를 가져올까 하는 생각이 들었다.

그러나 루아조는 자기 자리에서 일어나 여인숙 주인과 나지막이 얘기했다. 뚱뚱한 남자는 웃다가 기침하다가 가래를 뱉곤 했다. 옆 사람의 농담에 웃느라 거대한 배를 들썩이더니 그는 프로이센 군대가 떠나고 나면 봄에 쓰려고 루아조에게 보르도 포도주 여섯 통을 샀다.

저녁식사가 끝나자마자 모두가 기진맥진해서 자러 갔다.

그런데 사태를 지켜보던 루아조는 아내를 잠자리에 들게 하고는 열쇠 구멍에 귀를 댔다 눈을 댔다 하면서 자신이 '복도의 비밀'이라고 부르던 것을 알아내려고 애썼다. 한 시간 정도 지났을 때, 뭔가 스치는 소리가 들려 그가 황급히 내다보니 하얀 레이스가 달린 파란색 캐시미어 가운을 걸쳐서 더 포동포동해 보이는 비곗덩어리가 눈에 들어왔다. 그녀는 촛대를 들고 복도 끝에 번호가 굵게 적힌 곳으로 향했다. 그런데 옆쪽 문 하나가 반쯤 열리더니 그녀가 몇 분 뒤에 돌아올 때 멜빵 차림의 코르뉘데가 그녀 뒤를 따라왔다. 두 사람은 나지막이 말을 나누더니 얼마 후 멈춰 섰다. 비곗덩어리가 자기 방

에 들어오지 못하게 힘껏 막는 것 같았다. 안타깝게도 루아
조는 말을 듣지 못했는데, 결국 두 사람의 목소리가 높아지는
바람에 몇 마디는 들을 수 있었다. 코르뉘데는 맹렬히 고집했
다.

"이봐요, 바보 같군요. 그게 무슨 상관입니까?"

그녀는 화가 난 표정으로 대답했다.

"안 돼요. 그런 일을 할 수 없는 때가 있어요. 게다가 여기
서 그러는 건 수치스러운 일이 될 겁니다."

그는 전혀 납득하지 못하겠는지 이유를 물었다. 그러자 그
녀가 한층 더 목소리를 높여 버럭 화를 냈다.

"왜냐고요? 왠지 모르겠어요? 프로이센군이 이 집에, 아니
어쩌면 바로 옆방에 있는지 모르는데 그런 말을 해요?"

그는 입을 다물었다. 적 옆에서 잠자리를 가질 수는 없다
는 이 창녀의 애국심 어린 정숙이 그의 마음에 약해져 가던
자존심을 일깨웠는지 그는 그저 그녀를 포옹만 하고는 살금
살금 자기 방으로 돌아갔다.

루아조는 잔뜩 흥분한 채 열쇠 구멍에서 떨어져 나와 자기
방에서 발레 동작을 하듯 폴짝 뛰더니 마드라스산 잠옷을 입
고 골격 튼튼한 아내가 덮고 있는 이불을 들췄고, 키스로 아
내의 잠을 깨우며 중얼거렸다. "당신, 나 사랑해?"

이윽고 온 집 안이 고요해졌다. 그러나 곧 어디선가, 지하실인지 다락인지 방향을 가늠할 수 없는 어디선가 힘찬 코골이 소리가 들려 왔다. 압력받은 솥처럼 들썩이며 단조롭고 규칙적이며, 묵직하게 오래도록 이어지는 소리였다. 폴랑비 씨가 자고 있었던 것이다.

이튿날 8시에 떠나기로 되어 있었기에 모두가 부엌에 집합했다. 그런데 덮개에 눈 지붕을 얹은 마차가 뜰 한가운데 말도 마부도 없이 덩그러니 남아 있었다. 마구간으로, 사료창고로, 곳간으로 가봐도 마부를 찾을 수가 없었다. 그러자 남자들 모두가 일대를 뒤지기로 마음먹고 밖으로 나왔다. 그렇게 광장에 이르렀는데, 광장 안쪽에는 성당이 있고, 양옆으로 늘어선 나지막한 집들에는 프로이센 병사들이 보였다. 그들이 가장 먼저 본 병사는 감자 껍질을 깎고 있었다. 두 번째 병사는 미용사의 가게를 청소하고 있었다. 눈까지 털이 북실북실한 또 다른 병사는 울고 있는 어린아이를 안고 달래려고 무릎에 얹어 흔들고 있었다. 남자들을 "전쟁 군대"에 보낸 뚱뚱한 시골 아낙들이 고분고분한 정복자들에게 해야 할 일을 손짓으로 지시하고 있었다. 병사들은 장작을 패고, 수프에 물을 붓고, 커피를 갈았다. 심지어 그들 중 한 명은 거동이 불편한 집주인 노파의 속옷까지 빨았다.

놀란 백작이 사제관에서 나오는 성당지기에게 물었다. 성당지기 노인이 대답했다. "오! 저들은 나쁜 사람들이 아닙니다. 사람들이 말하는 그런 프로이센 군인이 아니에요. 어딘지는 잘 모르지만 더 먼 데서 온 사람들이에요. 그리고 모두 자기 나라에 아내와 자식들을 두고 왔어요. 저들도 전쟁이 즐겁지 않은 거지요! 그 나라에서도 남자들을 떠나보내고 분명히 울고 있을 겁니다. 우리처럼 그들에게도 전쟁은 극심한 가난을 가져왔을 겁니다. 이곳은 아직까지는 그렇게 불행하지 않아요. 저 사람들이 나쁜 짓도 하지 않고 자기들 집에서 하던 것처럼 일하고 있으니까요. 보시다시피, 가난한 사람들끼리는 서로 돕습니다. 전쟁을 일으키는 건 높은 사람들이지요."

코르뉘데는 승자들과 패자들 사이에 생겨난 화목한 교감에 화가 나서 차라리 여인숙에 틀어박히려고 돌아갔다. 루아조는 웃자고 한마디 했다. "저들이 인구를 다시 늘리고 있군요." 카레-라마동 씨가 진지하게 한마디 했다. "변상을 하는 거죠." 그런데 마부는 찾을 수가 없었다. 마침내 마을 카페에서 장교의 당번병과 함께 사이좋게 앉아 있는 마부를 발견했다. 백작이 그를 불렀다.

"8시에 말을 매라고 하지 않았나?"

"아, 그러셨지요. 그렇지만 그 뒤로 다른 명령이 내려와서요."

"무슨 명령 말인가?"

"절대로 말을 매지 말라는 명령입니다."

"그 명령을 누가 내렸나?"

"물론 프로이센 장교이지요."

"왜?"

"저야 모르죠. 가서 물어보세요. 말을 매지 말라니 저는 매지 않을 뿐입니다."

"장교가 직접 말하던가?"

"아닙니다. 여인숙 주인이 전했습니다."

"그게 언젠가?"

"어제저녁에 제가 자러 갈 때였습니다."

세 남자는 매우 불안한 마음으로 돌아갔다.

그들이 폴랑비 씨를 찾았더니 하녀가 천식 때문에 주인은 10시 전에는 절대 일어나지 않는다고 대답했다. 심지어 불이 난 경우가 아니라면 그 시간 전에는 절대로 깨우지 말라고 했다는 것이다.

그들은 장교를 만나보고 싶었지만, 그가 여인숙에 묵고 있는데도 전혀 불가능했다. 폴랑비 씨만이 민간 용무로 그에게 말을 할 수가 있었다. 그래서 그들은 기다렸다. 여자들은 다시 방으로 올라가서 자질구레한 일로 소일했다.

코르뉘데는 불이 활활 타고 있는 부엌의 높은 벽난로 아래 자리를 잡았다. 거기서 카페의 작은 탁자와 맥주 하나를 가져오게 하고는 파이프를 꺼냈다. 민주주의자들 사이에서 거의 코르뉘데만큼 존경받는 파이프였는데, 그들은 그 파이프가 코르뉘데에게 봉사하면서 조국에 봉사한다고 여기는 모양이었다. 멋들어지게 손때가 묻은 그 근사한 해포석 파이프는 연기에 그을려 주인의 이빨만큼이나 까맣고, 멋스럽게 휘어지고 반짝였으며, 그의 손에 길들어 거의 그의 용모의 일부가 되었다. 그는 때로는 난로 불꽃을, 때로는 맥주잔을 덮은 거품을 뚫어져라 바라보며 꼼짝하지 않았다. 그러곤 술을 마실 때마다 흡족한 얼굴로 거품 묻은 콧수염을 빨며 가늘고 긴 손가락으로 기름진 긴 머리카락을 훑었다.

루아조는 곱은 다리를 푼다는 구실을 대고 그곳 소매상인들에게 포도주를 팔러 갔다. 백작과 공장주는 정치 이야기를 시작했다. 그들은 프랑스의 미래를 내다보았다. 한 사람은 오를레앙파를 믿었고, 다른 한쪽은 미지의 구세주를, 모든 게 절망적일 때 나타날 영웅을 믿었다. 뒤 게슬랭* 같은 영웅이

* 베르트랑 뒤 게슬랭(1320-1380), 백년전쟁 때 맹활약한 프랑스의 총사령관.

나 혹은 잔다르크 같은 영웅? 아니면 나폴레옹 1세 같은 영웅? 아! 황태자가 저렇게 어리지만 않았어도! 코르뉘데는 두 사람의 말을 들으면서 운명의 말을 아는 사람처럼 미소 지었다. 그의 파이프가 부엌을 향기로운 냄새로 채웠다.

10시 종이 울리자 폴랑비 씨가 나타났다. 사람들이 서둘러 물었지만 그는 똑같은 말만 두세 번 되풀이했다. "장교가 나한테 이렇게 말했어요. '폴랑비 씨, 내일 저 여행객들의 마차에 말을 매지 못하게 하세요. 내 명령 없이 저들이 떠나는 걸 원치 않아요. 알아들었죠. 그럼 됐어요.'"

그래서 그들은 장교를 만나기로 했다. 백작의 명함에 카레-라마동 씨의 이름과 모든 직책을 적어 장교에게 보냈다. 프로이센 장교는 점심식사를 한 뒤에, 다시 말해 1시쯤에 두 사람을 면담하겠다고 답을 보내왔다.

여자들이 다시 나타났고, 모두 불안했지만 뭔가를 조금씩 먹었다. 비곗덩어리는 아픈 것 같았고, 매우 당혹스러운 얼굴이었다.

커피를 다 마셨을 때 장교 당번병이 신사들을 데리러 왔다.

루아조가 두 신사와 함께 가겠다고 나섰다. 그들은 거동에 조금 더 격식을 갖추려고 코르뉘데까지 데려가려 했으나 그는 독일군들과는 어떤 관계도 맺을 생각 없다고 보란 듯이 선언했다. 그러곤 맥주를 하나 더 주문하고 난롯가로 돌아갔다.

세 남자는 위층으로 올라가 여인숙에서 제일 좋은 방으로 안내되었는데, 장교는 아마도 취향이 저급한 어느 부르주아가 버리고 간 집에서 훔쳤을 법한 번쩍이는 붉은색 실내복 차림에 안락의자에 길게 누워 벽난로에 발을 올린 채 긴 도자기 파이프로 담배를 피며 그들을 맞이했다. 그는 일어서지도 않았고, 인사도 건네지 않았고, 쳐다보지도 않았다. 승리한 군인의 속성인 무례함의 탁월한 전형을 보여 주고 있었다.

잠시 후 그가 마침내 말했다.

"무슨 일립니까?"

백작이 말했다.

"우리는 떠나고 싶습니다."

"안 됩니다."

"거절의 이유를 물어봐도 되겠습니까?"

"내가 원치 않기 태문입니다."

"총사령관께서 우리에게 디에프로 가는 여행허가증을 발부했다는 사실을 유념해 주셨으면 합니다. 그리고 우리가 이런 가혹한 처사를 받을 만한 일을 한 게 전혀 없다고 생각합니다만."

"내가 원치 않습니다… 그뿐입니다. 내뤄어가시오."

세 사람 모두 허리 굽혀 인사를 하고 물러났다.

오후는 비참했다. 그들은 독일군의 변덕을 도무지 이해하지 못했고, 온갖 괴이한 생각들이 그들의 머리를 어지럽혔다. 모두 부엌에 모여 있을 수 없는 일들을 상상하며 끝없는 토론을 이어갔다. 그들을 인질로 잡아 두려는 거라면 대체 무슨 목적일까? 아니면 그들을 포로로 데려가려는 걸까? 아니면 그들에게 엄청난 몸값을 요구하려는 걸까? 이런 생각을 하자 공포가 엄습해 왔다. 자기 목숨을 사기 위해 저 오만한 병사의 손에 금을 가득 채운 자루들을 어쩔 수 없이 떠안기는 모습을 상상하고 가장 부유한 사람들이 가장 겁에 질렸다. 그들은 자기 재산을 숨기고, 가난한 사람으로, 아주 가난한 사람으로 보이게 해줄 그럴듯한 거짓말을 찾으려고 머리를 쥐어짰다. 루아조는 금시계 줄을 풀어 주머니 속에 감췄다. 밤이 되자 불안은 더 커졌다. 등불이 켜졌고, 저녁식사까지 아직 두 시간이나 남아서 루아조 부인이 카드놀이나 하자고 제안했다. 기분 전환이 될 것이다. 모두 제안을 받아들였다. 코르뉘데마저 예의상 파이프를 끄고 가담했다.

백작이 카드를 섞어서 돌렸는데, 비곗덩어리가 단번에 이기는 패를 내놓았다. 곧 게임의 재미가 사람들의 머리를 사로잡았던 두려움을 가라앉혔다. 그런데 루아조 부부가 한패가 되어 속임수를 쓰는 걸 코르뉘데가 알아차렸다.

그들이 저녁 식탁에 앉으려는 순간에 폴랑비 씨가 다시 나타나 쉰 목소리로 말했다. "프로이센 장교가 엘리자베트 루세 양이 아직 생각을 안 바꾸었는지 물어보라 하십니다."

비곗덩어리는 하얗게 질린 채 서 있었다. 그러다 갑자기 얼굴이 새빨개지더니 숨이 막히도록 화가 나서 말조차 하지 못했다. 마침내 그녀가 폭발하듯 말을 쏟았다. "그 천한 놈에게, 그 더러운 자식, 그 썩어 빠진 프로이센 놈에게 가서 말하세요. 나는 절대로 원치 않는다고요. 잘 들으세요, 절대로, 절대로, 절대로 싫다고요!"

뚱뚱한 여인숙 주인이 나갔다. 그러자 모두 비곗덩어리를 에워싸고 캐물으며 면담의 비밀을 밝히라고 간청했다. 처음에 그녀는 거부했지만 곧 치미는 부아를 못 이기고 외쳤다. "그가 뭘 원하냐고요? 그 작자가 뭘 원하냐고요?… 나랑 자고 싶대요!" 누구도 그 말에 경악하지 않았다. 그만큼 분노가 격렬했던 것이다. 코르뉘데는 잔을 탁자 위에 거세게 내려놓다가 깨뜨렸다. 그 상스러운 군인을 지탄하는 아우성이, 분노의 한숨이 쏟아졌고, 모두가 저항을 위해 하나로 단결했다. 마치 그녀에게 요구된 희생의 일부를 자신이 요구받은 것처럼 느끼는 듯했다. 백작은 저자들이 옛 야만인들처럼 처신한다고 혐

오감을 드러내며 말했다. 누구보다 여자들이 비곗덩어리에게 다정하고 열렬한 연민을 보여 주었다. 식사시간에만 나타나는 수녀들은 고개를 숙인 채 아무 말도 하지 않았다.

처음의 분노가 가라앉자 저녁식사를 했다. 그러나 말은 거의 하지 않았다. 그들은 생각에 잠겼다.

부인들은 일찍 자리를 떴고, 남자들은 담배를 피면서 에카르테 카드게임을 했는데, 폴랑비 씨도 초대했다. 장교의 반대를 물리치기 위해 사용할 수단에 관해 슬며시 물어볼 의도였다. 그러나 그는 자기 카드만 생각하느라 아무 말도 듣지 않고 아무 대답도 하지 않았다. 그저 끊임없이 이런 말만 되풀이했다. "게임에 집중하세요, 여러분. 게임에." 그는 너무 몰두해서 가래침을 뱉는 것조차 잊었고, 그래서 이따금 그의 가슴에서 오르간 피날레 소리가 났다. 휘파람 소리를 내는 그의 폐는 천식의 온갖 음계를 연주했다. 깊고 낮은 음부터, 울어 보려고 애쓰는 어린 수탉의 높고 쉰 소리까지.

그는 심지어 그의 아내가 졸려서 그를 데리러 왔을 때도 위층으로 올라가길 거부했다. 그러자 그녀는 혼자 떠났다. 그녀는 '아침형'이어서 언제나 해가 뜰 때 일어났고, 그녀의 남편은 '저녁형'이어서 언제나 친구들과 함께 밤을 새울 준비가 되어 있었다. 그가 그녀에게 소리쳤다. "계란 노른자 띄운 내 우유는 불 앞에 놓아둬요." 그러곤 다시 게임에 몰두했다. 그에게서 아무것도 끌어낼 게 없다는 걸 알자 그들은 자러 갈 시간이라고 말하고 각자 방으로 갔다.

이튿날도 그들은 막연한 희망과 어서 떠나고 싶은 욕구와 함께, 그 초라하고 끔찍한 여인숙에서 또 하루를 보내야 할지 모른다는 두려움을 품고 꽤 일찍 일어났다.

맙소사! 말은 여전히 마구간에 있었고, 마부는 눈에 띄지 않았다. 그들은 어찌할 바 모르고 마차 주위만 맴돌았다.

아침식사는 매우 침울했다. 비곗덩어리를 대하는 태도엔 냉랭한 분위기가 생겨났다. 훈수를 두는 밤이 사람들의 판단을 살짝 바꿔 놓은 것이다. 이제 그들은 잠에서 깼을 때 동료들에게 멋진 깜짝 선물을 안겨 주기 위해 몰래 프로이센 장교를 만나러 가지 않은 그 여자를 거의 원망했다. 그보다 더 간단한 일이 어디 있겠나? 게다가 누가 알겠는가? 그녀는 장교에게 동료들의 불행이 딱해서 왔다고 말해 체면을 살릴 수도 있었을 것이다. 그녀에게는 이런 일이 그리 중요한 것도 아니잖은가!

그러나 아직은 누구도 이런 생각을 털어놓지 않았다.

오후에 모두가 죽도록 따분해하자 백작이 마을 주변으로 산책이나 하자고 제안했다. 모두가 단단히 몸을 감쌌고, 불가에 남아 있고 싶다는 코르뉘데와 성당이나 사제관에서 하루를 보내는 수녀들만 남기고 작은 무리는 떠났다.

나날이 심해지는 추위가 코와 귀를 매섭게 찔렀다. 발이 너무 시려서 내딛는 한 걸음 한 걸음이 고통이었다. 끝없이 펼쳐진 눈 아래 무섭도록 음산한 들판이 나타나자 모두가 심장이 죄어 오고 영혼마저 얼어붙는 것 같아서 이내 발걸음을 돌렸다.

네 여자가 앞서 걸었고, 그 뒤를 세 남자가 조금 떨어져서 걸었다.

상황을 파악한 루아조가 갑자기 "저 매춘부"가 그들을 이런 장소에 오래도록 묶어 두려는 건지 물었다. 언제나 예의 바른 백작은 여성에게 그렇게 힘든 희생을 요구할 수는 없다고, 그런 희생은 스스로 나서야 하는 거라고 말했다. 카레-라마동 씨는 프랑스 군대가 소문대로 디에프에서 반격을 한다면 충돌은 토트에서 일어날지 모른다고 지적했다. 이 성찰이 다른 두 남자를 걱정에 빠뜨렸다. "걸어서 달아나는 건 어떨까요?" 루아조가 물었다. 백작이 어깨를 으쓱했다. "이런 눈 밭에 여자들을 데리고요? 즉각 추격당해 10분 안에 붙잡혀서 포로 신세가 되어 목숨을 군인들의 처분에 맡기게 될 겁니다." 맞는 말이었다. 그래서 모두가 입을 다물었다.

여자들은 옷 치장에 대해 얘기했다. 그러나 어떤 거북함이 그들을 갈라놓고 있는 듯했다.

갑자기 길 끝에 장교가 나타났다. 지평선을 덮은 눈밭에서 그는 제복 입은 늘씬한 옆모습을 드러내고, 정성껏 닦아 놓은 군화를 더럽히지 않으려고 애쓰는 병사들 특유의 동작으로 무릎을 벌린 채 걷고 있었다.

그는 귀부인들 곁을 지나면서 고개 숙여 인사를 했고, 적어도 모자를 벗지 않는 자존심만큼은 지킨 남자들을 멸시하듯 바라보았다. 그 와중에 루아조는 모자를 벗는 시늉을 하다가 말았다.

비곗덩어리는 귓불까지 새빨개졌다. 결혼한 세 여자는 그가 그토록 무례하게 대한 그 여자와 함께 있을 때 그 군인을 만난 데서 큰 모욕감을 느꼈다.

여자들은 그 장교에 대해, 그의 외모에 대해, 그의 얼굴에 대해 얘기했고, 많은 장교들을 알고 전문가로서 판단해 온 카레-라마동 부인은 그가 괜찮은 사람이라고 생각했다. 그녀는 심지어 그가 프랑스 장교가 아니라는 사실을 애석해했다. 프랑스 장교였다면 모든 여자들이 틀림없이 열렬히 좋아할 아주 멋진 기병이었을 것이기 때문이었다.

산책에서 돌아온 그들은 더 이상 무엇을 해야 할지 알지 못했다. 사소한 일에 관해 주고받는 말조차 날카로워졌다. 저녁 식사는 말없이 짧게 끝났고, 각자 시간을 죽이기 위해 잠들기를 바라며 자러 올라갔다.

이튿날 그들은 피곤한 얼굴과 짜증 난 마음으로 내려왔다. 여자들은 비곗덩어리에게 거의 말을 걸지 않았다.

종이 울렸다. 세례식을 알리는 종이었다. 뚱뚱한 여자에게는 이브토의 농부 부부 집에 맡겨 기르는 아이가 하나 있었다. 아이를 일 년에 한 번도 못 보고 거의 생각하지도 않지만 세례 받을 아이를 생각하자 별안간 자기 아이에 대한 강렬한 애정이 일어서 그녀는 그 세례식을 꼭 지켜보고 싶었다.

그녀가 떠나자마자 모두 서로를 쳐다보더니 의자를 끌어당겨 앉았다. 뭔가 결정을 내려야 한다고 느꼈던 것이다. 루아조에게 한 가지 생각이 있었다. 장교에게 비곗덩어리만 혼자 잡아 두고 나머지 사람들을 떠나게 해달라고 제안하자는 의견이었다. 폴랑비 씨가 다시 임무를 맡았지만 거의 가자마자 곧장 내려왔다. 인간의 본성을 잘 아는 독일군이 그를 문밖으로 내쫓은 것이다. 그는 자신의 욕구가 채워질 때까지 모두를 잡아 두겠다고 단언했다. 그러자 루아조 부인의 상스러운 기질이 폭발했다. "우리가 여기서 늙어 죽을 수는 없잖아요. 모든 남자와 그 짓을 하는 게 그 매춘부의 직업이니, 내 생각엔

이 남자건 저 남자건 거절할 권리가 그 여자에겐 없는 것 같네요. 도대체 웃긴 일 아닙니까? 루앙에서는 아무나 닥치는 대로, 심지어 마부들까지 받아 놓고선! 네, 그렇다니까요, 도청의 마부까지 말입니다! 제가 잘 알지요. 그 마부가 우리 집에서 술을 사가니까요. 그래 놓고 우리를 곤경에서 끌어내야 할 지금에 와서는 저 머리에 피도 안 마른 것이 새침을 떨고 있잖아요! 제 생각에 저 장교는 아주 행실이 바른 것 같아요. 틀림없이 여자를 본 지가 오래된 모양이에요. 아마 여기 있는 우리 세 사람이 더 마음에 들었을 텐데. 그런데도 모든 남자의 여자로 만족해하잖습니까. 그 사람은 결혼한 여자들을 존중하는 겁니다. 생각해 보세요. 그는 우두머리예요. '내가 원해'라고만 말하면 그뿐이잖아요. 자기 부하들과 함께 강제로 우리를 겁탈할 수도 있었겠지요."

두 여자가 몸을 떨었다. 예쁜 카레-라마동 부인의 눈이 반짝였고, 마치 벌써 장교에게 강제로 겁탈당하는 것처럼 느끼는지 얼굴이 창백해졌다.

떨어져서 얘기를 나누던 남자들이 다가왔다. 격분한 루아조는 "그 파렴치한 여자"의 팔다리를 묶어 적에게 넘기고 싶어 했다. 그러나 3세대나 대사를 지낸 집안 출신으로 외교관의 용모를 타고난 백작은 능숙한 수완을 신봉했다. 그가 말했다. "그 여자가 스스로 결심하게 해야죠."

그래서 그들은 음모를 꾸몄다.

여자들은 바짝 붙어 앉아 목소리를 낮췄고, 모두가 토론에 가담해 저마다 자기 의견을 내놓았다. 게다가 아주 예의 발랐다. 특히 부인들은 더없이 노골적인 얘기를 하기 위해 섬세한 말투와 호감 가는 세련된 표현들을 찾아냈다. 외국인이라면 하나도 알아듣지 못했을 것이다. 그만큼 언어에 신중을 기했던 것이다. 그러나 세상의 모든 여자가 걸치고 있는 얇은 정숙의 피막은 표면만 살짝 덮고 있기에 여자들은 이 외설스러운 사건에서 활짝 피어났고, 마음속으로 미칠 듯이 즐거워했다. 마치 식도락을 즐기는 요리사가 다른 사람의 만찬을 준비할 때처럼 관능적 쾌락을 음미하며 사랑을 주무르면서 자기 영역이라고 느꼈다.

쾌활한 분위기가 절로 돌아왔다. 그들에게는 이 이야기가 결국 재미있어 보였던 것이다. 백작이 조금 음탕한 농담을 했지만 이야기를 너무 잘해서 여자들은 미소를 지었다. 한편 루아조는 훨씬 노골적으로 음험한 농담을 몇 가지 내뱉었는데 누구도 불쾌해하지 않았다. 그의 아내가 거칠게 표현한 생각이 모든 사람의 머릿속을 지배하고 있었다. "그 여자의 직업인데 왜 다른 사람은 되고 저 사람은 거절하는 거야?" 상냥한 카레-라마동 부인은 자기라면 저 사람보다는 차라리 다른 사람을 거절할 거라고 생각하는 것 같았다.

그들은 포위한 요새를 공략하듯이 오래도록 공략을 준비했다. 저마다 맡을 역할을, 기댈 논거들을, 실행에 옮겨야 할 술책들을 받아들였다. 적을 맞이할 수 있도록 이 살아 있는 성채를 보강하기 위해 공격 작전과 사용할 술수들, 의표를 찌르는 습격을 조정했다.

그동안 코르뉘데는 이 일과 전적으로 무관하게 멀리 떨어져 있었다. 모두가 어찌나 깊이 몰두하고 있었던지 비곗덩어리가 돌아오는 소리를 듣지 못했다. 그런데 백작이 가볍게 속삭였다. "쉿!" 그러자 모두가 눈을 들었다. 그녀가 와 있었다. 그들은 갑자기 입을 다물었고, 처음엔 당황해서 그녀에게 말을 걸지 못했다. 살롱의 이중성에 다른 사람들보다 길이 든 백작 부인이 그녀에게 물었다. "세례식은 재미있었어요?"

뚱뚱한 여자는 아직 감동에 젖은 얼굴로 사람들의 얼굴과 태도들, 그리고 성당의 모습까지 모든 걸 얘기했다. 그녀가 덧붙였다. "이따금 기도를 드리는 건 참 좋은 일이네요."

부인들은 점심때까지는 그녀에게 친절하게 대해서 그녀가 자신들의 조언을 더 신뢰하고 받아들이게 할 생각이었다.

식탁에 앉자마자 그들은 공략을 시작했다. 처음엔 헌신에

관한 막연한 대화를 시작했다. 그리고 옛날 본보기들을 인용
했다. 유디트와 홀로페르네스 이야기, 그리고 아무 연관도 없
이 루크레티아와 섹스투스 이야기와 적장들을 모두 자기 침
실로 끌어들여 노예처럼 굴종하게 만든 클레오파트라 이야기
가 나왔다. 그러곤 저 무지한 백만장자들의 상상 속에서 싹튼
황당무계한 이야기가 펼쳐졌다. 로마의 여성 시민들이 카푸
아로 가서 한니발과 그의 부관들, 용병들을 품에 안고 잠들게
했다는 얘기였다. 그들은 자기 몸을 전장戰場 삼고, 지배 도구
로, 무기로 삼아 정복자들을 멈춰 세우고, 영웅적인 정사情事
로 흉측하거나 혐오스러운 존재들을 굴복시키고 복수와 헌신
에 자신들의 정절을 희생한 모든 여자들을 인용했다.

그들은 심지어 명문가 출신 영국 여자가 끔찍한 전염병을
보나파르트 나폴레옹에게 옮기려고 그 병균을 접종받았지만
치명적인 만남의 순간에 나폴레옹이 갑자기 몸이 허해져서
기적적으로 살아났다는 이야기도 모호한 말로 얘기했다.

그리고 이 모든 건 예의 바르고 절제된 방식으로 이야기되
었으며, 이따금 경쟁심을 부추기기 위해 일부러 열광적인 환
호를 터뜨렸다.

그러다 보니 종국에는 여성의 유일한 역할은 끝없는 자기
희생이요, 군인들의 일시적 욕망에 꾸준히 몸을 바치는 것처

럼 믿게 될 정도였다. 두 수녀는 깊은 생각에 잠긴 채 아무것
도 듣지 않는 것처럼 보였고, 비곗덩어리는 아무 말도 하지
않았다.

　오후 내내 그들은 그녀가 곰곰이 생각할 시간을 주었다. 그
러나 그때까지 했듯이 그녀를 "부인"이라고 부르는 대신 아무
도 이유는 잘 알지 못한 채 "아가씨"라고 불렀다. 마치 그녀가
기어올랐던 존중의 사다리에서 한 단계 내려 그녀에게 자신
이 처한 수치스러운 상황을 느끼게 해주려는 것 같았다.

　수프가 나올 때 폴랑비 씨가 다시 나타나 전날의 문장을
되풀이했다. "프로이센 장교가 엘리자베트 루세 양이 아직 생
각을 안 바꾸었는지 물어보라 하십니다."

　비곗덩어리는 무뚝뚝하게 대답했다. "아뇨." 그런데 저녁식
사에서 동맹이 약해졌다. 루아조는 일을 그르치는 말을 세
마디쯤 했다. 저마다 새로운 예를 찾아내려고 기를 썼지만 아
무것도 발견하지 못했다. 그때 백작 부인이 미리 생각해 둔
건 아니지만 종교에 경의를 표하고 싶은 막연한 욕구를 느꼈
는지 수녀 가운데 나이 많은 수녀에게 성자들의 삶에서 가장
위대한 위업들에 관해 물었다. 그런데 많은 성자들이 우리 눈
에는 범죄가 될 행위들을 저질렀으며, 교회는 그 중죄들이 하
느님의 영광을 위해서나 이웃의 안녕을 위해 범해졌다면 섭

게 사한다는 것이다. 그것은 강력한 논거였다. 백작 부인은 그것을 이용했다. 그러자 암묵의 동맹인지, 성직자 옷을 입은 사람이라면 누구나 잘하는 모호한 영합인지 아니면 그저 행복한 아둔함 또는 이로운 어리석음의 결과인지 모르지만 늙은 수녀는 음모에 엄청난 도움을 주었다. 수줍음이 많은 줄 알았던 그 수녀는 대담하고 말 많고 거친 면모를 드러냈다. 그녀는 결의론*의 암중모색에 흔들리지 않았다. 그녀의 교리는 쇠막대 같았고, 그녀의 신앙은 머뭇거리는 법이 없었으며, 그녀의 양심엔 조금도 거리낌이 없었다.

그녀는 아브라함의 희생을 아주 간단한 일로 생각했다. 왜냐하면 그녀라면 저 위에서 내려온 명령에 따라 아버지와 어머니라도 즉각 죽였을 것이기 때문이었다. 그녀의 생각엔 의도가 칭찬받을 만한 것이라면 그 무엇도 주님의 마음에 들지 않을 수 없었다. 백작 부인은 뜻하지 않은 공모자의 성스러운 권위를 이용해 "목적이 수단을 정당화한다"라는 도덕 명제에 대한 대단히 교훈적인 설명을 그녀에게 하게 했다.

백작 부인이 물었다.

"그렇다면 수녀님은 하느님께서 동기가 순수할 때는 모든

---

* 윤리와 종교의 일반 원리를 구체적인 인간 행위의 갈등적 상황에 적용하여 그 해결을 모색하는 방법.

수단을 받아들이고 행위를 용서하신다고 생각하시는지요?"

"누가 그걸 의심할 수 있겠습니까, 부인? 그 자체로 보면 비난받을 만한 행위도 그 행위를 불러일으킨 생각에 따라 칭송받을 만한 행위가 될 때가 많지요."

이렇게 두 사람은 하느님의 의도를 해설하고, 그의 결정을 예견하며, 사실은 하느님과 아무 상관 없는 일들에 하느님을 끌어들이며 말을 이었다.

이 모든 말은 능숙하고 신중하게 포장되었다. 그럼에도 수녀 모자를 쓴 성스러운 여자의 말 한마디 한마디는 창녀의 성난 저항에 균열을 냈다. 얼마 후 대화의 방향이 조금 바뀌면서 묵주를 쥔 여자는 자기 교단의 수녀원에 대해, 수녀원장에 대해, 자기 자신에 대해, 옆자리의 어여쁜 수녀인 사랑하는 생-니세포르 수녀에 대해 얘기했다. 르아브르에서 천연두에 걸린 수백 명의 병사들을 병원에서 돌봐 달라고 그들에게 청했다는 것이다. 그녀는 그 가련한 병사들을 묘사했고, 그들의 질병에 대해 자세히 얘기했다. 자신들이 이 프로이센 군인의 일시적 변덕 때문에 길에 멈춰 서 있는 동안 어쩌면 그들이 구할 수 있을 수많은 프랑스 군인들이 죽을지도 몰랐다. 군인들을 간호하는 것이 그녀의 전문 분야였다. 그녀는 크림반도에도 있었고, 이탈리아와 오스트리아에도 있었다. 자신의 종군 활약에 대해 이야기하다 보니 그녀는 문득 자신이 야영부대를 따라다니며 전투의 혼란 가운데 부상당한 병사들을 거두고, 규율 없는 군인들을 말 한마디로 어느 대장보다 더 잘 제압하도록 타고난, 북과 나팔을 든 수녀 중 한 사람임을 드러냈다. 헤아릴 수 없이 많은 구멍이 팬 얼굴, 진짜 수녀 랑탕플랑의 황폐하고 초췌한 얼굴이야말로 전쟁이 낳은 유린의 형상처럼 보였다.

그녀 다음에는 누구도 아무 말 하지 않았다. 그만큼 그녀가 한 말의 효과는 컸다.

식사가 끝나자마자 사람들은 서둘러 방으로 올라갔고, 이튿날 아침 느지막이 내려왔다.

점심식사는 조용했다. 그들은 전날 심은 씨앗이 싹을 트고 열매를 맺을 시간을 주었다.

백작 부인이 오후에 산책을 하자고 제안했다. 그러자 백작은 합의된 대로 비곗덩어리의 팔을 잡고 다른 사람들보다 뒤에 처져서 그녀와 함께 남았다.

그는 아버지처럼 친근한 말투로 사려 깊은 남자들이 어린 여자들에게 하듯이 조금은 깔보는 말투로 "어린 아가씨"라고 부르며, 사회적 지위와 이론의 여지가 없는 명망을 갖춘 사람으로서 고자세로 그녀를 대하며 말했다. 그는 바로 문제의 핵

심으로 들어갔다.

"그러니까 아가씨는 지금껏 살아오면서 그토록 자주 베풀었던 그 호의를 한 번 더 허락하느니 우리를 여기에 붙잡아둬서 프로이센군이 궁지에 몰릴 경우 일어날 모든 폭력에 당신과 마찬가지로 우리를 노출시키는 편이 더 좋습니까?"

비곗덩어리는 아무 대답도 하지 않았다.

그는 그녀를 부드럽게 대하며 논리로, 감정으로 공략했다. 그는 필요할 때는 정중하고 추켜세우고 사랑스러운 태도를 보이면서도 "백작 나리" 자리를 지킬 줄 알았다. 그는 그녀가 그들에게 해줄 수 있을 봉사를 치하했고, 그들의 고마움을 표했다. 그러다 갑자기 친근하게 반말로 말했다. "아가씨, 그자가 자기 나라에서 잘 만나지 못할 예쁜 여자를 경험했다고 자랑할지도 몰라."

비곗덩어리는 대답하지 않고 일행과 합류했다. 돌아오자마자 그녀는 자기 방으로 올라가더니 다시 나타나지 않았다. 불안이 고조되었다. 그녀가 뭘 하려는 걸까? 만약 버티면 얼마나 난감한 일인가!

저녁식사 시간을 알리는 종이 울렸다. 그들은 그녀를 기다렸지만 헛된 일이었다. 그때 폴랑비 씨가 들어오면서 루세 양이 몸이 좋지 않으니 식사를 시작하면 된다고 알렸다. 모두가 귀를 쫑긋 세웠다. 백작이 여인숙 주인에게 다가가서 나지막이 말했다. "됐소?" "네." 예의상 그는 동료들에게 아무 말하지 않고 그저 가벼운 고갯짓만 했다. 곧 모든 가슴에서 안도의 한숨소리가 새어 나왔고, 모든 얼굴들에 희열이 그려졌다. 루아조가 외쳤다. "만세! 여기 샴페인이 있다면 제가 샴페인을 사겠습니다." 여인숙 주인이 손에 네 병을 들고 돌아오자 루아조 부인이 불안한 기색을 보였다. 모두가 갑자기 말이 많아져서 마음을 터놓았다. 음탕한 기쁨이 모두의 마음을 채웠다. 백작은 카레-라마동 부인이 매혹적이라고 생각하는 것 같았고, 공장주는 백작 부인에게 찬사를 보냈다. 대화는 활기를 띠고 유쾌해졌으며 재치가 넘쳐 났다.

갑자기 루아조가 불안한 얼굴로 팔을 들며 외쳤다. "조용히!" 모두가 놀라고 금세 겁에 질려서 입을 다물었다. 그러자 그가 두 손으로 "쉿!" 하더니 귀를 기울이며 천장을 향해 눈을 들었고, 다시 귀를 기울이다가 평소의 목소리로 말했다. "안심하세요. 모든 게 잘되고 있습니다."

모두가 영문을 모르고 머뭇거렸는데, 곧 미소가 피어났다.

15분 뒤에 그는 똑같은 장난을 다시 시작했고, 저녁 내내 종종 그 장난을 했다. 그는 위층의 누군가를 불러서 외판원인 그의 머리에서 길어 낸 이중적 의미를 담은 조언을 해주는 시늉을 했다. 이따금 그는 슬픈 표정을 짓고 한숨을 내쉬며 말했다. "가련한 여자." 혹은 화난 표정으로 이를 악물고 중얼 거렸다. "비열한 프로이센 놈, 꺼져 버려!" 이따금, 사람들이 그 생각을 하지 않는다 싶을 때 그는 떨리는 목소리로 여러 번 소리를 내질렀다. "그만해! 그만하라고!" 그러곤 자기 자신에 게 말하듯이 덧붙였다. "우리가 그 여자를 다시 볼 수 있어야 할 텐데. 그자가 그 여자를 죽이지 말아야 할 텐데!"

이런 고약한 취향의 농담을 듣고 사람들은 재밌어했고 누 구도 불쾌해하지 않았다. 왜냐하면 분노란 다른 것들과 마찬 가지로 환경에 좌우되는데, 그들 주위로 조금씩 조성된 분위 기는 외설적인 생각들로 가득했기 때문이다.

후식을 먹을 때는 여자들까지 조심스럽게 재기발랄한 암시 를 했다. 눈길들이 반짝였다. 그들은 이미 술을 많이 마신 상 태였다. 도를 넘는 행동을 할 때조차 근엄하고 위엄 있는 외 관을 고수하던 백작은 북극에서 겨울이 끝날 때 난파되었던 사람들이 남쪽을 향한 길이 열리는 것을 볼 때의 기쁨을 비 유로 찾아내고 흡족해했다.

거나하게 취한 루아조가 손에 샴페인 잔을 들고 일어났다. "우리의 해방을 위해 건배!" 모두가 일어나서 손뼉을 쳤다. 두 수녀들조차 귀부인들의 간청에 못 이긴 척 한 번도 맛본 적

없는 거품 인 그 술에 입술을 담갔다. 수녀들은 레몬탄산수 같지만 훨씬 고급스럽다고 말했다.

루아조가 상황을 요약했다.

"피아노가 없어 카드리유 춤곡을 연주하지 못하는 게 안타깝군요."

코르뉘데는 한 마디도 하지 않고 아무 행동도 하지 않았다. 그는 대단히 심각한 생각에 빠져 있는 것 같았고, 이따금 더 길게 늘어뜨리려는 듯이 긴 턱수염을 성난 몸짓으로 잡아당기곤 했다. 마침내 자정쯤에 헤어지려 할 때 비틀거리며 걷던 루아조가 그의 배를 치며 웅얼거렸다. "오늘 저녁에는 재미가 없나 봅니다. 시민 동지, 한 마디도 안 하십니까?" 그런데 코르뉘데가 갑자기 고개를 들더니 무시무시하게 번득이는 눈길로 무리를 훑어보며 말했다. "당신들 모두에게 말하는데, 당신들은 파렴치한 짓을 저지른 거요!" 그는 일어나서 문으로 가더니 다시 한 번 거듭 말했다. "파렴치한 짓이라고!" 그러더니 사라졌다.

이 말이 처음엔 찬물을 끼얹었다. 루아조는 어안이 벙벙한 채 멍한 얼굴을 하고 있었다. 그러나 이내 냉정을 되찾고는 갑자기 자지러지게 웃으며 거듭 말했다. "저 사람들은 너무 덜 익었어, 너무 덜 익었어." 사람들이 영문을 모르자 그는 '복도의 비밀'에 대해 얘기했다. 그러자 쾌활한 분위기가 되살아났다. 여자들은 미친 사람들처럼 즐거워했다. 백작과 카레-라마동 씨는 눈물까지 흘리며 웃었다. 그들은 믿지 못했다.

"뭐라고요! 확실해요? 저 사람이……."

"내가 봤다니까요!"

"그리고 여자는 거절했고요……."

"프로이센 군인이 옆방에 있기 때문이랍니다."

"설마요?"

"맹세코 사실입니다."

백작은 숨 막히도록 웃었다. 공장주는 두 손으로 배를 붙잡고 웃었다. 루아조가 말을 이었다.

"그러니 오늘 저녁 저 사람은 웃기지가 않겠지요. 전혀 그렇지 못한 겁니다."

그러면서 세 남자는 아픈 사람처럼 숨을 몰아쉬며 다시 폭소했다.

그러곤 모두 헤어졌다. 그러나 성격이 쐐기풀 같은 루아조 부인은 잠자리에 들 때 남편에게 그 "성미 까다로운 여자" 카레-라마동 부인이 저녁 내내 쓴웃음을 지었다고 말했다. "제복에 반한 여자에겐 프랑스 사람이건 프로이센 사람이건 똑같다니까요. 정말 딱하기도 하죠, 하느님 맙소사!"

밤새도록 복도의 어둠 속에서 가벼운 떨림이, 숨소리를 닮은, 거의 감지되지 않는 가벼운 소리가, 맨발의 스침이, 미세한 삐걱거림이 들렸다. 문 밑으로 오랫동안 불빛이 새어 나온 걸 보아 모두 아주 늦게야 잠든 게 분명했다. 샴페인이 그런 효과를 냈다. 듣자하니 샴페인이 잠을 방해한다는 것이다.

이튿날, 투명한 겨울 햇살에 비친 눈이 눈부시게 빛났다. 마침내 말을 매단 마차가 문 앞에 대기했고, 두터운 깃털 옷을 입고 가슴을 잔뜩 내민 하얀 비둘기 무리가 검은 점이 한가운데 찍힌 분홍빛 눈을 반짝이며 여섯 마리 말의 다리 사이로 근엄하게 거닐면서 김 나는 말똥을 파헤쳐 살길을 찾고 있었다.

마부는 양털 모피로 몸을 감싼 채 의자에서 파이프를 태우고 있었고, 환한 얼굴의 여행객들은 남은 여행을 위해 비축 식량을 재빨리 포장하게 했다.

이제 비곗덩어리만 기다리면 되었다. 그녀가 나타났다.

그녀는 약간 당황하고 부끄러워하는 듯했고, 수줍게 일행을 향해 다가왔다. 일행은 모두 그녀를 보지 못한 것처럼 똑같은 동작으로 외면했다. 백작은 품위 있게 자기 아내의 팔을 붙들고 그 불순한 접촉으로부터 그녀를 멀리 떼어 놓았다.

뚱뚱한 여자는 어안이 벙벙해서 걸음을 멈췄고, 용기를 있는 대로 그러모아 공장주의 아내에게 "안녕하세요, 부인", 하고 공손하게 중얼거렸다. 상대는 정절을 능욕당한 듯한 눈길을 던지며 그저 고개만 까딱하고 무례한 인사를 했다. 모두가 분주해 보였고, 마치 그녀가 치마 속에 전염병 균이라도 묻혀 오는 것처럼 그녀와 멀리 떨어졌다. 곧 그들은 마차 쪽으로 서둘러 발걸음을 옮겼고, 그녀 혼자 마지막에 올라타서 앞선 여정 동안 앉았던 자리에 말없이 다시 앉았다.

그들은 그녀를 보지 못하고 알지 못하는 것처럼 보였다. 그러나 루아조 부인은 멀리서 성난 눈길로 그녀를 바라보며 반쯤 낮춘 목소리로 남편에게 말했다. "저 여자 옆이 아니라 다행이에요."

무거운 마차가 흔들리더니 여행이 다시 시작되었다.

처음엔 아무도 말을 하지 않았다. 비곗덩어리는 차마 눈도 들지 못했다. 그녀는 옆 사람들 모두에게 화가 나면서 동시에, 저들의 위선적인 태도에 속아 프로이센 군인의 품에 던져져 몸을 더럽히고 굴복했다는 사실에 모욕감을 느꼈다.

곧 백작 부인이 카레-라마동 부인 쪽으로 돌아보며 그 괴로운 침묵을 깼다.

"데트렐 부인을 아시지요?"

"네, 제 친구 중 한 분이시죠."

"얼마나 매력적인 부인이신지!"

"눈부시게 아름답지요! 정말 타고난 엘리트인 데다, 대단히 교양도 있고, 손가락 끝까지 예술가이시죠. 노래는 넋을 빼앗을 정도로 잘하고, 그림도 완벽하게 그리지요!"

공장주는 백작과 얘기를 나누었는데, 마차 유리가 덜커덩거리는 소리 사이로 이따금 한마디씩 들렸다. "배당권-만기일-프리미엄-유기한."

제대로 닦이지 않은 여인숙 탁자에서 5년 동안 부대껴 기름때가 낀 낡은 카드를 슬쩍해 온 루아조는 자기 아내와 함께 카드놀이를 시작했다.

수녀들은 허리춤에서 긴 묵주를 꺼내 함께 성호를 그었다. 갑자기 그들의 입술이 격하게 움직이기 시작했고, 기도 경쟁이라도 하듯 모호한 중얼거림을 점점 더 빨리 읊조렸다. 그러다 이따금 메달에 입을 맞추고 성호를 긋고는 빠르고 연속적인 중얼거림을 다시 시작했다.

코르뉘데는 꼼짝 않고 생각에 잠겨 있었다.

세 시간을 달리고 나자 루아조가 카드를 모으며 말했다. "배가 고파지네."

그러자 그의 아내가 끈으로 묶인 꾸러미에 손을 뻗어 차가운 송아지 고기 한 조각을 꺼냈다. 그러곤 그것을 얇고 단단

한 조각으로 정성껏 잘랐고, 남편과 함께 먹기 시작했다. "우리도 먹는 게 어떨까요?" 백작 부인이 말했다. 사람들이 동의했고, 그녀는 자신들을 위해 준비한 음식을 풀었다. 길쭉한 그릇 뚜껑에는 도자기로 된 산토끼 한 마리가 달려 있어 그 속에 산토끼 파테가 누워 있다는 걸 일러 주는 듯했다. 하얀 지방이 갈색 살코기 위를 강물처럼 가로지르는, 육즙 풍부한 돼지고기도 있었고, 가늘게 다진 다른 고기도 있었다. 신문지에 싸서 가져온 예쁜 네모 모양의 그뤼에르 치즈의 매끈한 덩어리에는 "사회면"이라는 글자가 찍혀 있었다.

두 수녀는 마늘 냄새를 풍기는 소시지 하나를 꺼내 펼쳤다. 그리고 코르뉘데는 두 손을 동시에 외투의 넓은 주머니 속에 넣어 한쪽에서는 삶은 계란 네 개를, 다른 쪽에서는 빵 한 조각을 꺼냈다. 그는 계란 껍질을 벗겨서 자기 발 밑 짚더미 속에 던지고 계란을 그대로 베어 먹느라 턱수염에 노른자 부스러기가 떨어졌는데, 수염 속에 박힌 그 샛노란 조각들이 별처럼 보였다.

비곗덩어리는 잠에서 깬 뒤로 당황하고 서두르느라 아무것도 준비하지 못했다. 그녀는 숨 막힐 듯 화가 난 채 평온하게 먹고 있는 그 모든 사람들을 바라보았다. 처음엔 격렬한 분노에 온몸이 굳어 그녀는 입술까지 올라온 욕설들과 함께 그들이 한 짓을 소리치려고 입을 열었다. 그런데 분노가 목을 죄어와 말을 할 수가 없었다.

아무도 그녀를 쳐다보지 않았고, 그녀를 생각하지 않았다. 그녀는 그 교양 있는 불한당들의 경멸 속에 빠져 죽어 가는 느낌이었다. 그들은 처음엔 그녀를 희생시키더니 나중에는 더럽고 쓸모없는 물건처럼 내던졌다. 그러자 그녀는 그들이 게걸스럽게 먹어 치운 맛난 것들이 가득했던 자신의 큰 바구니를 생각했다. 젤리 형태의 육즙에 잠겨 반짝이던 두 마리 닭을, 파테를, 배들을, 보르도 네 병을 생각했다. 그러자 너무 팽팽했던 끈이 끊어지듯 별안간 분노가 툭 떨어지더니 곧 눈물이 쏟아질 것만 같았다. 그녀는 안간힘을 써서 몸을 굳히고 아이처럼 울음을 삼켰다. 하지만 눈물은 점점 차올라 눈꺼풀 가장자리에서 반짝였고, 이내 굵은 두 줄기 눈물이 눈에서 떨어져 뺨 위로 서서히 흘러내렸다. 이어서 다른 눈물들이 마치 바위에서 솟아나는 물방울처럼 더 빨리 흘러내려 그녀의 봉긋한 가슴 위로 계속 떨어졌다. 그녀는 사람들이 그녀를 보지 않기를 바라며 창백하고 뻣뻣한 얼굴로 시선을 고정하고 꼿꼿이 앉아 있었다.

그러나 백작 부인이 그걸 알아차렸고, 남편에게 신호로 알렸다. 백작은 어깨를 으쓱하며 이렇게 말하는 듯했다. '어쩌겠소? 내 잘못이 아니잖소.' 루아조 부인은 말없이 승리의 웃음을 웃으며 중얼거렸다. "수치심에 우는 거예요."

두 수녀는 남은 소시지를 종이에 싼 뒤 다시 기도를 시작했다.

그러자 먹은 계란을 소화시키고 있던 코르뉘데는 긴 다리를 맞은편 의자 밑으로 뻗고 몸을 뒤로 기대며 팔짱을 끼더니 방금 재미난 우스개를 찾아낸 사람처럼 미소 지으며 〈라 마르세예즈〉*를 휘파람으로 불기 시작했다.

모든 사람들의 얼굴이 어두워졌다. 그 민중가요는 결코 그 사람들의 마음에 들 리 없었다. 그들은 신경질적으로 짜증을 내며 크랭크 오르간 소리를 듣는 개처럼 울부짖을 태세였다.

그는 그걸 보고도 멈추지 않았다. 심지어 이따금 노래 가사까지 흥얼거렸다.

성스러운 조국애여,

복수에 나선 우리의 팔을 인도하고 부축하라.

자유여, 소중한 자유여,

그대를 수호하는 이들과 함께 싸우라!

* 프랑스 국가.

쌓인 눈이 단단해져서 마차는 더 빨리 달렸다. 디에프까지 음울한 긴 여행이 이어지는 동안 길이 울퉁불퉁하고 밤이 되어 마차 속이 칠흑같이 어두워져도 그는 맹렬한 고집으로 단조로운 복수의 휘파람을 계속 불어서 지치고 짜증 난 사람들이 노래를 끝까지 들을 수밖에 없어 각 소절마다 가사를 떠올리게 만들었다.

그리고 비곗덩어리는 여전히 울고 있었다. 간간이 그녀가 억누르지 못한 흐느낌이 어둠 속에서 노래 구절 사이로 지나갔다.

〈끝〉

길 위의 사자, 모파상

길 위의 사자! 영미문학에서 심리적 사실주의의 대표 작가로 꼽히는 헨리 제임스가 모파상을 형용한 말이다. 전기작가 프랜시스 스티그뮬러Francis Steegmuller는 그 말을 차용해『모파상 : 길 위의 사자』라는 제목으로 모파상의 전기를 펴낸 바 있다. 모파상이 길목에 버티고 선 사자 같은 존재여서 같은 길을 걸으려는 이들은 그를 피해 돌아가거나 다른 길로 갈 수밖에 없다는 의미로 쓴 것이다. 또한, 모파상과 동시대 작가이자 비평가로『단편소설의 철학The Philosophy of the Short-Story』을 쓴 브랜더 매튜스Brander Matthews는 모파상의 단편들을 자신의 단편소설 이론의 완벽한 예시로 제시하며 모든 언어를 통틀어 최고의 단편들로 꼽았다. 이렇듯 당대에 이미 모파상은 프랑스를 넘어 러시아, 독일, 영국, 미국까지 명성을 떨쳤는데, 특히 단편소설에 대한 관심이 지대했던 19세기 미국에서 그의 영향력은 막대했다. "미국 소설문학의 상당한 부분이 모파상에게서 나왔다"*라고 한 작가 조르주 뒤아멜의 말은 그 영향력을 짐작케 한다. 모파상은 대중적 인기도 높아서 그가 쓰지 않은 가짜 단편 65편이 50년 동안이나 진짜 그의 작품과 한데 묶여 팔리는 일까지 있었다고 한다.**

모파상은 스스로 말했듯이 "혜성처럼 문학의 삶에 들어왔고, 벼락처럼" 떠났다. 그는 첫 번째 단편 「비곗덩어리Boule de Suif」를 1880년에 발표하면서 프랑스 문단에 화려하게 등장했다. 온 파리가 한목소리로 극찬했는데, 특히 플로베르는 이 작품을 "길이 남을 걸작"이라 평했고, 에밀 졸라는 모파상이 "모든 지성을 만족시키고 모든 감성을 건드리는" 이 결정적인 작품으로 "단번에 대가의 반열에 들어섰다"고 말했다. 이후 모파상은 《르 골루아》, 《질 블라스》, 《르 피가로》 등의 주요 신문에 작품을 연재하며 인기 작가로 왕성한 활동을 이어갔고, 펴내는 작품마다 독자의 사랑을 받았다. 그중에서도 1883년에 출간된 『어느 인생Une Vie』(우리나라에는 '여자의 일생'으로 번역되

---

* 《레 누벨 리테레르Les Nouvelles littéraires》(1950)에서 던진 "모파상에 대해 어떻게 생각하십니까?"라는 질문에 대한 조르주 뒤아멜의 대답.
** 〈모파상과 단편Maupassant et la nouvelle〉, Edward D. Sullivan, in 《Cahier de l'Association internationale des études françaises》, 1975, 231쪽.

어 알려진)은 톨스토이로부터 "『레미제라블』이후 프랑스 문학의 최고 걸작"이라는 찬사를 들었고, 1885년에 발표된 두 번째 소설 『벨아미Bel-Ami』는 4개월 만에 37쇄나 발행될 만큼 대성공을 거두었다.

그런데 모파상이 본격적으로 작가로 활동한 건 고작 10년에 불과하다. 「비곗덩어리」를 발표한 1880년부터 1890년까지, 그가 남긴 장편소설 6편과 단편소설 3백여 편, 희곡 5편, 여행기 몇 편이 모두 이 기간 동안 쏟아져 나왔다. 하지만 이 10년은 작가 모파상에게는 놀랍도록 풍성한 결실을 내며 승승장구한 시간이었지만, 개인 모파상에게는 죽음을 향해 빠르게 달려간 시간이었다. 그는 1877년(스물일곱 살)에 이미 매독 진단을 받았고, 이 시기에 투르게네프에게 쓴 편지를 보면 지독한 편두통 때문에 한 시간 이상 독서를 할 수 없다고 토로하고 있다. 1880년에는 오른쪽 눈이 거의 보이지 않아 한쪽 눈을 감고 겨우 글을 쓰고 있다고 플로베르에게 털어놓는다. 그 후에도 그는 시력장애와 척추 통증, 편두통을 견디면서 집필을 이어가지만, 1889년 가을부터는 매독의 무서운 합병증인 전신마비 증세가 나타나기 시작하면서 활동이 눈에 띄게 줄어든다. 그해 겨울에는 같은 병을 앓던 그의 동생 에르베가 서른세 살의 나이로 사망한다. 1891년 12월, 그는 의사 카잘리스에게 이런 작별의 편지를 쓴다. "나는 완전히 끝났어요. 죽을 때가 되었나 봅니다. 소금물로 코를 세척한 것이 뇌연화를 일으키고 뇌 속에서 발효가 됐는지 밤마다 코와 입으로 뇌가 끈적하게 흘러나옵니다. 죽음이 임박했고, 난 미쳤습니다! 내 머리가 헛소리를 해댑니다. 아듀, 다시는 나를 보지 못할 겁니다!" 이것이 그가 남긴 마지막 글이다. 1892년 1월 1일 밤, 그는 권총으로 자살을 기도하는데, 하인이 진짜 총알을 빼두어 자살에 실패하자 면도기로 자기 목을 베어 상처를 입는다. 1월 8일, 그는 정신병원으로 보내지고, 그곳에서 거의 혼수상태로 18개월을 보낸 뒤 1893년 7월, 마흔세 살 생일을 한 달 앞두고 세상을 떠난다.

모파상이 「오를라Horla」 같은 몇몇 작품에서 광기에 대해 쓴 것을 그의 광기 탓으로 보는 이들이 있다. 1,300여 쪽에 달하는 기념비적인 전기 『기 드 모파상』*의 저자는 모파상이 시력은 거의 잃어도 정신은 잃지 않았다고 말하며, 그가 지독한 신체적 고통을 겪으면서도 얼마나 체계적으로 작업했으며 집필에 얼마나 집요하게 매달렸는지 보여 준다. 병세가 많이 악화된 1888년에 출간된 모파상의 네 번째 장편소설 『피에르와 장

* Marlo Johnston, 『Guy de Maupassant』, Fayard, 2012, 1320쪽.

Pierre et Jean』에 실린 서문 「소설」을 보면 그의 놀라운 통찰력을 읽을 수 있고, 군더더기 없이 말끔하고 명료한 그의 문체가 어떻게 만들어졌을지 짐작할 수 있다.

"우리가 무엇을 얘기하건, 그것을 표현하는 낱말은 하나뿐이고, 그것을 살아 움직이게 하는 동사도 하나뿐이며, 그것을 형언하는 형용사도 하나뿐이다. 그러니 그 낱말, 그 동사, 그 형용사를 발견할 때까지 찾아야 한다. 결코 근사치에 만족하지 말아야 하고, 어려움을 피하려고, 행여 기분 좋은 속임수일지라도 결코 속임수나 말장난에 기대지 말아야 한다."

그는 제자리에 놓인 낱말 하나가 갖는 힘을 잘 알아서 적확한 말을 꼭 들어맞는 자리에 쓰려고 애썼으며, 문장을 자유자재로 다루어 "말로 표현되지 않은 비밀스러운 의도며 암시들까지 담은"* 글을 쓰고 싶어 했다. 많은 이들이 칭송하는 모파상의 언어가 갖는 힘은 아마도 이런 치밀한 창작 태도에서 나온 게 아닐까.

시간이 흘러도 모파상의 글은 힘을 잃지 않는다고 많은 이

* 앞에서 인용한 《레 누벨 리테레르》에 실린 글.

들이 입을 모아 말한다. 언어학자 샤를 브뤼노는 모파상의 언어가 "시간에 구애받지 않는 언어, 오늘의 언어이자 내일의 언어"이며, 그것이 모파상의 작품이 늙지 않는 이유라고 말한다. 노르웨이 소설가 요한 보이에르는 "이미지의 생동감에 있어서 모파상을 따라갈 자가 없고, 언어의 내밀한 아름다움과 음악성에서 그를 능가할 이가 없다"며 모파상이 "모든 시대에 속하는 작가"라고 말한다. 또 작가 로제 베르셀은 모파상이 "거의 병적이다 싶을 정도로 놀라운 감수성을 타고나서 본능적으로 삶의 세밀한 디테일을 발견해 내는 경이로운 예술가이며, 군더더기 하나 없이 본질만 남은 그의 문체는 시간에 부식되지 않는다"고 말한다.

『멧도요새 이야기』에서 작가는 노르망디 시골과 바다, 전쟁을 배경으로 농부, 사냥꾼, 뱃사람 등 보잘것없는 주변인들을 인물로 등장시켜 섬세한 관찰력으로 인간의 악덕을 예리하게 포착해 낸다. 엉큼함, 비겁함, 어리석음, 잔혹성, 인색함, 탐욕, 허세가 발가벗겨진다. 그런가 하면 흘러가 버린 시절에 대한 향수와 사랑을 그리는 애잔한 이야기들도 있다. 그의 익살 뒤에는 냉소가 있고 신랄함 뒤에는 따뜻함이 감춰져 있다. 그런

문체로 그가 그려 낸 열일곱 편의 이야기들은 흘러가는 삶의 단면들을 무심히 크로키한 듯해 보이지만, 인간의 어두컴컴한 내면을 폭로하고 있다. 그래서 한 세기 반 가까이 지난 이 이야기들을 읽으면서 우리는 여전히 웃다가 멈칫하고 섬뜩해지고 슬퍼지고 불안해지는 것이다.

이 책은 모파상의 첫 번째 단편이자 최고의 걸작으로 꼽히는 「비곗덩어리」와 세 번째 단편집 『멧도요새 이야기』를 함께 묶은 것이다. 대개 모파상의 단편들이 발췌 번역되다 보니 한 번도 소개되지 못한 작품이 많은데, 『멧도요새 이야기』는 1883년의 판본 그대로여서 처음 번역되는 작품들도 꽤 있다. 참고문헌으로 가치 있는 번역본이 되기를 희망해 본다.

2018년 11월

백선희

기 드 모파상 연보

1850년 8월 5일 프랑스 노르망디 지방 디에프 근처 소도시 투르빌쉬르아르크
　　　　　Tourville-sur-Arques의 미로메닐 성에서 앙리 르네 알베르 기 드 모파상
　　　　　Henry René Albert Guy de Maupassant 출생.

1856년(6세) 남동생 에르베Hervé 출생.

1859년(9세) 가족이 파리로 이사. 나폴레옹 중고등학교(지금의 앙리 4세 중고
　　　　　등학교)에 입학.

1860년(10세) 가정불화로 부모가 별거하면서 어머니, 남동생과 함께 에트르타
　　　　　Etretat로 이사.

1861년(11세) 에트르타의 오부르 신부에게 문법, 산술, 라틴어, 교리 교육을 받음.

1863년(13세) 부모의 이혼. 이브토Yvetot의 신학교에 기숙학생으로 입학, 시를
　　　　　쓰기 시작.

1866년(16세) 기숙 생활을 견디지 못한다는 이유로 한동안 휴학. 여름방학 때
　　　　　물에 빠진 영국 시인 찰스 스윈번을 구하고, 그의 초대를 받아 빌라를 방
　　　　　문. 그곳에서 존 포웰을 알게 됨. 이 일화가 훗날 그의 단편에 등장.

1868년(18세) 이브토 신학교에서 외설적인 시를 썼다는 이유로 퇴학당함. 루앙
　　　　　중고등학교lycée de Rouen에 기숙학생으로 입학. 시인 루이 부이에Louis
　　　　　Bouilhet와 소설가 귀스타브 플로베르로부터 문학 지도를 받음.

1869년(19세) 대학입학자격시험에 합격. 에트르타 해변에서 화가 쿠르베
　　　　　Courbet를 만남. 파리 법과대학 1학년에 등록하고, 아버지와 같은 건물에
　　　　　방을 얻음.

1870년(20세) 보불전쟁이 발발하자 자원입대하여 학업을 중단함. 전쟁 경험은 이
　　　　　후 「비곗덩어리Boule de Suif」, 「미친 여자La Folle」, 「두 친구Deux Amis」, 「발터
　　　　　슈나프스의 모험L'aventure de Walter Schnaffs」 등 많은 작품의 모티브가 됨.

1871년(21세) 대리복무자를 구해 제대함.

1872년(22세) 아버지의 소개로 해양식민성에 무보수 임시 직원으로 취직. 파리 법과대학 2학년에 등록.

1873년(23세) 보수를 받고 일하기 시작. 보트 놀이와 펜싱, 사격 등의 스포츠를 즐김. 콩트를 써서 플로베르에게 본격적으로 문학 지도를 받음.

1874년(24세) 해양식민성 4등 서기로 임명됨.

1875년(25세) 플로베르의 집에서 에드몽 드 공쿠르Edmond de Goncourt를 만남. 2월, 첫 단편 「박제된 손La Main d'écorché」을 조제프 프뤼니에Joseph Prunier라는 필명으로 《알마나크 로랭 드 퐁타무송》에 발표함. 4월, 시인 스테판 말라르메를 알게 되어 '화요회'에 참석함. 10월, 단편 「의사 에라클리우스 글로스Le Docteur Héraclius Gloss」와 희곡 「연습Une Répétition」 집필 시작.

1876년(26세) 3월, 《르 뷜르탱 프랑세》에 단편 「뱃놀이En canot」, 《라 레퓌블리크 데 레트르》에 시 「물가에서Au Bord de l'eau」를 기 드 발몽Guy de Valmont이라는 필명으로 발표. 심장 발작으로 의사 진찰을 받음. 11월, 에밀 졸라, 위스망스 등 파리의 여러 문인들과 어울림.

1877년(27세) 1월, 매독 진단 받음. 8월, 스위스 로에슈레뱅으로 온천 요양을 떠남. 11월 《모자이크》에 단편 「성수를 뿌리는 사람Le Donneur d'eau bénite」을 필명 기 드 발몽으로 발표함. 장편소설 「어느 인생Une Vie」 구상.

1878년(28세) 1월, 역사극 『륀 백작 부인의 배반La Trahison de la Comtesse de Rhune』을 집필하지만 상연할 곳을 찾지 못함. 2월, 「어느 인생」 집필 시작. 5월, 단편 「라레 중위의 결혼Le Mariage du Lieutenant Laré」을 《모자이크》에 발표. 10월, 병든 어머니를 위해 에트르타에서 체류. 개작한 희곡 「옛날 이야기Histoire du Vieux Temps」와 『어느 인생』 초고를 플로베르에게 보여 줌. 해양식민성에서 문부성으로 직장을 옮김.

1879년(29세) 2월, 희곡 「옛날 이야기」 상연, 3월 출간. 9월, 단편 「코코넛, 코코넛, 신선한 코코넛 있어요!Coco, coco, coco frais!」가 《모자이크》에 실림. 11월, 시 「소녀Une Fille」를 《라 르뷔 모데른 에 나튀랄리스트》에 발표. 12월, 단편 「시몽의 아빠Le Papa de Simon」를 《라 레포름》에 발표. 「비겟덩어리」 집필.

1880년(30세) 1월, 시「소녀」때문에 풍기문란으로 법정 출두. 플로베르가《르 골루아》에 게재한 공개서한 덕에 무혐의 판결. 2월,「벽Le Mur」《라 르뷔 모데른》에 발표. 3월. 탈모 증세와 심장 발작, 오른쪽 눈 이상 등의 건강 문제로 여러 의사를 만남. 4월, 에밀 졸라의 주도로 간행된『메당의 저녁Les Soirées de Médan』에 수록된「비곗덩어리」가 극찬을 받음. 5월, 플로베르의 죽음에 크게 충격 받음.《르 골루아》에 정기적으로 기고 시작. 치료차 휴직. 9~10월, 어머니와 코르시카 여행. 극심한 두통 호소. 단편「텔리에 집La Maison Tellier」집필.

1881년(31세) 1월, 두통과 시력 이상 증세. 투르게네프의 소개로 러시아에까지 명성이 전해짐. 5월, 첫 단편집『텔리에 집』출간. 첫 소설「어느 인생」집필 재개. 7~8월,《르 골루아》에 르포르타주를 쓰기 위해 두 달간 알제리 여행. 10월, 모프리뇌즈Maufigneuse라는 이름으로《질 블라스》에 기고 시작.

1882년(32세) 5월, 두 번째 단편집『피피 양Mademoiselle Fifi』출간. 7월, 브르타뉴 지방 여행. 7월 문부성 사직.

1883년(33세) 1월, 시력장애와 극심한 척추 통증 호소. 2월, 첫 장편소설「어느 인생Une Vie」《질 블라스》에 연재 발표. 4월, 단행본으로 출간. 8개월 동안 2만 5천 부가 판매됨. 6월, 단편집『멧도요새 이야기Contes de la Bécasse』 출간. 투르게네프의 사망 소식 들음. 11월『달빛Clair de Lune』출간.

1884년(34세) 1월, 여행기「양지에서Au Soleil」출간. 에트르타에 집을 짓기로 계약. 남프랑스 칸느에 자주 체류함. 단편집『미스 해리엇Miss Harriet』,『롱돌리 자매Les Sœurs Rondoli』,『이베트Yvette』출간.『벨아미Bel-Ami』집필.

1885년(35세) 시력장애 악화. 3월, 단편집『낮과 밤 이야기Contes du Jour et de la Nuit』출간. 4~7월, 이탈리아와 시칠리아 섬 여행. 4월, 두 번째 장편소설『벨아미』《질 블라스》에 연재, 11월에 단행본으로 출간, 넉 달 동안 37쇄를 찍음. 세 번째 장편소설『오리올 산Mont-Oriol』집필. 12월, 단편집『파랑 씨Monsieur Parent』출간. 파리 상류층과 교유, 청년 프루스트와 조우.

1886년(36세) 1월, 단편집『투안Toine』출간. 다시 시력장애 악화. 칸느와 앙티브에서『오리올 산』집필. 5월, 단편집『소녀 로크La Peite Roque』출간. 여름에 오베르뉴, 런던, 옥스퍼드 등지 여행. 10월, 앙티브에 체류. 12월,《질 블라스》에『오리올 산』연재.

1887년(37세) 1월, 『오리올 산』 단행본 출간. 에펠탑 건설 반대 청원서에 서명함. 5월, 단편집 『오를라Horla』 출간. 12월, 네 번째 장편소설 『피에르와 장 Pierre et Jean』을 《라 누벨 르뷔》에 연재. 북아프리카 여행기 집필 시작.

1888년(38세) 1월, 『피에르와 장』 출간. 여행기 『물 위에서Sur l'eau』 집필. 남프 랑스 여행 중 마르세유에서 요트를 사서 '벨아미'라 이름 지음. 2월, 『물 위에 서』를 《레 레트르 에 레 자르》에 연재. 남동생 에르베의 병세 악화. 3월, 다 섯 번째 장편 『죽음처럼 강한Fort Comme la Mort』 집필. 요트 '벨아미'를 타 고 칸느, 툴롱, 마르세유 등지 여행. 6월, 『물 위에서』 출간. 9월, 극심한 편 두통으로 엑스레벵에서 요양. 10월, 단편집 『위송 부인의 장미나무Le Rosier de Madame Husson』 출간. 11~12월, 알제리와 튀니지 여행.

1889년(39세) 1월, 알제리에서 돌아와 프로방스 체류. 2월, 단편집 『왼손La Main Gauche』 출간. 5월, 다섯 번째 장편 『죽음처럼 강한』 출간. 여섯 번째 장편 『우리의 마음Notre Cœur』 집필. 11월, 동생 에르베 사망.

1890년(40세) 3월, 여행기 『유랑생활La Vie Errante』 출간. 4월, 단편집 『쓸모없는 아름다움L'Inutile Beauté』 출간. 5월, 《라 르뷔 데 되몽드》에 『우리의 마음』 연재, 6월 단행본 출간. 병세 악화, 일시적으로 병세가 호전되자 집필 재 개. 새 장편소설 『삼종기도L'Angélus』 집필 구상. 루앙의 플로베르 기념비 제막식에 참석.

1891년(41세) 1월, 매독의 새로운 증세(탈모, 기억상실) 발현으로 여러 의사들 에게 편지를 보냄. 2월, 자크 노르망Jacques Normand과 공동 집필한 희곡 「뮈조트Musotte」가 상연되어 호평 받음. 전신마비 증세가 시작됨. 집필 불 가능해짐. 12월, 유언장 작성.

1892년(42세) 1월 1일에서 2일로 넘어가는 밤, 니스에서 권총으로 자살을 기도 하나 실패, 면도기로 목을 벰. 칸느에서 파리로 이송. 1월 8일, 파리 교외 에 있는 에밀 블랑슈 박사가 운영하는 정신병원에 수용됨.

1893년(43세) 3월, 희곡 「가정의 평화La Paix du Ménage」 코메디 프랑세즈에서 상연. 《르 피가로》에 미발표 단편 「행상인Le Colporteur」이 실림. 간질성 발작. 혼수상태에 빠짐. 7월 6일 오후 3시 무렵, 파시 병원에서 숨을 거둠. 7월 8일, 샤요의 생피에르 성당에서 장례미사 후, 파리의 몽파르나스 묘 지에 안장.

1894년 11월, 미완 장편소설 『낯선 영혼L'Âme étrangère』이 《라 르뷔 드 파리》에
　　실림.
1895년 4월, 미완 장편소설 『삼종기도』가 《라 르뷔 드 파리》에 실림.
1899년 단편집 『밀롱 신부Le Père Milon』 출간.
1900년 단편집 『행상인』 출간.